D1677911

Vergessene Väter

Band 2 der Trilogie Fiktive Wahrheit

Crisalis

Titelbild:
Swastika in the Hindu form, used to evoke "shakti". Modified
from: Swastika. (2012, August 5). In Wikipedia, The Free
Encyclopedia. Retrieved 19:55, August 8, 2012, from
http://en.wikipedia.org/w/index.php?title=Swastika&oldid=50
5883077

Impressum
Copyright: © 2013 Crisalis
Druck und Verlag: epubli GmbH, Berlin, www.epubli.de
ISBN 978-3-8442-5086-2

Im Traum hatte sie einen Gefährten neben sich, einen Mann, aber ihr in Körper und Seele sehr vertraut, fast ähnlich. Gemeinsam hatten sie eine wichtige, gefährliche Aufgabe zu erfüllen. Sie suchten etwas, gingen weite, verschlungene Wege durch dunkle Schluchten. Schließlich kamen sie in eine Höhle. Als sie in der Höhle waren, fingen die Felsen plötzlich Feuer und alles um sie herum brannte. Aber Charlotte fühlte sich stark und ruhig. Gemeinsam mit ihrem Gefährten stieg sie durch die Flammen und kletterte über Felsen. Jetzt schien das Feuer mehr reinigend als bedrohlich. Kurz bevor sie die heilige Schale, die sie bergen sollten, erreicht hatten, stellte sich ihnen eine alte Frau in den Weg. Sie wirkte bedrohlich, furchterregend. Aber Charlotte ging beharrlich immer weiter auf den Gral zu, bis sie ihn plötzlich in den Händen hielt. Und den Gral hoch über dem Kopf haltend, kletterten sie beide wieder aus der Höhle zurück in die weite, grüne Landschaft. Nun übernahm ihr Gefährte den Kelch, hielt ihn fest in den Händen und wirkte plötzlich sehr besorgt.

„Wir brauchen bewaffnete Krieger. Möglichst viele und möglichst schnell. Ihr Frauen könnt den Gral nicht schützen."

Charlotte lächelte im Traum. Das alte Missverständnis, zuerst echter Besorgnis entspringend und dann eine Frage der Machtübernahme. Sie schüttelte bestimmt den Kopf, nahm den Kelch wieder an sich und sagte:

„Wir Frauen haben ihn über Jahrtausende beschützt. Und dann haben wir ihn verloren. Nun werden wir ihn wieder hüten."

Ihr Gefährte nickte, er war einverstanden. Er schien gleichzeitig erleichtert, die Verantwortung für diese Aufgabe abgeben zu können und froh, ihr bei dieser Aufgabe beistehen zu können.

Im Aufwachen dachte Charlotte: „Die Suche nach dem eigenen Gral ist die Suche nach der eigenen Wahrheit."

Jetzt, da sie diesen Traum ein zweites Mal träumte, fing sie an zu begreifen. Plötzlich war ihr klar, dass diese ewige Sage des Kampfes um den heiligen Gral und um die Verteidigung des heiligen Grals nichts anderes war als die Suche nach der eigenen Wahrheit. Es war ein Symbol dafür, die eigene Wahrheit zu finden und zu leben. Und hatte frau ihre eigene Wahrheit einmal gefunden, galt es ein Leben lang sie zu bewahren und zu verteidigen, vor allem auch vor der eigenen Nachlässigkeit, dem eigenen Vergessen und dem Verfallen in alte Gewohnheiten. Während Charlotte noch sinnend im Bett lag, wurde ihr plötzlich klar, dass heute Wintersonnenwende war. Heute würde sie Robert vom Flughafen abholen! Freudige Nervosität breitete sich in ihrem Körper aus. Sie sprang aus dem Bett. Aber ihr Magen reagierte so heftig, dass sie nicht frühstücken mochte.

Sie kochte sich einen Schafgarbe - Tee und spürte wie ihr Magen sich langsam wieder beruhigte. Es wurde Zeit, sich auf den Weg zu machen und bald stand sie wieder einmal am Flughafen. Sie versuchte, die leere Geschäftigkeit achtsam wahrzunehmen, ohne sie in sich aufzunehmen. Sie atmete tief durch und war froh, dass sie dieses Mal nicht selber fliegen musste. Bei dem Gedanken, warum sie heute hier war, fing ihr Magen wieder an zu flattern, freudig, aufgeregt, nervös. „Flugzeuge im Bauch" ging ihr durch den Kopf. Aber eigentlich stimmte es ja nicht, es fühlte sich nicht wie Flugzeuge an. Es war eher Kribbeln im Bauch mit gleichzeitigem leichtem Zusammenziehen. Sie seufzte und spürte ihre Ungeduld. Der Flieger sollte längst gelandet sein. Jetzt kam ein neuer Schwung Passagiere durch die lautlos nach beiden Seiten gleitende Tür. Sie zwang sich, nicht nach vorne an die Absperrung zu stürzen und durch die Tür zu starren.

Endlich kam Robert. Sie standen einen Moment stumm voreinander, dann umarmten sie sich vorsichtig. Obwohl ihre anfängliche beidseitige Sprachlosigkeit schnell überwunden war, blieb Ratlosigkeit zwischen ihnen stehen, die eine ungewohnte Distanz verursachte. Charlotte schien es, als bliebe Robert auf Abstand und sie fragte sich, ob sich für ihn ihre Beziehung inzwischen verändert hatte. In ihren Telefongesprächen hatte Robert nur wenig über seine Trennung von Patt erzählt. Er erklärte nur, dass es ihm alleine in San Francisco nicht gut ging. Da die Trennung von Pat auch gleichzeitig den Verlust seiner Arbeit als Trainer in der Dolphin School bedeutet hatte, hatte er sehr schnell beschlossen, zumindest für eine gewisse Zeit wieder nach Europa zurückzukehren, um hier nach Arbeit zu suchen.

Und nun war er plötzlich da, stand mit seinen zwei riesigen Koffern in Charlottes kleiner Wohnung. Trotz allem war sie erstaunt, wie vertraut er ihr war. Um sich von den verwirrenden und widersprüchlichen Gefühlen abzulenken, kochte Charlotte erst einmal Tee. Die Geschäftigkeit half ihr. Bald standen frische Brötchen auf dem Tisch, gekochte Eier, Honig, Marmelade, Käse, frisches Obst und warm leuchtende Kerzen. Und wie schon damals in San Francisco war Robert sehr berührt durch diesen Anblick eines gedeckten, deutschen Frühstückstisches, der Erinnerungen an frühere Zeiten in ihm auslöste. Während er sich an seiner heißen Teetasse festhielt, sagte er leicht defensiv:

„Wahrscheinlich wunderst du dich, was ich hier in Europa will."

Charlotte schaute erstaunt auf.

„Aber du kommst doch von hier. Du gehörst doch hierher?"

Bei seinen Worten war ein enttäuschtes, flaues Gefühl durch ihren Magen gezuckt. Eigentlich hatte sie gehofft, dass er auch hier war, um sie zu besuchen. Robert wirkte bedrückt.

„Ich weiß nicht, wo ich hingehöre. Ich fühle mich völlig wurzellos."

Charlotte nickte. Das konnte sie gut verstehen. Ihr selber war das schon zweimal so gegangen, als sie längere Zeit im Ausland gelebt hatte. Sie hatte immer gefühlt, dass die verschiedenen Länder Vor- und Nachteile hatten, schöne und weniger schöne Seiten. Alte Verbindungen zu Menschen, Tieren und wichtigen Plätzen in der Natur wurden schwächer, neue Bindungen bildeten sich aus und schließlich wusste man nicht mehr, wo man eigentlich hingehörte. Wurzellos. Erst die Verbindung zu den Frauen, das gemeinsame Feiern der Jahreskreisfeste, die Verbindung zu der Natur, den alten Mythen und den Tieren, hatten diese Wurzeln wieder wachsen lassen. Sie sah Robert forschend an, während sie überlegte, wie er wohl seine Wurzeln finden könnte.

„Ich habe mir überlegt....vielleicht könnte ich den Lebensgefährten meines Großvaters besuchen."

Robert schien selbst erstaunt über das, was er gerade gesagt hatte.

„Den Lebensgefährten deines Großvaters...?" fragte Charlotte.

Jetzt wirkte Robert etwas trotzig:

„Ja, mein Großvater war eine Schwuchtel."

Charlotte zuckte bei dem abfällig dahin geworfenen Wort zusammen.

„Dein Großvater lebt nicht mehr?" fragte sie ratlos.

Sie verstand überhaupt nichts mehr. Da saß Robert in ihrer kleinen Küche, seine beiden riesigen Koffer verstopften ihren Flur, sie wusste nicht, ob er eigentlich bei ihr wohnen wollte oder nicht, und er drückte sich nur in Rätseln aus, schien abwehrend und defensiv. Weihnachten stand vor der Tür und sie hatte keine Ahnung, ob Robert mit ihr hier feiern wollte, oder ob er andere Pläne hatte. Sie seufzte.

Sie stand auf und ging in ihr Meditationszimmer. Dort zündete sie eine Kerze vor der Tara an. Stumm bat sie die Göttin um Hilfe. Sie zündete ein Räucherstäbchen an und steckte es in den kleinen Halter auf dem Altar in der Ostecke des Zimmers. Osten, Neubeginn, Öffnung des Herzens. Plötzlich merkte sie, dass Robert hinter ihr stand.

„Darf ich hier überhaupt hereinkommen?" fragte er zögernd.

Charlotte nickte. Robert ließ sich stumm neben ihr vor der Tara nieder und sie schauten eine Weile in die Kerze.

„Entschuldige bitte", flüsterte Robert, „ich bin völlig durcheinander".

Charlotte nickte wieder. Sie setzte sich hinter ihn, legte vorsichtig ihre Hände auf seine Schultern und bat die Göttin erneut um Mitgefühl und Liebe. Als sie spürte, wie die Energie anfing zu fließen, schob sie eine Hand unter Roberts Arm hindurch und legte sie von vorne auf sein Herzchakra, die andere Hand legte sie von hinten flach auf den Rücken. Eine Weile konzentrierte sie sich auf die warme pulsierende Energie, die durch ihre Hände floss. Robert seufzte, entspannte sich etwas und lehnte sich leicht gegen ihre Hände. Charlotte zog ihn zu sich und nun lag er mit dem Kopf in ihrem Schoss und sie streichelte sanft sein Gesicht. Er lächelte:

„Entschuldige, " sagte er nochmals „ich benehme mich wie ein Ekel".

Charlotte schüttelte lächelnd den Kopf.

„Meinen Vater habe ich seit zehn Jahren nicht mehr gesehen, seit ich in die USA ging." fuhr Robert fort, als wäre das eine Erklärung. „Er lebt mit seiner Frau in Frankfurt."

Nun erinnerte sich Charlotte, dass Robert ihr bei einem ihrer ersten Treffen in San Francisco erzählt hatte, dass seine Mutter vor 15 Jahren an Krebs gestorben sei, er keine

Geschwister habe und mit seinem Vater völlig zerstritten sei.

„Ich habe eigentlich gar keine Familie, ich fühle mich völlig wurzellos."

„Und deine Großeltern mütterlicherseits?"

„Mein Großvater Julius ist im Krieg gestorben. Wenn meine Mutter von ihm erzählte, war sie immer sofort von Gefühlen überwältigt. Sie hat ihn wohl sehr geliebt. Er ist im Stalingrader Kessel geblieben. Kurz vor seinem Tod war er auf Heimaturlaub. Er muss es wohl gewusst haben. Bevor er in die Hölle zurück musste, hat er sich von ihr verabschiedet. Meine Großmutter ist schon vor 20 Jahren gestorben. Ich glaube, sie hat ihre Trauer, Verzweiflung und Hilflosigkeit nie überwunden."

Robert schluckte. Auch Charlotte spürte Tränen in ihren Augen. Sie stellte sich vor, wie das wohl war für diese Männer damals... zurück in den Kessel nach einem Heimaturlaub... und zu wissen, dass eine grausame, fürchterliche Zeit auf sie wartete, die mit ziemlicher Sicherheit mit dem Tod endete. Tod unter brutalsten Bedingungen. Und die zurückbleibenden Frauen und Kinder?

„Unsere Großeltern und Eltern müssen fürchterlich traumatisiert gewesen sein nach dem Krieg. Und sie hatten überhaupt keine Möglichkeit, das aufzuarbeiten. Alles was wir heute an Möglichkeiten haben, Therapie, spirituelle Betreuung, spirituelles Lernen, das alles gab es nicht."

Charlotte sprach nachdenklich, sie fühlte eine tiefe Trauer.

„Ich finde, vor diesem Hintergrund müssen wir unseren Eltern sehr viel nachsehen. Sie sind noch im Krieg geboren und haben als Kinder den Krieg erlebt. Und danach der Hunger. Und alles was dann danach zählte war harte Arbeit, um irgendwie aus dem Elend herauszukommen."

Robert nickte: „Die native Amerikans, ich meine die Indianer - obwohl das ja nicht der richtige Ausdruck ist, aber im Deutschen gibt es gar keinen korrekten Ausdruck? - Die Ureinwohner Nordamerikas auf jeden Fall.... sie sagen, dass es mindestens sieben Generationen braucht, bis die Folgen eines Krieges in einer Gesellschaft überwunden sind. Und dabei haben sie sicher nicht an den Horror der modernen Weltkriege gedacht. Wir sind eigentlich erst die erste Generation nach dem Krieg."

Sie schwiegen eine ganze Weile. Dann fragte Charlotte vorsichtig:

„Und der Lebensgefährte deines anderen Großvaters?"

Robert zögerte: „Er lebt im Wiesental auf einem stillgelegten Bauernhof. Es kann nicht weit von hier sein..."

„Hast du deinen Großvater gut gekannt?"

„Nein, so gut wie gar nicht. Als Kind habe ich ihn ein-, zweimal gesehen. Ich habe aber kaum Erinnerungen daran. Aber bei seiner Beerdigung habe ich Gerhard, seinen Lebensgefährten, kennen gelernt. Wir saßen beim Essen nebeneinander. Und obwohl Gerhard von Trauer völlig überwältigt war, hat er mich irgendwie fasziniert. Er hat eine innere Größe, die ich gar nicht richtig mit Worten beschreiben kann. Als ich ging, bat er mich mehrmals, ihn wieder zu besuchen. Und das ist jetzt 10 Jahre her. Es war kurz bevor ich in die USA ging."

„Lass uns doch am Sonntag einen Ausflug dorthin unternehmen. Wir können dort spazieren gehen und dann noch bei dem Hof vorbeischauen."

Robert nickte zögernd, so ganz sicher war er sich noch nicht. In diesem Moment hörte Charlotte das Klack-Klack der Katzenklappe. Sie schaute erwartungsvoll in Richtung Tür, aber Cleo ließ sich nicht blicken. Die Stille kam ihr ungewöhnlich vor und so stand sie auf, um nachzuschauen, was Cleo machte. Sie kam gerade rechtzeitig, um zu sehen, wie Cleo gegen einen der beiden großen Koffer von Robert markierte.

„Cleo! Du Miststück!" rief Charlotte aus.

Cleo sprang wie ein geölter Blitz ins Wohnzimmer und über das Sofa auf den hohen Schrank. Dort setzte sie sich hin und begann demonstrativ sich zu putzen. Charlotte wollte hinter ihr herspringen, um ausführlich mit ihr zu schimpfen. Doch Roberts Hand auf ihrer Schulter hielt sie zurück.

„Ganz ruhig bleiben, ist doch nicht schlimm. Ich wische das gleich wieder weg, wenn du mir zeigst, wo du die Putzlappen hast. Wenn wir jetzt einen Aufstand machen, ist das gleich ein schlechter Anfang zwischen mir und Cleo. Am besten wir ignorieren das jetzt einfach mal."

Charlotte spürte wie sich plötzlich ein warmes Gefühl in ihrem Magen ausbreitete. Sie seufzte, als ein Teil ihrer inneren Anspannung sich auflöste. Sie lehnte sich an die kühle Flurwand und zeigte auf die Tür der Abstellkammer.

„Dort findest du alles."

Robert säuberte seinen Koffer und ging dann ins Wohnzimmer. Er setzte sich aufs Sofa und sprach freundlich mit Cleo:

„Na Cleo, du musst mir wohl erst einmal zeigen, wer hier welche Besitzansprüche hat, he? Da hast du ja auch völlig Recht. Mir ist völlig klar, dass du hier wohnst und ich nicht."

Cleo hatte ihm aufmerksam zugehört. Charlotte setzte sich neben ihn und lächelte ihn an: „Danke."

Er lächelte zurück, beugte sich vor und gab ihr ganz sacht einen Kuss auf die Stirn. Da sprang Cleo vom Schrank herunter, kletterte auf Roberts Schoss und rollte sich schnurrend zusammen. Charlotte war so erstaunt, dass ihr einen Moment der Mund offen stehen blieb:

„Na so etwas. Das hat sie noch nie gemacht. Zumindest nicht so schnell."

Einen Moment schwiegen sie und betrachteten die Katze, die sich wohlig an Robert schmiegte und aus halb geschlossenen Augen Charlotte beobachtete. Plötzlich musste Charlotte lachen.

„Na, ich glaube, es ist alles geklärt. Deine Sachen sind markiert und Cleo hat dich voll akzeptiert. Das sind doch die besten Voraussetzungen, dass die ersten feinen Würzelchen wachsen können. Was denkst Du?"

Robert nickte und fragte leise:

„Darf ich denn hier bleiben? Ich meine für ein paar Tage, bis ich eine Wohnung finde?"

Charlotte nickte glücklich und kuschelte sich nun ebenfalls an Robert. Robert lachte leise:

„Na, da habe ich ja schon zwei Schmusekatzen. Wenn das kein guter Anfang hier in Europa ist…"

So saßen sie eine ganze Weile bis Robert ganz sanft und zärtlich begann, Charlotte zu streicheln. Cleo quittierte das mit einem Maunzen, von dem nicht ganz klar war, ob sie Roberts Zärtlichkeit gut hieß, oder ob es Unwillen ausdrückte. Auf jeden Fall sprang sie von seinem Schoss und verzog sich. Charlotte schaute ihr nach und richtete sich auf:

„Oh je, nicht, dass der andere Koffer jetzt auch noch markiert wird."

Doch Robert zog sie zu sich heran und murmelte in ihr Ohr: „Das ist mir im Moment völlig egal…". Dabei schob er eine Hand unter ihren Pullover und begann ihr sanft den Rücken zu massieren. Charlotte stöhnte auf und wandte sich ihm zu. Es wurde ein sanftes, liebevolles Spiel. Sie nahmen sich Zeit, um sich ganz langsam wieder neu zu erkunden. Irgendwann zogen sie um ins Schlafzimmer. Als Charlotte Robert hinter sich her durch den Flur zog und über die

Koffer stieg, lächelte sie in Gedanken an Cleo. Diese war jedoch nirgendwo zu sehen und war wohl wieder draußen im Garten unterwegs. Im Schlafzimmer wurden sie von einer aufsteigenden Leidenschaft gepackt, die sie beide überraschte. Sie fielen übereinander her und es schien plötzlich, als würden ihre beide Welten miteinander verschmelzen.

Als Charlotte am Sonntagmorgen aufwachte, spürte sie Roberts warmen Körper neben sich und Glück durchrieselte sie wie ein warmer Regen. Sie richtete sich im Bett auf und blickte aus dem Fenster. Über den Schrebergärten hingen dunstige Nebelschwaden durch die die aufgehende Sonne schimmerte. Sie spürte, wie kalt die Luft war, die durch das gekippte Fenster drang. Sie sprang aus dem Bett, schloss das Fenster und kuschelte sich dann schnell wieder an Robert. Das Glück durchströmte sie jetzt warm und pulsierend und in Gedanken ließ sie die letzten Tage Revue passieren. Donnerstag hatte sie noch arbeiten müssen. Und als sie Donnerstagabend nach Hause kam, duftete ihr aus der Küche ein Fisch-Risotto entgegen. Robert hatte eingekauft, gekocht und der Tisch war auch schon gedeckt. Sie hatten einen wunderschönen Abend verbracht und Charlotte konnte noch gar nicht so richtig glauben, dass so etwas für sie möglich war. Ihre Liebe war wieder so leidenschaftlich, zärtlich und wohltuend, wie sie es von San Francisco in Erinnerung hatte. Am Freitag hatte sie sich frei genommen und sie hatten zusammen Basel erkundet. Charlotte hatte Robert alle ihre Lieblingsplätze und – Cafés gezeigt. Samstag dann war das Wetter so schlecht, dass sie die längste Zeit des Tages im Bett verbrachten. Beide genossen es, so füreinander da zu sein, sich an dem anderen zu erfreuen und immer wieder liebten sie sich, und schliefen dann wieder ein Stündchen. Nachmittags kauften sie gemeinsam ein paar Lebensmittel ein und gingen anschließend in die Sauna.

Den Weihnachtsabend hatten sie gemeinsam verbracht. Charlotte hatte mit Tannenzweigen, Strohkernen, Glaskugeln und Kerzen das Zimmer weihnachtlich geschmückt. Robert hatte als Festessen Rucola-Salat mit Parmesan, dann Entenbrust in Orangensoße mit Kürbisrisotto und zum Nachtisch Tiramisu aufgetischt. Es wurde ein ruhiger, liebevoller Abend. Für den heutigen Sonntag, den ersten Weihnachtsfeiertag, hatten sie einen Ausflug in das Wiesental geplant. Sie wollten spazieren gehen und wenn es sich ergeben würde, anschließend den Lebensgefährten von Roberts Großvater besuchen. Wieder spürte Charlotte das Glück wie eine warme Welle in sich aufsteigen. Sie schmiegte sich noch etwas enger an Robert, was er mit einem zufriedenen, seligen Brummen quittierte.

Nach dem Frühstück zogen sie sich warm an und fuhren mit Charlottes kleinem Renault los. Charlotte hatte eine alte Wanderkarte gefunden, auf der Robert den Ort lokalisierte, von dem er öfter gehört hatte. Sie parkten das Auto und marschierten los. Sie umrundeten in einem weiten Bogen das kleine Dorf. Robert war sehr nachdenklich und wusste nicht so recht, was er eigentlich dort wollte.

„Gerhard, der Partner meines Großvaters, war auch Heiler." sagte Robert unvermittelt.

„Ich meine, er ist Heiler. Früher, als mein Großvater noch lebte, kam das ganze Dorf zur Behandlung. Nach seinem Tod hat Gerhard sich wohl sehr zurückgezogen. Zumindest hat man mir das so erzählt."

Wenn Robert darüber nachdachte, so wusste er eigentlich selber nicht so recht, wer ihm das erzählt hatte. Aber irgendwann musste in der Familie darüber gesprochen worden sein.

„Seltsam, vieles in meiner Familie ist so ein unausgesprochenes Wissen. Ich weiß oft gar nicht, woher ich etwas weiß. Oder ob ich es mir eigentlich nur ausgedacht habe."

Charlotte nickte. „Ich weiß, was du meinst. Das ist in meiner Familie auch so. So viel Unausgesprochenes, soviel nur halb Angedeutetes oder nicht Gesagtes. Und das Verrückte ist, das funktioniert so gut. Ich habe auch nie nachgefragt. Ohne dass man mich zurückgewiesen hätte, habe ich nie gefragt."

Schweigend gingen sie eine Weile nebeneinander her. Die Wintersonne wärmte ganz leicht und an einer windstillen Stelle lehnten sie sich gegen eine dicke Eiche und hielten die Gesichter in die Sonne. Vor ihnen dehnten sich die Wiesen in sanft abwärts schwingenden Hügeln ins Tal. Auf halber Höhe lag ein Hof etwas in den Hang geduckt idyllisch in der Sonne, dahinter schimmerte die Weite des Südschwarzwaldes. Charlotte schloss seufzend die Augen und entspannte sich in die Weite des Raums hinein. Wieder fühlte sie tiefes Glück in sich aufsteigen. Robert neben sich, Sonne, Sonntag, hier draußen in der Natur. Gerade wollte sie das Robert sagen, da merkte sie, wie angespannt er plötzlich war. Sie öffnete die Augen und wandte sich ihm zu. Er stand und schaute gebannt zu dem Hof hinunter. Dort unten war nun ein alter Mann zu sehen. Er schien zu ihnen hinauf zu schauen und einen Moment schien es, als würden Robert und er sich anschauen. Charlotte begriff plötzlich.

„Dort unten…. Dort unten das ist der Hof deines Großvaters und Gerhards."

Doch Robert war schon losgegangen. Charlotte ging hinterher.

„Warte. Wie hieß dein Großvater eigentlich?"

Robert ging weiter, als hätte er sie gar nicht gehört, stumm den alten Mann dort unten fixierend. Erst als Charlotte noch einmal fragte, sagte er mit seltsam rauer Stimme:

„Diabolo. Er wurde Diabolo genannt. Warum, das weiß ich auch nicht, aber genau das werde ich jetzt fragen."

Als sie den alten Mann erreichten, blieb Robert stehen. So standen er und der alte Mann sich stumm gegenüber. Charlotte sah, dass der Mann zutiefst gerührt war. So, als hätte er einen Menschen vor sich, auf den er sehr, sehr lange gewartet hatte. Auch Robert war seltsam bewegt. Nach einer langen Weile sagte der Mann:

„Robert. Robert, du bist gekommen."

Dann breitete er die Arme aus und umarmte Robert. Man sah, dass sich beide trotz der Rührung sich in der ungewohnten Begrüßung unbehaglich fühlten und so lösten sie sich schnell wieder voneinander. Der alte Mann drehte sich zu Charlotte:

„Ich bin Gerhard. Und du, du musst Roberts Frau sein."

Robert strahlte plötzlich. Charlotte lachte:

„Ganz so weit sind wir noch nicht."

„Na, " sagte Gerhard, „was nicht ist, kann ja noch werden."

Gerhard bat sie, ins Haus zu kommen. Innen war es gemütlich warm und Charlotte fand, es war dafür, dass hier ein alter Mann alleine wohnte, erstaunlich ordentlich und sauber. Und nicht nur das, es war wohnlich und behaglich mit vielen alten Holzmöbeln, Teppichen, einem Kachelofen und einem offenen Kamin. In einer Ecke stand ein Weihnachtsbaum mit echten Kerzen, reich mit Strohsternen und Glaskugeln geschmückt. Sie setzten sich vor den Kamin. Gerhard servierte ihnen duftenden Kräutertee und bot ihnen selbstgebackene Weihnachtskekse an. Robert erzählte eine ganze Weile von seinem Leben in den USA. Dann, nach einem langen Moment des Schweigens, platzte er heraus:

„Gerhard, ich wollte dich nach meinem Großvater fragen. Ich weiß so wenig von ihm. Von seinem Leben. Wie er gestorben ist."

Nun zögerte er etwas. Dann gab er sich einen Ruck, wie um es hinter sich zu bringen.

„Mein Vater hat sich immer geweigert, von ihm zu sprechen, wenn ich nach ihm fragte. Und meine Großmutter - die presste sogar die Lippen aufeinander, das einzige Mal, als ich wagte, sie nach ihm zu fragen. Und... Und warum wurde er eigentlich Diabolo genannt? Er war doch Mönch. Warum nannten ihn alle Diabolo?"

Gerhard schwieg. Er schien mit sich einen inneren Kampf zu fechten. Zuerst meinte Charlotte Freude darüber zu sehen, dass Robert gefragt hatte. Doch irgendetwas schien ihn auch zu beunruhigen, um irgendeine Entscheidung schien er zu ringen. Nach einem langen Schweigen seufzte er.

„Die Leute im Dorf und auch die meisten aus seiner Familie dachten, er hieße Diabolo, weil er im Kloster darauf spezialisiert war, den Teufel fern zu halten. Oder besser gesagt, die Menschen vom Teuflischen fern zu halten. Aber eigentlich hatte er den Namen aus einem ganz anderen Grund."

Nun schwieg Gerhard wieder eine ganze Weile. Dann fragte er:

„Habt ihr Zeit?"

Robert und Charlotte nickten beide.

„Dann lasst uns erst etwas essen. Und nach dem Essen erzähle ich euch von Diabolo".

Sie aßen einen Eintopf, der auf dem Herd stand. Er war sehr einfach, aber lecker. Dazu gab es einen milden Kräutertee. Nach dem Essen räumten sie das Geschirr in die Küche. Robert und Charlotte spülten, während Gerhard Feuer im Kamin machte. Dann setzten sie sich vor das Feuer und Gerhard begann zu erzählen.

„Ich habe mich dazu entschieden, euch die ganze Geschichte zu erzählen. Nur so könnt ihr verstehen. Es wird etwas dauern, wir werden auch heute nicht damit fertig. Aber nur so kann ich wenigstens versuchen, Diabolo gerecht zu werden. Ihr könnt dann selber entscheiden, wie viel ihr hören möchtet.

Wie ihr ja wisst, bin ich Schweizer Abstammung. Ich bin auch in der Schweiz, genauer gesagt im Tessin, aufgewachsen. Aufgrund meiner Erfahrung in den Bergen wurde ich während des Krieges eingeteilt, die Grenzen zu patrouillieren und Flüchtlinge, die versuchten über die Grenze aus Italien in die Schweiz zu kommen, wieder zurück zu schicken. Ich war jung, militärisch erzogen und tat was mir befohlen wurde. Doch immer öfter kamen mir starke Zweifel. Bald waren die Gräueltaten der Nazis zu mir durchgedrungen. Und immer wenn wir Juden über die Grenze zurückscheuchten, oder, noch schlimmer, direkt den Nazis übergaben, konnte ich wochenlang nicht schlafen. Ich sah die Gesichter dieser Menschen vor mir. Verzweifelt, bittend, meist ausgehungert. Oft konnten sie gar nicht fassen, dass wir sie zurück schickten. Immer stärker quälte mich mein Gewissen. Ich versuchte, mit meinen Kameraden darüber zu sprechen, aber keiner wollte davon auch nur hören. Eines Tages, als wir einer jungen Frau die Flucht in die Schweiz vereitelt hatten und sie daraufhin den Freitod wählte, konnte ich nicht mehr. Ich desertierte von der Truppe und schloss mich dem italienischen Widerstand an. Da ich mich in den Bergen hervorragend auskannte, die Grenzverläufe inn- und auswendig im Schlaf hersagen konnte und als Tessiner fließend italienisch sprach, wurde ich mit offenen Armen aufgenommen. Was ich dort im Widerstand mitbekam, verstärkte mein Entsetzen und ließ einen langsamen, stetigen Hass gegen die Nazis in mir wachsen. Immer wieder sah ich das Bild dieser jungen Frau vor mir, die wir damals an der Grenze zurückgewiesen hatten und die mich in Träumen flehentlich darum bat, den Weg in die Schweiz freizugeben. Die mir ihren Arm mit der eingebrannten KZ Nummer hinstreckte. Ihr völliges Unglauben und dann ihre völlige Resignation, als wir den Weg nicht freigaben, sondern ihr drohten, sie festzunehmen und an die Nazis auszuliefern.

Im Widerstand lernte ich Menschen kennen, die von den Nazis gefoltert worden waren. Kinder, deren Eltern und Geschwister vergast waren. Kinder, die wie durch ein Wunder entkommen waren, gerettet wurden und nun aber ihr Leben als eine entsetzliche Bürde empfanden. Eltern, deren Kinder verhungert oder ermordet waren. Wir bargen Leichen, die so entsetzlich gefoltert worden waren, dass ich mich übergeben musste, bevor ich sie bergen und beerdigen konnte. All das trieb mich zu Höchstleistungen im Widerstand. Keine Anstrengung, keine Entbehrung war mir zu viel. Ich war bald als der Tollkühnste in meiner Gruppe bekannt. Oft zog ich schon deswegen alleine los, um nicht andere durch meine Aktionen zu gefährden. Es blieb natürlich nicht aus, dass ich schon bald auch auf der anderen Seite bekannt war und die Nazis ein hohes Kopfgeld auf mich ausgesetzt hatten. Das spornte mich nur umso mehr an und nun konnte ich auch nicht mehr zurück. Ich bin mir nicht sicher, ob die Schweiz mich nicht ausgeliefert hätte, wenn ich zurückgegangen wäre. Als Deserteur wäre ich zumindest bestraft worden. Und es gab Gerüchte, dass italienische Widerstandskämpfer auf Verlangen der Nazis ausgeliefert worden waren.

Meine besondere Spezialität war, einzelne Truppen der Nazis in einen Hinterhalt zu locken. Ich gab mich dabei zu erkennen. In ihrem Eifer mich und damit die hohe Prämie einzufangen, wurden die Truppen oft leichtsinnig und wir hatten leichtes Spiel mit ihnen. Das war auch der Plan an dem Tag, an dem ich deinen Großvater zum ersten Mal sah. Ich lag oben auf einer Bergkuppe und beobachtete ein Lager einer kleinen Truppe der Nazis unten im Tal. Es war

Winter und eigentlich war die geplante Aktion leichtsinnig, denn im Schnee konnten sie meine Spuren gut verfolgen. Aber andererseits war das auch der Plan. Ich sollte mich zu erkennen geben, sie sollten meine Spuren verfolgen und oben, sobald ich über dem Pass war, würden meine Kameraden eine Lawine lostreten. Der Trick mit der Lawine sparte uns Munition. Wir mussten nur noch die erschießen, die nicht verschüttet wurden."

Charlotte schauderte. Robert saß wie erstarrt. Gerhard schwieg einen Moment und blickte lange in das Feuer.

„Ja", fuhr er schließlich fort, „Das waren grausige Zeiten damals." Gerhard schenkte allen noch einmal Tee ein, bevor er weitersprach.

„An diesem Tag also beobachtete ich das Lager der Nazis und wartete auf ihren Aufbruch. Wenn alle gepackt haben würden, war die Wahrscheinlichkeit am Größten, dass mich alle zusammen verfolgen würden, sobald sie mich sahen. Aber aus irgendeinem Grunde ließen sie sich an diesem Morgen sehr viel Zeit. Mir war kalt und meine Muskeln wurden steif. Ich überlegte gerade, ob ich die Aktion abblasen sollte, als ich unten im Tal eine Bewegung wahrnahm. Und nun verstand ich: sie warteten auf Verstärkung! Eine freudige Aufregung vermischt mit Angst machte sich in mir breit. Einerseits hieß das, wir könnten noch mehr auf einmal von ihnen erwischen. Andererseits wurde es auch riskanter. Wenn wir nicht alle töten konnten, würden sie uns verfolgen, was anhand unserer Spuren im Schnee einfach war. Und Neuschnee war heute nicht zu erwarten. Während ich noch überlegte, war der neue Trupp im Lager angekommen. Es waren zwei Männer in Uniform und einer in Zivil. Der in Zivil war völlig schwarz gekleidet. Er bewegte sich mit absoluter Sicherheit und Autorität. Er ritt in das Lager ein wie ein Feldherr, der gekommen ist, seine Truppen zu inspizieren. Und wirklich, keine 10 Minuten nach seiner Ankunft, ließ er die Truppe antreten und begutachtete jeden einzelnen von ihnen. Der bisherige Anführer der Truppe erklärte nun etwas und wies mehrmals auf die Berge, in denen wir uns versteckten. Aber erst als sich der Schwarze umdrehte und lange und durchdringend mit suchendem Blick die Berge abtastete, wurde mir mulmig. Mir liefen plötzlich Schauer den Rücken hinunter und ich wurde von bösen Ahnungen gepackt. Bevor ich noch einen Gedanken fassen konnte, wurde unter mir ein Befehl geschrien und die Truppe setzte sich in Bewegung. In meine Richtung. Nun musste ich handeln. Ich musste meine Leute warnen und es gab nur einen Weg zu ihnen: quer über den Südhang, dort wo mir die Nazis dann folgen sollten. Ich musste nun eilen. So war es nicht geplant. Ich sollte eigentlich einen Vorsprung haben, bevor ich mich zu erkennen gab. Nun würden sie mich sehen, sobald ich hinter der Kuppe hervorkam. Plötzlich und für mich völlig ungewöhnlich, erfasste mich Panik. Ich sah die gefolterten Leichen vor mir, die ich geborgen hatte. Vor meinem inneren Auge zogen die Bilder der Gaskammern und der Lager vorbei und ich fragte mich, wie lange ich in einem solchen überleben würde. Ich war wie erstarrt und konnte mich plötzlich in meinem Versteck nicht rühren. Irgendwie war mir ganz dumpf bewusst, dass dieser in schwarz gekleidete Nazi diese Panik in mir ausgelöst hatte. Seine autoritäre Sicherheit, seine schnellen, geschmeidigen Bewegungen, seine Zielgerichtetheit machten mir Angst. Die Art mit der er die Berge gemustert hatte, als wüsste er, dass ich mich dort versteckte. Und dann, mitten in meiner erstarrten Panik, hatte ich plötzlich eine Vision von der Frau, die wir nicht über die Grenze gelassen hatten. Plötzlich schwebte sie vor mir, leicht, unbeschwert und lächelnd. Sie drehte sich zu mir um und sagte: „Komm, Gerhard. Folge mir. Jetzt sofort." In dem sie mich anlächelte, wusste ich, dass sie mir verziehen hatte. Und mit dieser Erkenntnis schwand plötzlich meine Panik. Ich gewann meine unerschütterliche Ruhe, für die ich während Aktionen sonst so bekannt war, wieder zurück. Einen Moment war ich verwundert, warum ich plötzlich wusste, dass diese Frau Sarah hieß. Aber ich folgte ihr und während ich nun schnell und sicher den Schneehang hinauf kletterte, nahm ich mir vor, über die Nummer zu recherchieren, die ich nie mehr vergessen würde. Die Nummer, die dieser Frau in den Arm gebrannt worden war und die ich mit meinem Feuerzeug weggeschmort hatte, bevor ich ihre Leiche zurückließ. Ja, wenn ich irgendwann dazu Gelegenheit haben sollte, dann würde ich nachschauen, ob diese Nummer zu einer Frau Namens Sarah gehörte und ich würde dieser Frau einen Gedenkstein aufstellen. Die Vision in Form dieser strahlenden Frauengestalt war wieder verschwunden, aber ich hatte meine Schnelligkeit und Kraft wieder gefunden und ich wusste, was ich zu tun hatte. Während mein Körper über das Schneefeld schnellte, stieß ich unseren Warnruf für höchste Gefahr aus. Er klang wie ein Wolfsruf und bedeutete, dass wir entdeckt und der Feind in der absoluten Überzahl war. Und während der Ruf ins Tal zog, hörte ich die aufgeregten Stimmen unter mir. Wie gehofft und erwartet löste sich die Disziplin unten auf und alle stürzten halsbrecherisch auf das Schneefeld und hinter mir her. Mein Vorsprung reichte aus, ich erreichte den Pass und meine Kameraden waren schon dabei den Felsbrocken, der die Lawine ins Rollen bringen sollte, in Schwung zu bringen, als unten ein Befehl gerufen wurde. Zuerst schien keiner der Truppe darauf zu reagieren. Dann nach einem weiteren Befehl in schärferem Tonfall blieben nach und nach einige stehen und drehten sich zögernd um. Der Schwarze stand in Kommandohaltung und schrie den Befehl zur Rückkehr. Mit ein paar gezielten und eindeutigen Gesten verdeutlichte er denen, die zu weit waren, um ihn zu verstehen, dass sie zurückkehren sollten.

Der vorderste Trupp allerdings preschte weiter, entweder hörten sie nicht, oder waren so vom Jagdfieber ergriffen, dass sie ihrem neuen Führer nicht folgten. Und nun passierte alles gleichzeitig. Während der Felsbrocken immer stärker schwankte, peitschte plötzlich ein Schuss durch das Tal und der vorderste der Männer brach zusammen. Die Männer hinter ihm prallten zurück und schauten fassungslos, wie er in den Schnee sackte. Einer von Ihnen wollte ihm zu Hilfe eilen, doch da bellte der Schwarze wieder einen Befehl. Und als der Mann sich zögernd umwandte, setzte der Schwarze gezielt einen Warnschuss direkt neben ihn in den Schnee. Es war unmissverständlich, wenn sie nicht alle umkehrten, würde er schießen. In diesem Moment löste sich der Felsbrocken und kippte ganz langsam über den Abhang. Während er dumpf über das Schneefeld rollte und dann in einer Wolke aus Schnee verschwand, schauten die Männer oben und unten fassungslos, wie der sterbende Mann von der Lawine mitgerissen wurde. Als die Schneemassen zum Stillstand gekommen waren, standen noch immer alle wie angewurzelt. Es war fast unnatürlich ruhig. Unten wie oben standen die Männer schweigend, bis der Schwarze einen Befehl gab, und die Truppe schweigend ins Tal abstieg.

Roberto stand neben mir. Er war der älteste unter uns, hatte die meiste Erfahrung und übernahm meist im Gelände die Führung. Er stand wie erstarrt und schaute den abziehenden Männern hinterher. Er flüsterte, und es hörte sich an, als spräche er zu sich selber:

„Sie haben uns Diabolo geschickt. Gnade uns Gott."

Und dann richtete er sich seufzend auf und sagte:

„Er hat die Falle erkannt. Diabolo hat die Falle erkannt. Und sich nicht gescheut, seinen eigenen Mann zu erschießen, um die Truppe zu retten."

Wir traten nun eiligst den Weg ins Lager an, allerdings nahmen wir den Umweg über zwei Gletscherfelder um unsere Spuren zu verwischen. Mir gingen viele Fragen durch den Kopf. Wer denn Diabolo sei, woher Roberto ihn kannte, was das alles zu bedeuten hatte. Aber alle diese Fragen konnte ich erst abends stellen.

Wir kamen spät im Lager an. Erst als wir endlich beim Abendbrot saßen, erzählte Roberto uns, was er wusste. Diabolo war als unerbittlicher Jäger bekannt. Mit grausamer Härte gegen seine eigenen Männer und die Verfolgten gab er niemals auf, bis er sein Opfer hatte. Und er wurde immer dann eingesetzt, wenn die Truppen mit einer Aufgabe nicht weiter kamen, wenn irgendetwas mit hoher Priorität verfolgt werden sollte. In dem nun folgenden Schweigen, merkte ich plötzlich, wie immer öfter verstohlene Blicke in meine Richtung gesendet wurden. Mir wurde plötzlich siedend heiß. Natürlich! Diabolo war geschickt worden, um mich zu jagen. Ich hatte plötzlich das Gefühl, keine Luft zu bekommen. Die Panik, die mich schon am Mittag so unerwartet überflutet hatte, stieg wieder in mir hoch. Ich schob mit einem Ruck den Stuhl zurück und schnappte nach Luft. Roberto war aufgestanden und legte mir beide Hände auf die Schultern.

„Ruhig, ganz ruhig. Wir werden dich verstecken bis der Spuk vorbei ist."

„Ja, natürlich…"

„In der Höllenschlucht"

„Im Engelstal"

„Oben auf…"

Die Stimmen schwirrten durcheinander. Ich schloss einen Moment die Augen und plötzlich erinnerte ich mich an die Vision, die mich heute Mittag gerettet hatte. Einen Moment konzentrierte ich mich auf das Bild dieser strahlenden Frau. Und nun wusste ich, was zu tun war. Ich hob die Hände und bat um Ruhe.

„Nein. Ganz bestimmt nein. Wenn ihr mich versteckt, dann wird er euch jagen. Und irgendwann wird er einen von euch kriegen. Und ihn solange foltern, bis er sagt, wo ich bin oder sagt, wo die anderen sind."

Einige der Kameraden wollten mich empört unterbrechen, doch ich bat sie zu schweigen:

„Selbst wenn ihr unter der Folter nicht zusammenbrecht. Er wird euch zu Tode foltern. Oder wird euch Mittel spritzen, dass ihr sprecht. Wir alle wissen, wie sie das machen."

Einen Moment herrschte tiefstes Schweigen. Doch ich war nun fest entschlossen und fuhr fort:

"Ich bin sicher, sie wissen inzwischen, dass ich Schweizer bin. Wenn ich also in Richtung Schweiz fliehe, werden sie mir folgen. Das ist das, was sie erwarten. Aber sie können mir nicht über die Schweizer Grenze folgen. Ich werde mich dort in den Bergen verstecken. Ich glaube nicht, dass die Schweizer Grenzsoldaten mich dort jetzt im Winter verfolgen werden. Und selbst wenn, sie werden es halbherzig tun. Schließlich war ich mal einer von ihnen. Dort bin ich über den Winter sicher. Und im Frühjahr werde ich wieder zu euch stoßen."

Ich blickte in die Runde. Ich wusste, wie schwer es für mich sein würde, diese Männer zu verlassen. Und ich wusste, ich würde sehr einsam sein. Doch es war die einzige Möglichkeit, Diabolo fortzulocken."

Draußen war es dunkel geworden. Das Feuer war fast aus. Alle schauten sinnend in die Glut. Gerhard schaute Charlotte und Robert an: „Diese Erinnerungen haben mich sehr müde gemacht. Und ich finde auch, das reicht wirklich für heute. Wenn ihr wieder kommt, dann erzähle ich gerne weiter. Immerhin," und nun blickte er Robert traurig lächelnd an „weißt du jetzt schon mal, warum dein Großvater Diabolo hieß."

Als sie schon draußen im Hof standen, öffnete Gerhard noch einmal die Türe. Er stand in der weit geöffneten Türe, das warme Licht umhüllte ihn und schien ein klein wenig über seine Einsamkeit hinweg zu trösten.

„Robert, wenn ich dich etwas bitten darf: Besuche doch deinen Vater. Nun weißt du ja, oder vielleicht ahnst du jetzt, was für ein Erbe er hatte. Vielleicht hilft dir das, wenn schon nicht zu verzeihen, so doch wenigstens zu akzeptieren."

Robert schluckte, dann nickte er. Er hob langsam die Hand, wie zum Abschiedsgruß. Einen Moment sah Gerhard noch einsamer aus. Aber Robert sagte:

„Wir kommen bald wieder. Aber du hast recht, vielleicht ist es an der Zeit, meinen Vater wieder zu sehen."

Als Robert und Charlotte durch die Dunkelheit zurück zu ihrem Auto gingen, schwiegen sie. Robert schwirrten die Gedanken durch den Kopf und auch Charlotte war erschüttert. Das was sie gehört hatten, war zu viel, um belanglos darüber zu reden. Beide waren dankbar, dass sie damit nicht allein waren. Die ganze Nacht hielten sie sich aneinander fest, um sich gegenseitig Trost zu geben. Irgendwann kam Cleo von draußen herein und legte sich schnurrend auf sie. Charlotte war wieder einmal erstaunt, wie viel Trost und Zuversicht von diesem kleinen Körper ausgestrahlt wurde.

Für Charlotte war die erste Woche im neuen Jahr mit vielen Terminen gefüllt. Die Anstellung bei Synergia, einer der weltweit größten Unternehmensberatungen, als Mediatorin zur Begleitung von Projektentwicklungen bedeutete, dass sie viel unterwegs sein musste. Dienstag hatte sie einen Termin in Frankfurt. Robert beschloss, am Dienstag früh zusammen mit ihr nach Frankfurt zu fahren und seinen Vater zu besuchen. So nahmen sie gemeinsam morgens früh den Zug nach Frankfurt und gönnten sich ein ausführliches Frühstück im Zugrestaurant. Sie überlegten, welchen Trick es wohl gebe, dass man einfach den Moment genießen könne. So wie jetzt gerade: im Zugrestaurant sitzend, Cappuccino schlürfend, die wunderschöne Landschaft des Rheingrabens an sich vorbeiziehen zu lassen. Und eben nicht daran zu denken, dass einem ein arbeits- und spannungsreicher Tag oder ein Familienwiedersehen bevorstand. Aber schon das Gespräch darüber, half ihnen beiden, den bevorstehenden Tag etwas lockerer auf sich zukommen zu lassen.

Als sie sich am Frankfurter Hauptbahnhof voneinander verabschiedeten, waren beide guter Dinge. Robert wollte erst einmal durch Frankfurt schlendern. Charlotte hatte nur vormittags Termine. Sie trafen sich mittags zu einem kleinen Imbiss und fuhren dann gemeinsam nach Sachsenhausen, wo Roberts Vater mit Familie ein Haus mit kleinem Garten nahe am großen Stadtwald besaß. Robert hatte darauf bestanden, einen Überraschungsbesuch zu machen, was Charlotte keine gute Idee fand. Trotzdem ging sie mit, da es Robert sehr wichtig war, dass sie ihn begleitete. Als sie von der S-Bahn Station die Straßen entlang gingen, spürte Charlotte Roberts Nervosität. Sie nahm seine Hand und schickte so viel Ruhe, Liebe und Mitgefühl zu ihm hinüber, wie ihr in diesem Moment möglich war. Sie gingen schweigend, dann standen sie vor dem Haus mit der Nummer 77. Im Garten arbeitete ein Mann. Er kehrte ihnen den Rücken zu und Charlotte überlegte gerade, ob das wohl Roberts Vater sei, da spürte sie, wie Robert ohne sich zu bewegen den Rückzug antrat. Sie drückte ermutigend seine Hand und in diesem Moment drehte sein Vater sich um. Sprachlos stand er und schaute sie an. Sein Blick wanderte von Roberts Gesicht zu Charlotte, zu ihnen beiden, wie sie noch immer einander an den Händen hielten. Plötzlich ging ein Strahlen über sein Gesicht.

„Robert!"

Er eilte auf sie zu.

„Robert..... Aber warum hast du denn gar nicht angerufen....Wo kommst du denn her....du warst so lange.... ich habe gar nicht mehr gewusst, wo du bist."

Einen Moment standen ihm die Tränen in den Augen. Robert schien peinlich berührt, wie erstarrt stand er noch immer vor der Gartenpforte. So war es schließlich Charlotte, die die Gartentüre sanft aber entschlossen öffnete, auf Roberts Vater zu trat, ihm die Hand hinstreckte und sagte:

„Ich bin Charlotte Lesab. Freut mich sehr, sie kennenzulernen."

Das riss Roberts Vater aus seiner Rührung. Er schluckte, ergriff lächelnd ihre Hand:

„Ganz meinerseits, ganz meinerseits. Peter Aichin."

Dann gab er Robert die Hand. Die beiden begrüßten sich förmlich, und damit konnten sie wieder den nötigen Abstand herstellen, den sie brauchten, um miteinander umzugehen. Peter bat sie ins Haus. Charlotte war überrascht, wie schön und gemütlich das Haus eingerichtet war. Irgendwie hatte sie nach der Geschichte von Diabolo und nach den Erzählungen von Robert über seine Familie ein karges, lieblos eingerichtetes Haus erwartet. Aber die Einrichtung des Hauses strahlte Wärme aus und vor allem auch das Vorhandensein von reichlich Geld. Roberts Vater schien gut zu verdienen. Auch der Garten war wunderschön, leicht verwildert, aber man konnte auch jetzt im Winter erkennen, dass hier in wenigen Monaten vieles blühen würde. Peter entschuldigte die Abwesenheit seiner Frau, sie würde erst morgen wieder kommen, da sie zu ihrer Schwester nach Dortmund gefahren sei.

„Aber wir hatten ja auch keine Ahnung... ihr hättet doch ankündigen können, dass ihr kommt."

Jetzt schwang zum ersten Mal Missbilligung in seinem Ton mit, vorher hatte Charlotte nur Freude, Verwunderung, Staunen feststellen können. Die Unterhaltung lief stockend, zögerlich. Es war deutlich zu erkennen, dass Peter sich auf sichere Themen wie Beruf und Hobbies beschränken wollte, allerdings war das schwierig. War doch Robert im Moment arbeitslos und das war ein Thema, das es offensichtlich mit allen Mitteln zu umschiffen galt. Peter hatte Kaffee gekocht und einen Kuchen hervorgezaubert. Das lockerte die Stimmung etwas. Als der Tisch wieder abgeräumt war, saßen sie plötzlich schweigend um den Tisch.

Plötzlich schien sich Peter einen Ruck zu geben:

„Wie ist es dir denn in Amerika ergangen? Hattest du Erfolg dort?"

Bei dem Wort Erfolg, verschränkte Robert die Arme und schaute abwehrend an Peter vorbei. Charlotte legte ihm unter dem Tisch eine Hand auf den Oberschenkel und schickte ihm Energie. Nun begann Robert zu erzählen, erst stockend, abwehrend, dann immer flüssiger. Von seinem Studium, von seinem Master in Behavioral Ecology, von der Job - Suche und schließlich von der Dolphin - School. Pat ließ er aus, und auch, wie er Charlotte kennen gelernt hatte. Er erzählte auch nicht, warum er jetzt wieder in Europa war. Charlotte beobachtete Peter, der zuerst sehr interessiert, dann skeptisch zu hörte. Die Berufswahl seines Sohnes schien keine große Begeisterung, nicht einmal Zustimmung bei ihm zu finden. Die Stirn runzelnd, fast schon missbilligend, schaute er auf Robert. Charlotte erinnerte sich an Gerhards Worte: „Nun, da du weißt, was er für ein Erbe er hatte...." Nun, weder Robert noch Charlotte wussten das bis jetzt wirklich, aber Charlotte spürte plötzlich, wie ein Kribbeln durch ihren Körper lief und wie sie plötzlich Peter mit ganz anderen Augen sah. Sie sah plötzlich ein einsames, verängstigtes Kind neben einer verbitterten, harten Mutter. Einer Mutter, die alle Gefühle unterdrückte. Ein Kind, das sich nach einem heldenhaften, starken Vater sehnte. Einem Vater, mit dem man angeben konnte, mit dem man drohen konnte, wenn andere einem böse mitspielten. Ein kleiner Junge, der von anderen gequält wurde auf dem Schulhof und auf dem Nachhauseweg. Und noch Jahrzehnte nach Kriegsende träumte dieser Junge davon, dass auch sein Vater plötzlich wieder nach Hause käme, so wie andere Väter das getan hatten. Ein kleiner, einsamer Junge, der sich schon früh nicht mehr getraute, seine Mutter nach dem Vater zu fragen, weil sie dann immer erstarrte und ihn böse anblickte. Und so wusste dieser kleine Junge irgendwann nicht mehr, ob er auf seinen Vater böse sein sollte, weil der einfach nicht nach Hause kam oder auf seine Mutter, die vielleicht den Vater mit ihren bösen Blicken fernhielt. Charlotte sah die Bilder so deutlich, dass sie unwillkürlich seufzte. Robert hielt mitten im Satz inne und beide, Peter und Robert starrten Charlotte an. Robert sprang auf:

„Charlotte, du bist ja ganz blass."

Auch Peter beugte sich nun vor:

„Geht es ihnen nicht gut?"

Hilflos sprang er auf und holte ein Glas Wasser. Charlotte schüttelte sich. Sie war selber völlig verwirrt, durch die Bilder, die sie so unvermutet gesehen hatte, fing sich aber schnell wieder.

„Es geht schon, es geht. Das ist nur der Kreislauf."

Sie nahm das Glas Wasser mehr um Peter zu beruhigen, als dass sie es wirklich gebraucht hätte. Sie seufzte noch einmal und schaute Peter an:

„Sie müssen eine schwere Kindheit gehabt haben."

Peter hielt verdutzt inne und verharrte dann einen Moment regungslos. Es war, als kämpfe er mit sich. Doch dann gewann seine Distanziertheit die Oberhand:

„Wie kommen sie denn darauf? Nun ja, wie wir alle, wir Kriegskinder." setzte er noch etwas schroffer dazu.

Robert schaute nun völlig verwirrt. Das Gespräch stockte wieder. Und plötzlich platzte Robert heraus:

„Wir haben letztes Wochenende Gerhard besucht."

„Gerhard?"

Das war nun endgültig zu viel für Peter. Er stand auf, trat ans Fenster und schaute in den Garten. Sein Rücken bebte und man sah ihm deutlich an, wie er mit sich rang. Als er sprach, war seine Stimme rau, stockend:

„Und, wie geht es ihm?"

Nun griff Charlotte ein.

„Es geht ihm gut, aber ich glaube, er ist einsam. Er hat sich sehr über unseren Besuch gefreut und wir haben ihm versprochen, bald wieder zu kommen. Ich glaube, er würde sich bestimmt auch sehr über ihren Besuch freuen."

Nun drehte Peter sich abrupt um. In seinem Blick war deutlich zu lesen, dass er sich fragte, was das eigentlich alles Charlotte anging. Trotzdem schien er irgendwie Sympathie für sie zu spüren. Und als Robert und Charlotte sich kurze Zeit später verabschiedeten, drückte er Charlottes Hand lange und herzlich:

„Es hat mich sehr gefreut, sie kennen zu lernen. Und bitte, kommen sie doch wieder. Bringen sie mir meinen Robert wieder. Nicht, dass ich ihn erst in zehn Jahren wieder sehe."

Robert lachte dazu etwas gequält. Und als sie zur S-Bahn zurückgingen, brummte er:

„Beim Abschied war er schon immer am herzlichsten. Das heißt, wenn ich ihm die Gelegenheit dazu gegeben habe."

Charlotte legte den Arm um ihn:

„Ach komm, er hat sich doch aufrichtig gefreut, dich zu sehen."

„Ja, " seufzte Robert, „das schien wirklich so. Aber nur bis zu dem Moment, wo er feststellen musste, dass ich nicht erfolgreich im Beruf bin."

Charlotte schwieg. Was sollte sie auch sagen? Dafür fragte Robert sie nun, was sie denn gehabt habe, ob ihr Kreislauf öfters so verrückt spiele. Charlotte zögerte. Konnte sie ihm das wirklich erzählen? Sie beschloss, offen zu sein. Diese Beziehung zu Robert war ihr zu wichtig für irgendwelche Versteckspiele. Und so erzählte sie ganz offen, was sie gesehen hatte.

„Weißt du, " schloss sie dann, „ich habe keine Ahnung was das für Bilder waren. Ob das einfach meine ausgeprägte Phantasie war, oder ob ich wirklich Bilder aus der Vergangenheit gesehen habe. Oder ob Peter mir irgendwie diese Bilder unbewusst geschickt hat und ich sie aufgreifen konnte. Aber auf jeden Fall könnte es so gewesen sein. Und wenn ich diesen verängstigten, allein gelassenen kleinen Jungen so vor mir sehe, dann kann ich mir auch gut vorstellen, wie er irgendwann beschlossen hat, dass er groß und stark sein muss im Leben. Und groß und stark bedeutet in unserer heutigen Gesellschaft beruflichen Erfolg zu haben."

Robert hatte ihr mit unbewegtem Gesicht zu gehört. Und er sagte auch jetzt nichts. Schweigend schaute er aus dem Fenster der S-Bahn hinter dem Frankfurts Vorstadtwelt an ihnen vorbeizog. Schweigend gingen sie zum Bahnhof. Charlotte war nun unsicher, ob sie zu viel gesagt hatte. Ob sie nicht lieber hätte schweigen sollen. Als der ICE einfuhr, setzten sie sich in das Boardbistro und bestellten sich jeweils ein Bier. Robert schwieg noch immer, sagte nichts, schaute einfach zum Fenster hinaus in die nun dunkle Landschaft. Charlotte legte ihm die Hand auf den Arm:

„Robert, es tut mir leid, wenn ich zu viel gesagt habe. Ich wollte mich nicht in Sachen mischen, die mich nichts angehen. Es tut mir wirklich leid."

Ihre Stimme wurde unsicher, sie brach ab. Jetzt schaute Robert auf:

„Nein, nein."

Er rief es fast.

„Du sollst dich nicht entschuldigen. Es war sehr gut, dass du das erzählt hast. Nur…" er schluckte und Charlotte hatte das Gefühl, er kämpfte mit den Tränen „Es ist so viel auf einmal. Ich verstehe das alles nicht. Diabolo. Mein Vater. Diabolo war der Vater meines Vaters. Aber was war eigentlich mit meiner Großmutter? Was war überhaupt nach dem Krieg?"

Er schüttelte sich und rieb das Gesicht in beiden Händen.

„Meine Gedanken drehen sich im Kreis. Ich kann nicht mehr klar, geradlinig denken."

„Dann versuch doch, im Moment nicht mehr darüber nachzudenken. Am Wochenende besuchen wir Gerhard und dann wird er sicher mehr von Diabolo erzählen. Und bis dahin: ich denke, wir sollten einfach versuchen, nicht zu urteilen. Und wenn es uns irgendwie möglich ist, Mitgefühl und Liebe zu schicken."

„Wem? Meinem Vater?"

„Beiden, Diabolo und deinem Vater. Und Gerhard übrigens auch. Ich glaube, er kann es auch brauchen."

Robert nickte jetzt, schien sich etwas leichter zu fühlen.

„Aber kann man denn auch Toten Mitgefühl und Liebe schicken?"

„Ja, klar. Ich sage dann immer: wo immer ihr jetzt auch seid, in anderen Wirklichkeiten oder in anderen Leben, möget ihr frei sein von Angst und Leid, möget ihr gesund sein, möget ihr glücklich sein."

Am Wochenende standen sie am Samstag früh auf, gingen auf den Markt zum Einkaufen und fuhren dann mit Tüten voller Obst, Gemüse, Brot und Käse hinaus zu Gerhard.

Gerhard begrüßte sie voller Freude. Nachdem sie zusammen Mittagessen gekocht und gegessen hatten, gingen Robert und Charlotte lange spazieren. Die Wintersonne wärmte, aber der Wind war eiskalt und erinnerte daran, dass noch lange nicht Frühjahr war. Als sie zurückkamen, warteten ein Feuer und ein noch warmer Apfelkuchen auf sie. Gerhard hatte das Gästezimmer für sie gerichtet und seine Freude war offensichtlich, als sie die Einladung annahmen, über Nacht zu bleiben. Er hatte sogar Zahnbürsten und zwei T-Shirts als Ersatz für Schlafanzüge bereit gelegt. Abends saßen sie dann wieder vor dem Kamin und Robert und Charlotte berichteten von ihrem Besuch bei Peter. Nur über Charlottes Blick in Peters Vergangenheit sagten sie in stillschweigender Übereinkunft nichts, als wollten sie Gerhards Geschichte nicht durch ihre Erzählungen beeinflussen.

Nachdem Robert und Charlotte schwiegen, seufzte Gerhard.

„Lasst uns noch Holz aufs Feuer legen, und einen wärmenden Tee kochen. Mit viel Ingwer. Ohne innere und äußere Wärme ist diese Vergangenheit nicht auszuhalten."

Robert standen plötzlich Tränen in den Augen.

„Gerhard, wirklich, wenn es zu viel für dich ist... ich möchte nicht, dass du dich quälen musst. Du hast schon so viel erdulden müssen in deinem Leben. Es muss nicht sein."

„Doch Robert, es muss sein. Diese Vergangenheit hat schon zu viel Leid in der Gegenwart verursacht. Diese Vergangenheit muss eurer Generation bekannt sein, die Tabus müssen entmystifiziert werden, sonst haben sie weiter und weiter Macht über uns, bis in alle Ewigkeit. Ich werde das schaffen. Und dann wollen wir zusammen ein Heilungsritual feiern. Erst dann werde ich Frieden finden. Vielleicht, „und hier schaute er Charlotte bittend an, „vielleicht könntest du mir etwas Energie zuführen?"

Charlotte nickte:

„Ja, daran habe ich auch schon gedacht. Ich würde vorschlagen, dass wir ein kleines Heilungsritual machen jeweils bevor du anfängst zu erzählen und auch danach als Abschluss. Schon als wir letzte Woche fortgingen, habe ich gedacht, dass das eigentlich besser wäre."

Sie holte ihr Räucherwerk heraus und als sich Kräuterduft im Zimmer verteilte, bat sie Robert und auch Gerhard sich auf dem Platz vor dem Kamin nebeneinander zu stellen. Sie führte mit ihrer Bussardfeder den Rauch an ihren Körpern entlang. An der Vorderseite, den Armen, Beinen, Füßen, Schultern, Kopf, dem Rücken. Dabei konzentrierte sie sich auf liebevolle Energie, auf Mitgefühl und Heilung. Zum Schluss sprach sie den Satz:

„Mögen unsere Worte heilsam sein. Mögen sie zum Frieden für alle Wesen beitragen. Mögen sie das Unheil der Vergangenheit auflösen und Heilung für uns bringen."

Gerhard seufzte tief auf und sagte „Amen". Charlotte reichte das rauchende Kräuterbündel an Robert mit stummer Bitte weiter. Einen Moment war er verunsichert, dann folgte er dem, was er vorher von ihr gesehen hatte und reinigte auch sie mit dem Rauch. Dann wiederholte er noch einmal die Sätze, diesmal sprach Gerhard leise murmelnd mit:

„Mögen unsere Worte heilsam sein. Mögen sie zum Frieden für alle Wesen beitragen. Mögen sie das Unheil der Vergangenheit auflösen und Heilung für uns bringen."

Dieses Mal antwortete Charlotte: „So sei es."

Dann setzten sie sich vor das Feuer. Während Robert noch einmal Holz nachlegte, stellte sich Charlotte hinter Gerhard und legte ihm die Hände auf die Schultern. Sie konzentrierte sich auf ihr Kronenchakra, bat um Liebe, Licht und Heilung, bündelte diese Energie und ließ sie durch ihre Hände hindurch in Gerhard hinein fließen. Dann schenkte sie nochmals Tee ein und Gerhard begann zu erzählen.

„Es ging eine lange, lange Hetzjagd los. Wir waren einander ebenbürtig. Ich kannte mich besser in den Bergen aus, er hatte die bessere Ausrüstung: Fernglas, Waffen, Munition, Nahrungsmittelvorräte. Anfangs hatte er einen Trupp Männer bei sich. Doch schnell merkte er, dass ihn der Trupp hinderte und langsamer machte. Und nachdem ich ihnen nachts einmal einen großen Teil des Lebensmittelvorrats entwendet hatte, schickte er seine Männer zurück. Offensichtlich fühlte er sich mir so überlegen, dass er es auf einen Zweikampf ankommen lassen wollte. Diese neue Situation machte mir Hoffnung. Durch die Überzahl der Männer war ich mutlos geworden und fürchtete, ich würde es nicht über die Grenze schaffen. Nun wusste ich, ich würde es schaffen, wenn ich mich nicht in eine Falle treiben lassen würde. Schnell hatte ich einen Plan. Ich wollte ihn direkt an der Grenze in einen der Schweizer Militärstollen locken. In diesem Stollen kannte ich jeden Winkel und konnte mich auch ohne Licht in völliger Dunkelheit sicher bewegen. Diabolo hatte natürlich Stablampen bei sich. Ich rechnete aber damit, dass er sie nicht verwenden würde, denn dann wäre er für mich ein leichtes Ziel. Mein Plan war, sobald ich ihn in den Stollen gelockt hätte, an der Höhlenwand in das obere Stockwerk zu klettern. Von oben könnte ich ihn leicht erschießen, wenn er unten entlang ging. Sobald er an mir vorbei ging, würde ich von oben das Licht auf ihn richten. Eine Kugel würde genügen. Ich müsste dann gar nicht mehr über die Grenze, ich könnte zurück zu meinen Kameraden.

Zunächst verlief alles nach Plan. Als wir uns dem Stollen näherten, ließ ich ihn näher aufrücken, damit sein Jagdinstinkt sein Urteilsvermögen blenden sollte. Aber er hatte wirklich ein teuflisches Gespür. Je mehr ich ihn aufschließen lassen wollte, desto besonnener und vorsichtiger schien er mir zu folgen. Endlich kamen wir am Eingang des Stollens an. Der Eingang des Stollens war offen: mein Weg in die Schweiz - falls ich Diabolo nicht erwischen sollte. Oder mein Weg zurück zu den Kameraden.

Die Hoffnung verlieh mir neue Kräfte. Ich drang in die Höhle ein. Immer wenn ich mir sicher war, zwischen mir und ihm eine Höhlenbiegung zu haben, machte ich sogar Licht, um ihn zu locken. Anfangs schien er allerdings die Höhle nicht betreten zu wollen. Er blieb im Eingangsbereich in Deckung, den eigentlichen Stollen betrat er erst gar nicht. Ich versuchte ihn zu locken, doch erfolglos. So blieben wir zwei Tage. Mir gingen die Vorräte aus. Das war wohl sein Plan. Nach einer weiteren Nacht, in der ich mich versteckt im oberen Stockwerk des Stollens nur ganz leichtem Schlaf hingab, beschloss ich, dass ich mich nun in die Schweiz absetzen müsste. Mein erster Plan war gescheitert. Lautlos tastete ich mich nun vorwärts. Schritt für Schritt, ich wusste ja nicht, ob von der anderen Seite der Stollen bewacht wurde. Und dann stand ich plötzlich vor einem Gitter. Mir wurde siedend heiß. Natürlich! Wie hatte ich das nicht bedenken können. Sie hatten die Stollen vergittert, um Flüchtlingen den Weg in die Schweiz zu versperren. Mir lief kalter Schweiß den Rücken hinunter. Nun war ich in der Höhle gefangen. Und plötzlich hörte ich Schritte näher kommen. Vorsichtig tastend. Als hätte Diabolo wirklich ein teuflisches Gespür dafür, dass ich nun hier gefangen saß.

Später erzählte er mir, er hätte Schweizer Grenzsoldaten getroffen, die ihm erzählten, dass der Ausgang der Höhle in die Schweiz vergittert sei. Meine Rettung in dem Moment war, dass Diabolo nichts von dem oberen Stockwerk wusste. Das hatten sie ihm nicht erzählt. Schnell und leise kletterte ich an der nächsten Leiter in die Höhe und schlich auf der oberen Ebene zurück zum Höhleneingang. Als ich sicher war, dass ich an ihm vorbei war, entsicherte ich meine Waffe und richtete die Lampe auf die Stelle, wo ich zuletzt Geräusche gehört hatte. Dann ging alles sehr schnell. Als ich die Lampe anschaltete, konnte ich ihn mit dem Lichtkegel nicht finden. Dafür aber war er bereit. Er musste mich gehört und seine Position verändert haben, denn kaum erhellte der Lichtkegel die Höhle, peitschte schon sein Schuss auf. Er verfehlte mich, doch die Kugel prallte von der Wand und streifte meine Hand. Vor Schreck und Schmerz ließ ich die Pistole fallen. Schnell löschte ich das Licht und rannte nun zum Eingang. Doch in dem Moment, wo ich ihn fast erreicht hatte, schien plötzlich der Höhleneingang zu beben. Laut und tosend ging draußen ein Schneebrett herunter und es wurde dunkel in der Höhle. Ich warf mich mit aller Kraft gegen die Wand aus Schnee, doch es war aussichtslos. Der Eingang war verschlossen, wir waren gefangen."

Hier stoppte Gerhard.

„Ich möchte wirklich nicht wie in einer schlechten Krimiserie an der spannendsten Stelle aufhören. Aber ich fühle mich sehr müde und ich denke es ist genug für heute. Ihr sollt einfach schon wissen, dass Diabolo und ich über Wochen gemeinsam in der Höhle gefangen waren. Und um euch diese unwahrscheinliche Geschichte zu erzählen, brauche ich noch etwas Zeit."

Die nächste Woche wurde anstrengend für Charlotte. Sie wurde mit einem für sie neuen Thema konfrontiert, da sie mehrere Mediationen zwischen Befürwortern und Kritikern von gentechnisch veränderten Lebensmitteln leiten musste. Es war ein spannendes Thema für sie, das sie herausforderte. Oft dachte sie an ihren Traum von der Suche nach dem heiligen Gral, den sie in der Nacht zur Wintersonnenwende geträumt hatte. Was war nun ihre eigene Wahrheit? Für die Mediation war es natürlich gut, keine feste Position zu haben. Intuitiv wehrte sie sich gegen die gentechnische Veränderung von Lebewesen. Und vor allem irritierte sie die Marktmonopolisierung und den Anspruch der Firmen, ein Patent auf Leben zu haben. Sie hörte von offensichtlich stark manipulativen ökonomischen Machenschaften in den Entwicklungsländern. Dies alles machte sie misstrauisch. Andererseits waren die Vertreter der grünen Gentechnik überzeugend. Sie kamen ihr in der Mediation entgegen, begriffen sofort worum es ging, akzeptierten die Spielregeln, brachten sich und ihre Ideen sehr kreativ ein, waren entgegenkommend. Einfach professionell eben. Dagegen die Gegner der Gentechnik.... Wie schwierig war zum Beispiel dieser Typ von der Universität Bremen. Distanziert, ständig misstrauisch, fühlte sich (oder tat zumindest so) als wäre er den anderen haushoch intellektuell überlegen. Ständig ließ er durchblicken, dass er wissenschaftlich besser sei, intellektuell schneller. Oft reagierte er eingeschnappt oder entzog sich völlig. Auf einem zweitägigen Workshop ging er abends nicht mit zum gemeinsamen Essen. Oder die Mitarbeiterin von Greenpeace. Sie hielt sich zwar für professionell, aber im Grunde war sie einfach immer nur gegen das, was die andere Seite vorschlug. Oft war sie auch viel zu schnell, ihre Argumente waren nicht wirklich begründet, sie zündete einfach ein Strohfeuer ab, ohne Substanz.

Charlotte merkte, wie sie mehr und mehr von der grünen Gentechnik überzeugt wurde, nur weil die Leute so überzeugend wirkten. Wenn sie dann zu Hause mit Robert diskutierte, kam sie schnell ins Stocken. Sie merkte, wie sie unsicher wurde. Offensichtlich waren die Argumente pro Gentechnik doch nicht so gut. Und sie hatte im Nachhinein das Gefühl, die Firmenvertreter hatten sie mit professionellen Methoden um den Finger gewickelt. Es war gut und hilfreich die Pro und Contra - Argumente mit Robert zu diskutieren.

Charlotte genoss die Abende mit Robert. Allerdings wurde schon nach kurzer Zeit klar, dass Robert nicht lange ohne

Job bleiben konnte. Auch wenn er sich, seit er Gerhard regelmäßig besuchte, nicht mehr ganz so entwurzelt fühlte, so fehlte ihm doch ohne regelmäßige Verpflichtungen und Arbeitszeiten ein fester Bezugspunkt in seinem Leben. Nachdem Robert Gerhard getroffen und seinen Vater besucht hatte, hatte er schnell entschieden, in Europa zu bleiben. Und nun bewarb er sich auf alle Stellen, die auch nur entfernt auf ihn passten. Allerdings gestaltete sich das Bewerben mühsam. Mit seinem Diplom in Biologie und einem Master in Verhaltensökologie war es nicht einfach, eine Stelle zu finden.

Charlotte hatte nach einigem Zögern nun auch ihrer Familie von Robert erzählt. Die Neuigkeiten wurden begeistert aufgenommen und aus den verschiedenen Telefonaten mit Eltern und Schwestern konnte Charlotte schließen, dass im Moment ihre Beziehung zu Robert Gesprächsthema Nummer 1 in der Familie war. Damit war nun natürlich auch ein Antrittsbesuch in der Familie fällig. Charlotte und Robert nahmen sich ein langes Wochenende und fuhren nach Hamburg. Ihre Eltern hießen Robert voller Freude willkommen, hatten sie doch lange die Befürchtung gehabt, Charlotte hätte Beziehungen zu Frauen. Das nun doch noch ein Schwiegersohn ins Haus kam, wurde als positive Wendung in Charlottes Leben interpretiert. Charlotte amüsierte sich und witzelte mit Robert darüber.

„Na ja, " meinte Robert nun lachend, „ich habe dich ja auch erst für eine Lesbe gehalten und mich fast nicht an dich ran getraut."

„Pfff…, " machte Charlotte „von wegen nicht ran getraut. Das hat dich doch gerade erst fasziniert. Lesbenbekehrung hat doch schon immer den Ehrgeiz der Männerwelt geweckt."

„Ich weiß nicht." Robert zögerte. „Vor Pat war ich lange Zeit sehr unglücklich in eine Lesbe verliebt und bin von ihr nicht losgekommen. Ich glaube, sie hat mit mir gespielt.

Von daher hatte ich wirklich etwas Sorge, das würde mir mit dir wieder passieren."

Der Tag mit Charlottes Eltern verlief sehr harmonisch. Miriam, Charlottes Mutter, war glücklich, Charlotte bei sich zu haben. Nach Jahren eines sehr distanzierten Verhältnisses näherten sich beide wieder aneinander an und Miriam war dadurch zutiefst berührt. Auch Charlotte merkte, wie heilend es auf sie wirkte, dass sie ihrer Mutter wieder entspannt und locker begegnen konnte. Zu ihrem Vater Günther konnte sie keine wirkliche Verbindung aufbauen. Er war sehr bemüht, oft fast unbeholfen in dem Versuch, allen zu zeigen, wie sehr er sich bemühte. Aber letztlich merkte Charlotte, dass keine wirkliche Beziehung zu ihm entstand. Immerhin stellte sie fest, dass sie keine Verbitterung und keinen Zorn mehr gegen ihren Vater hegte. Sie hatte vergeben, sie hatte die alten Verletzungen losgelassen.

Günther merkte sehr schnell, dass die Frage nach Roberts Arbeit, bzw. nach seiner Jobsuche ein heikles Gesprächsthema war, das sehr schnell zu Spannungen führte. Geschickt umschiffte er nach anfänglichen Fragen das Thema, und fragte stattdessen sehr gezielt und interessiert nach Roberts Ausbildung und Berufserfahrung. Irgendwann verschwand er dann in seinem Arbeitszimmer und Charlotte hätte wetten können, dass er irgendeinen Plan schmiedete. Kurz machte sie sich Sorgen. Doch dann entspannte sie sich wieder, versuchte einfach ganz locker und ohne die früheren familiären Verkrampfungen sich im Sofa zurückzulehnen. Ihre Mutter schwärmte gerade von dem schönen Spaziergang, den sie am Nachmittag gemeinsam gemacht hatten. Von den Blumen, dem weiten Blick, dem wunderbaren Wetter. Da kam Günther auch schon wieder. Er schaltete sich sehr geschickt wieder in das Gespräch ein und lenkte dann flüssig von dem wunderschönen Spaziergang zu der Agrarfirma SynAtlantis, für die er schon mehrere Marketing-Aufträge durchgeführt hatte. Charlotte musste innerlich grinsen. Ja, da war er wirklich Meister. Wie hatte er das jetzt plötzlich geschafft? Sie wusste es nicht, aber der Gesprächsübergang war ganz flüssig gewesen, sie waren plötzlich mitten drin, die Vor- und Nachteile dieses Agrar-Giganten zu diskutieren. Sehr dezent und zurückhaltend erzählte Günther, dass er gerade mit seinem Freund und Kollegen bei SynAtlantis telefoniert hätte. Und dann fragte er unvermittelt, ob Robert nicht einmal eine Blindbewerbung dorthin schicken wolle. Firmen wie SynAtlantis hätten großen Bedarf an progressiv denkenden und ökologisch ausgebildeten jungen Menschen. Zuerst reagierte Robert sehr irritiert. Schließlich wollte er aufgrund seiner Leistung und seiner Fähigkeiten eingestellt werden und nicht aufgrund seiner familiären Beziehungen. Aber Günther versicherte ihm glaubhaft, dass eine solche Firma niemanden einstelle, den sie für unfähig hielten. Das würden sie auch für ihn nicht tun. Es gehe nur um die Chance eines Vorstellungsgespräches. Und da brauchte er sich doch keine Gedanken zu machen. Andere würden wegen des Namens ihrer Universität, wegen des zufällig sympathischen Blickes auf dem Bewerbungsfoto, wegen der zwei Zehntel besseren Note oder weil sie gedient hätten, eingeladen. Nun und Robert würde nun eingeladen, weil Günther ihn empfohlen hätte. Das sei doch o.k. Ab dem Zeitpunkt, wo er das Zimmer betreten würde, in dem das Vorstellungsgespräch stattfände, würde alles nur noch von Roberts Leistungen und seiner Überzeugungskraft abhängen. Robert nickte nachdenklich. Ja, das leuchtete ihm ein. Er versprach, es sich zu überlegen. Günther wechselte daraufhin sofort das Thema und kurz darauf gingen alle zu Bett.

Als Robert und Charlotte am nächsten Tag wieder nach Basel zurückfuhren, sprachen sie noch einmal kurz über SynAtlantis.

„Robert, ich habe darüber nachgedacht. Warum solltest du dich dort nicht bewerben? Du kannst es dir ja einfach einmal anschauen. Und ein Bewerbungsgespräch ist immer gut für Erfahrungen. Wenn du ein schlechtes Gefühl hast, brauchst du ja nichts weiter daraus zu machen."

Robert nickte: „Ja, und wenn es nur ein Job wird, der mir als Einstieg hier in Europa hilft. Hier ist es so viel entscheidender als in den USA, dass man nicht längere Zeit arbeitslos ist. Wenn ich erst mal einen Job habe, kann ich mich weiter umsehen."

Robert schickte noch am nächsten Tag seine Bewerbungsunterlagen ab. Wenige Tage später fand Robert einen Brief in seiner Post:

„Sehr geehrter Herr Aichin, wir freuen uns sehr über ihr Interesse an unserer Firma. Sehr gerne würden wir Sie...." und dann folgte eine kurze Beschreibung, wofür sie ihn gerne gewinnen würden und eine Einladung zum Vorstellungstermin.

Robert begann, sich gründlich auf das Vorstellungsgespräch vorzubereiten. Nun allerdings wurde er sehr unsicher. SynAtlantis war eine Agrarfirma, die viel im Bereich der Düngermittel- und Tierfutterproduktion, Saatgutzucht und – Herstellung investierte. Was wollte diese Firma mit einem Biologen, der auf Säugetierökologie mit Hauptfach Verhaltensökologie spezialisiert war?

Am Tag des Vorstellungsgespräches fuhren Robert und Charlotte gemeinsam nach Frankfurt. Charlotte hatte wieder eine Mediation dort zu leiten. Sie fand, es war ein gutes Omen, dass in ihrem Team heute eine Frau von SynAtlantis sein würde. Sie fand das sehr interessant, weil SynAtlantis eigentlich gar nichts mit der sogenannten grünen Gentechnik zu tun hatte, weder mit der Entwicklung noch mit dem Vertrieb. Robert war zu nervös, als dass sie die gemeinsame Zugfahrt nach Frankfurt hätten genießen können. Er fühlte sich unsicher hier in Europa. In

Kalifornien war vieles so viel einfacher gewesen, wurde vieles viel weniger hinterfragt, wurde *er* viel weniger hinterfragt. Hier hatte er immer das Gefühl, sich beweisen zu müssen. Charlotte bemühte sich während der Fahrt, Ruhe und Vertrauen auszusenden. Sie versuchte, Robert zu überzeugen, dass es am Wichtigsten sei, er bliebe während der Vorstellung sich selber treu. Nur dann könne er auch eine Stelle finden, in der er sich wohl fühlte. Robert war skeptisch. Am Bahnhof mussten sie sich in Eile verabschieden, damit Robert die S-Bahn zum Gallusviertel erreichte.

Charlotte und Robert waren abends im Café Florian zum Apero verabredet. Charlotte kam etwas früher. Sie setzte sich auf die Terrasse und döste in der Abendsonne vor sich hin. In eine Wolldecke, die vom Café angeboten wurde, eingewickelt, war es in der windgeschützten Ecke angenehm warm. Die Gespräche des Tages zogen noch einmal an ihr vorüber. Sie hatte eine Mediation zwischen Befürwortern und Gegnern der grünen Gentechnik geleitet. Die Abteilung für Kommunikation, Mediation und Gesprächsführung von Synergia war inzwischen so erfolgreich und bekannt geworden, dass auch viele große Firmen ihre Dienste in Anspruch nahmen. Charlotte dachte über das Interesse von SynAtlantis nach. Als große Agrarfirma verfolgte SynAtlantis offensichtlich das Tauziehen um die Genprodukte, auch wenn sie offiziell keine gentechnisch veränderten Produkte produzierte oder damit handelten. Die Mitarbeiterin von SynAtlantis war sehr sympathisch gewesen. Sehr offen. Charlotte und sie waren zusammen zum Mittagessen gegangen und Charlotte hatte sich sogar dazu hinreißen lassen, etwas von sich und ihrer Arbeit mit Pferden zu erzählen. Und sogar über ihre Tätigkeit als Heilerin. Das tat sie sonst in beruflichen Zusammenhängen nie. Rückblickend stellte sie nun mit leichtem Unbehagen fest, dass sie über ihre

Gesprächspartnerin bis auf den Namen eigentlich gar nichts erfahren hatte. Karin Altenhausen. Charlotte schüttelte das Unbehagen ab. Karin war begeistert gewesen. Sie hatte immer weiter nachgefragt. Sich sogar für einen Termin bei Charlotte interessiert. Erst als Charlotte klar machte, dass sie nicht für Geld arbeitete, schien Karins Interesse etwas abzuflauen. Jetzt wo Charlotte darüber nachdachte, erschien ihr das merkwürdig. Denn Karins plötzliches Desinteresse lag sicher nicht daran, dass Karin nicht verstand, wenn jemand ohne Bezahlung arbeitete. Charlotte wusste von Bernd, einem Kollegen aus der Mediationsgruppe, dass Karin ehrenamtlich tätig war. Sie engagierte sich für SOS Kinderdörfer in Afrika. Charlotte seufzte. Wieder so eine Ungereimtheit. SynAtlantis versuchte sehr aggressiv die Landwirtschaft Afrikas ökonomisch zu monopolisieren, richtete gezielt und systematisch die Subsistenzbauern zu Grunde. Wie passte das zusammen? Wie konnte sich Karin ehrenamtlich und sicher sehr überzeugt für hungernde und vernachlässigte Kinder in Afrika engagieren und gleichzeitig bei SynAtlantis arbeiten?

Charlotte sah nun Robert am anderen Ende des von der Abendsonne in rötliches Licht getauchten Platzes um die Ecke biegen. Er wirkte müde und aufgeregt zu gleich. Er entdeckte sie sofort. Und kaum hatte er ihren Tisch erreicht, sprudelte er nur so über, zwischen Euphorie und Selbstzweifel schwankend. Er war beeindruckt von den Einstellungstests, glaubte aber gleichzeitig, total versagt zu haben. Er war überzeugt, sehr inkonsequent reagiert zu haben und auf seine Gesprächspartner als labile Persönlichkeit gewirkt zu haben. Sie hatten eine ganze Reihe von psychologischen Tests durchlaufen müssen und waren durch mehrere Interviews geschleust worden, in denen ihnen sowohl sehr nette und verständnisvolle Gesprächspartner wie auch kritische, hinterfragende zum

Teil sogar aggressive Interviewer gegenüber saßen. Die Gespräche waren sowohl fachlicher Natur (Säugetierökologie, Verhalten, Agrarproduktion), wie auch politischer bzw. gesellschaftspolitischer Natur gewesen. Und immer wieder ging es auch um grüne Gentechnik. Charlotte wunderte sich. Warum schon wieder grüne Gentechnik? Da war SynAtlantis mit in ihrer Mediationsgruppe zur grünen Gentechnik vertreten und nun fragten Personalvertreter der SynAtlantis die BewerberInnen nach grüner Gentechnik.

„Aber", unterbrach Charlotte Roberts Redestrom, „worum geht es denn überhaupt?"

Robert schaute sie ganz verständnislos an.

„Na, was für einen Job haben sie denn da? Wenn das ein richtiges Assessmentcenter mit 20 BewerberInnen war, dann muss es doch um eine ausgeschriebene oder zumindest definierte Stelle gegangen sein."

Robert lehnte sich zurück und man hörte das Staunen in seiner Stimme.

„Das ist es ja. Völlig unglaublich. Sie haben eine Delphinschule. Dort schicken sie Manager hin, die Probleme mit ihrem Team haben. Die zum Beispiel entweder zu hart durchgreifen, oder mit ihren MitarbeiterInnen nicht gut kommunizieren können, oder Probleme haben, die Gruppenstruktur zu begreifen. Oder die einfach fachlich gut sind, auch keine Probleme haben sich durchzusetzen, aber kein Gespür für ihr Team haben."

Charlotte hatte immer noch nicht begriffen und schaute ihn fragend an.

„Nun", rief Robert begeistert und gleichzeitig zweifelnd: „Sie suchen einen Trainer für die Delphine!"

Charlotte war sprachlos. Sie registrierte ein leichtes, nervöses Zusammenziehen des Magens und wunderte sich, was das wohl zu bedeuten hatte. Aber sie kam gar nicht dazu, näher hinzuspüren.

„Sie nehmen mich bestimmt nicht."

Robert sackte ein wenig in sich zusammen.

„Ich glaube nicht, dass ich überzeugend war."

Charlotte legte ihm eine Hand auf den Arm.

„Aber warum denn nicht?"

„Ach, in den ganzen politischen Diskussionen habe ich keinen festen Standpunkt finden können. Mir gingen die ganze Zeit unsere abendlichen Diskussionen über die grüne Gentechnik durch den Kopf und so habe ich mich, glaube ich, oft in Widersprüche verwickelt. Und ich glaube, wenn mich einer hart anging in den Diskussionen, dann bin ich viel zu schnell umgekippt. Habe mich von ihren Argumenten überzeugen lassen. Das ist doch sicher keine gute Voraussetzung für den Umgang mit und das Trainieren von Führungskräften."

Charlotte zuckte die Schultern.

„Nun warte doch mal ab. Oft hat man selber doch eine ganz andere Wahrnehmung von dem was passiert ist als die Gegenüber. Und du sollst doch sicher nicht die Führungskräfte trainieren sondern die Delphine, oder?"

Nun musste Robert lachen.

„Stimmt eigentlich, aber ich hoffe, die wissen das auch?"

Charlotte grinste:

„Soll ich mal anrufen und ihnen das klar machen?"

Während des Abendessens erzählte Robert noch viel von den MitbewerberInnen. Offensichtlich hatte es nie eine Stellenausschreibung gegeben. Und niemand von den anderen hatte sich richtig beworben. Alle waren so wie er auf Grund von internen Empfehlungen eingeladen worden. Während Robert die eine oder andere Anekdote von seinen MitbewerberInnen erzählte, ging Charlotte noch einmal durch den Kopf, dass es wirklich eigenartig war, warum SynAtlantis so viele Fragen zur grünen Gentechnik gestellt hatte. Als sie Robert dies fragte, zuckte er nur mit den Schultern.

„Ich denke, das ist einfach ein Thema, das sehr aktuell, gleichzeitig sehr kontrovers und komplex ist. Zum einen konnten sie davon ausgehen, dass jeder, der sich irgendwie mit Agrarproduktion beschäftigt hat, sich auch darüber schon Gedanken gemacht hatte. Zum anderen ist es ein Thema, bei dem es keine einfachen Antworten gibt. Zumindest für kritisch denkende Leute. Man kann sehr schnell die Fundis aussortieren und trotzdem ist es ein gutes Testthema. Man sieht, wie Leute sich verhalten, wenn sie mit schwierigen Themen konfrontiert sind."

Charlotte nickte, das klang einleuchtend. Trotzdem, irgendwie spürte sie ein leichtes Unbehagen.

Schon am nächsten Tag klingelte Roberts Handy. Eine Vertreterin von SynAtlantis erklärte ihm, dass er von den 20 BewerberInnen unter den letzten zwei Kandidaten sei. Man erwarte ihn am nächsten Montag um 10 Uhr auf der Delphinstation SynAqua. Flugtickets und Reiseverbindungen würden ihm per Email zugestellt. Den Rest der Woche schwankte Robert zwischen Begeisterung, Vorfreude und tiefen Selbstzweifeln. Montags nahm er ganz früh den Flieger ab Basel. Als er Montagabend spät von SynAqua zurückkam, war er restlos begeistert. Das Trainingscenter lag auf einer kleinen versteckten Mittelmeerinsel. Im Grunde war dort nur das Center, ein kleiner Laden und eine Handvoll Ferienhäuser für SynAtlantis Manager. Das Center selbst funktionierte nach demselben Prinzip wie in San Francisco die Dolphin School: die Delphine konnten frei hinaus und hinein schwimmen und wurden an der Eingangspforte mit Unterwasserkamera und Bilderkennung identifiziert. Es waren drei große Becken mit insgesamt 12 Delphinen. Robert wäre nur für das Training, nicht für Fütterung und Pflege zuständig.

Robert erzählte, dass er in den Verhandlungen versucht hätte, auch die Verantwortung für die Aufsicht und Betreuung der Fütterung zu bekommen. Das könne sein Training sehr effektiv unterstützen. Aber da sei nichts zu machen gewesen.

„Komisch" sinnierte er, „sie müssten doch eigentlich froh sein, wenn ich freiwillig mehr übernehme, als sie von mir wollen."

Charlotte nickte nachdenklich:

„Nun, vielleicht haben sie die Erfahrung gemacht, dass es so besser läuft. In professionellen Reitställen ist das eigentlich auch immer getrennt vergeben. Es gibt Leute, die füttern und die Ställe sauber halten und andere, die die Pferde trainieren und den Unterricht geben."

„Ich werde ja sehen wie es läuft, wenn ich erst mal eingearbeitet bin, kann ich sicher auch Vorschläge machen."

Schon zwei Wochen später fing Robert an zu arbeiten. Er fand sich schnell auf SynAqua zurecht. Markus, der Leiter der Station, ließ ihm völlig freie Hand. Robert hatte sich am ersten Tag einen Eindruck von dem Gelände und den Delphinbecken verschafft und dann zwei Tage vor allem am Rand der Becken zugebracht, um die Delphine zu beobachten und mit kleineren Leckereien an ihn zu gewöhnen. Schon am dritten Tag begann er zusammen mit den Delphinen zu schwimmen. Die Tiere akzeptierten ihn sehr schnell, waren allerdings weniger als in San Francisco daran gewöhnt, wirklich mit Menschen zu arbeiten. Da es hier keine behinderten oder kranken Menschen gab, mit denen die Delphine schwimmen sollten, erfand Robert kleinere Aufgaben, die sie lernen und auf Kommando durchführen sollten. So brachte er ihnen bei, einen Reifen durch das Becken zu tragen, ein Seil von einem zum anderen Ende des Beckens zu spannen, ein Schlauchboot zu ziehen und natürlich das berühmte Tanzen und einige

Sprünge. Die meisten Tiere arbeiteten freudig mit, sie schienen Spaß an diesen neuen Spielen zu haben. Hin und wieder gab es ein Tier, das sich ihm entzog und lieber draußen im Meer verschwand. Durch diese Übungen bekam Robert ein gutes Gefühl, welche Tiere für das Managertraining geeignet waren. Schon am Ende der ersten Woche erzählte er Markus von seinen Beobachtungen und Erfolgen und schlug Veränderungen für das nächste Managertraining vor. Markus ging begeistert auf seine Vorschläge ein. Beim Mittagessen am Freitag erzählte er gleich dem ganzen Team von Roberts Umstellungen und lobte ihn sehr. Robert freute sich über das Lob und als er am Freitagnachmittag im Flieger nach Basel saß, war er zwar sehr müde, aber zufrieden und glücklich.

Freitagabend hatten er und Charlotte sich viel zu erzählen und es war ein wunderschönes Gefühl für beide, nach einer erfolgreichen Woche nun gemeinsam in das Wochenende zu starten. Samstag kauften sie auf dem Markt ein und fuhren zum Mönchshof. Sie kamen gegen halb zehn mit frischen Brötchen, Obst, Milch und Eiern dort an und Gerhard freute sich über die Gelegenheit zu einem zweiten Frühstück. In den letzten drei Wochen hatten Charlotte und Robert wenig Zeit gehabt und so waren sie nur zweimal zu einem kurzen Nachmittagsbesuch am Mönchshof gewesen. Nun war Gerhard sichtlich glücklich, dass sie bis zum Montagmorgen bleiben wollten. Nach dem Frühstück brachen Robert und Charlotte zu einem langen Spaziergang auf. Als sie zurückkamen, erwartete sie eine heiße Suppe und Salat. Nachmittags setzten sie sich alle zusammen vor den Kamin und Gerhard setzte seine Erzählung fort.

Diabolo und ich waren nun also in der Höhle gefangen. Im ersten Moment ergriff mich Panik, doch dann zwang ich mich zur Ruhe. Im Grunde war es wieder ein Patt. Ich kannte mich gut in der Höhle aus, Diabolo hatte seine Waffen. Und er wusste nicht, dass ich meine Pistole verloren hatte. Ich zog mich so leise wie möglich wieder in das obere Stockwerk zurück und rührte mich nicht mehr. Eine Weile suchte ich im Dunkeln nach meiner Waffe, doch gab ich das bald auf. Jede Bewegung konnte mich verraten und mit seiner Stablampe und einem gezielten Schuss hätte er mich schnell erledigt. So suchte ich mir eine geschützte, trockene Stelle und setzte mich nieder. Hunger und Durst quälten mich, aber ich wagte nicht, zum Höhleneingang zu gehen, um mir etwas Schnee zu holen. So saß ich einfach und wartete ab. Zwischendurch versuchte ich, Sarah zu visualisieren, was mir zunehmend besser gelang. Im Nachhinein mit meinem heutigen spirituellen Wissen kann ich sagen, dass ich damals eine eigene Form der Meditation entwickelte. Nur dass ich nicht eine Schutzgottheit visualisierte, sondern diese Frau, die ich nicht gerettet hatte, und die mir trotzdem vergeben hatte. Und dieses Verzeihen wärmte mein Herz. Ich dachte über die letzten Monate und Jahre nach während ich so im Dunkeln saß und mir kamen viele Zweifel. Mit dem Ziel den Nazis und allen Kollaborateuren so viel Schaden wie möglich zu zufügen, hatten wir getötet, gerichtet, gestraft. Grausamkeiten waren begangen worden und nun, da ich begann mich auf meinen eigenen Tod vorzubereiten, verfolgten mich diese Bilder. Während mich sonst in den letzten Monaten im Schlaf die Gräueltaten der Nazis, die Angst vor Gefangennahme, vor Folter, vor Tod verfolgt hatte, beschäftigte mich hier im absoluten Dunkel der Höhle mehr, was ich selbst getan hatte, was wir, von unserer Gerechtigkeit überzeugt, an Leid angerichtet hatten. Doch immer wenn ich Sarah visualisierte, fand ich etwas Trost, etwas Kraft und Energie, mich nicht im Dunkeln zu verlieren. Stundenlang konnte ich so dasitzen, mein Herz begann zu leuchten, ich schwebte über dem

Boden und spürte die Kälte nicht mehr. Damals, ohne zu wissen wie und was da passierte, erlebte ich zum ersten Mal die meditativen Vertiefungen. Ich glaube, nur dadurch konnte ich überleben.

Ich weiß nicht, wie lange Diabolo und ich so im Dunklen ausharrten. Es gab keinen Tag- und Nachtrhythmus in der Höhle. Beide waren wir bald so erschöpft, dass wir es kaum noch schafften aufzustehen. Der Hunger quälte uns, aber noch schlimmer waren der Durst und die Kälte. Ich hatte Holz in der Höhle gesehen und wir hätten Feuer machen können. Wir hätten uns wärmen können und Schnee schmelzen, aber dann wären wir für den jeweils anderen eine leichte Zielscheibe geworden. Diabolo wurde zusehends unvorsichtiger. Ich hörte ihn mehrmals auf der anderen Seite der Höhle rumoren. Er murmelte auch vor sich hin, seufzte und stöhnte. Einmal glaubte ich, ihn weinen zu hören. Irgendwann schrie er plötzlich auf. Er war wohl eingeschlafen und von Alpträumen geplagt. Die Dunkelheit, die Gefangenschaft, die Ausweglosigkeit und der bevorstehende Tod schienen ihm zu zusetzen. Wenn ich wirklich gewollt hätte, hätte ich ihn in diesem Zustand wohl auch ohne Waffen überwältigen können. Aber auch mir setzte die Lage nun zunehmend zu. Auch ich war körperlich und geistig sehr geschwächt, meine Seele schwebte schon halb in der anderen Welt. Und dann irgendwann flackerte plötzlich ein kleines Feuer in einer Ecke der Höhle auf. Diabolo kapitulierte. Als das Feuer brannte, ging er ohne auf mich zu achten in der Höhle umher und suchte Holz zusammen. Dann setzte er sich mit dem Rücken zum Feuer und sprach in die Dunkelheit der Höhle zu mir. Im flackernden Licht des Feuers konnte ich sehen, dass sein Gesicht tief eingefallen und ausgezehrt war. Als er zu sprechen begann, hatte er sein Gesicht genau in meine Richtung gewandt. Es war, als wisse er ganz genau, wo ich mich befand. Wieder liefen mir Schauer den

Rücken hinunter. Es schien mir wieder einmal, als hätte er übersinnliche Fähigkeiten. Seine Stimme war erstaunlich kräftig, dunkel, stark und füllte die Höhle vollkommen aus. Diabolo erzählte von seinen Gräueltaten, von den Verbrechen, die er begangen hatte, von den Frauen, die er vergewaltigt hatte, von den Erschießungen, den KZs, den Folterungen. Ich war wie gelähmt. Es war eine sinnlose Aneinanderreihung des Grauens. Es gab keine Möglichkeit, sich dieser Stimme zu entziehen. Ich saß im Dunkeln und hörte mir das an, wusste nicht, ob ich fieberte, im Hunger-Durst-Kälte-Delirium war, oder was da eigentlich passierte. Einen Moment überlegte ich, ob das eine neue Methode der Schikane war. Ob Diabolo damit versuchte, mich weiter zu schwächen, mich endgültig zu brechen. Trotzdem hörte ich weiter zu, vielmehr schaffte ich es nicht, nicht zu zuhören. Zum Schluss erzählte er von einem Kind, einem Jungen, der aus einer dieser Vergewaltigungen entstanden war. Und nun weinte er ganz offen. Die Gedanken an dieses Kind, dem er nicht Vater sein konnte, das durch ein so großes Unrecht entstanden war, schienen ihn endgültig zu brechen.

Schließlich, nachdem Diabolo sicher mehrere Stunden gesprochen hatte, stand er auf und kam direkt auf mich zu. Er legte seine Waffen genau dort auf den Boden, wo sie noch vom Lichtschein des Feuers ganz schwach beleuchtet wurden. Dann drehte er sich um und ließ sich wieder am Feuer nieder. Nun wandte er mir den Rücken zu. Ich sammelte meine letzten Kräfte, sprang vor, ergriff die Waffen und floh wieder in die Dunkelheit. Er saß nun bewegungslos vor dem Feuer, die geöffneten Hände zum Feuer gewandt. Er wartete. Auch ich stand regungslos im Dunkeln. Ich tat nichts, war wie gelähmt. Wieder liefen mir Schauer den Rücken hinunter. Er hatte gewusst, dass ich keine Waffen mehr hatte!

Nach einem langen Moment drehte er sich ganz langsam um. Sein Gesicht war nun ruhig.

„Schieß." befahl er. „Richte mich. Erlöse mich."

Ich tat noch immer nichts.

„Bitte."

Seine Stimme war nun leise und es lag eine wirkliche Bitte darin.

„Wenn du meinst, ich hätte einen schlimmeren Tod verdient...."

Seine Stimme war nun zum ersten Mal unsicher geworden. Ich war wie erstarrt. Mir schwindelte. Ich lehnte mich gegen die Höhlenwand. Dann entsicherte ich seine Pistole und hob ganz langsam die Waffe. Ich stand im Dunkeln, er konnte mich nicht sehen. Doch wiederum schien es mir, als wüsste er, was vorging. Er schloss die Augen und wartete. Als ich meinem klammen Finger den Befehl gab abzudrücken, schienen meine Hände mir nicht zu gehorchen. In diesem Moment erschien wieder Sarah. Als strahlende Vision erfüllte sie die Höhle und wärmte mein erfrorenes Herz. Ich wusste nicht, ob ich fieberte, aber ich ließ die Waffe sinken und plötzlich fühlte ich für diesen Menschen, der mir gegenüber stand. Ich war zutiefst verwirrt. Ich fühlte für diesen perverse Mörder, Vergewaltiger. Er hatte Menschen gefoltert und ermordet, war mit verantwortlich für diesen ganzen Wahnsinn. Und ihn konnte ich nicht töten? Wenn nicht ihn, wen hätte ich dann jemals töten dürfen? Plötzlich raunte eine Stimme an meinem Ohr:

„Töte ihn nicht. Töte nicht. Es tötet dein Herz."

Ich schluchzte auf und ging ganz langsam auf das Feuer zu. Als ich in den Lichtschein trat, blickte er mir ruhig entgegen. Ich setzte mich auf die andere Seite des Feuers. Die Wärme tat so wohl, dass es fast wehtat. Wir saßen uns Stunden so gegenüber. Mehrmals hob ich die Waffe, immer ließ ich sie wieder sinken. Und schließlich stand ich auf, ging zu dem Schacht im hinteren Teil der Höhle und warf die Waffen in die Tiefe.

Als ich zurückkam war Diabolo zur Seite gesunken. Das Feuer war am Verlöschen. Noch ein, zweimal konnte ich nachlegen, dann hätte uns die Dunkelheit wieder, die Dunkelheit und die Kälte. Ich legte den Rest des Holzes auf das Feuer und dann begann ich zu erzählen. Ich erzählte von Sarah, von meiner Schuld ihr nicht geholfen zu haben, meiner Verzweiflung, von meinen Kampf, meinem Glauben, von meinem Töten, meiner Hoffnung. Und von meinen Visionen. Und wieder sah ich Diabolo weinen. Ich weiß nicht, ob Sarah ihm auch erschienen war. Er hat davon nie gesprochen. Aber er war verändert. Er weinte lange, dann schlief er ein. Auch ich merkte nun, wie ich langsam wegdämmerte. Das Feuer ging aus, die Kälte kroch mir in die Glieder. Ich wusste, es würde mein letzter Schlaf. Ich hätte mir Diabolos Decke holen können, aber es war mir plötzlich alles gleichgültig. Ich überließ mich einfach dem wohligen Gefühl des Schlafes.

Irgendwann wachte ich auf, weil ich eine Bewegung neben mir spürte. Reflexartig wollte ich mich zur Wehr setzen. Nun hatte er mich also doch überlistet. Er hatte mich in Sicherheit gewiegt und zum Schluss noch ausgetrickst. Doch Diabolo murmelte beruhigende Worte. Ich spürte zu meiner wachsenden Verwunderung, wie er sich neben mich legte, sich eng an mich schmiegte, einen Arm über mich und dann die Decken um uns beide herum wickelte. Zuerst war ich wie erstarrt. Meine Gedanken setzten aus, ich wagte nicht, mich zu rühren. Dann spürte ich, wie langsam etwas Wärme in meine erstarrten Glieder kroch, während er mir beruhigend über den Rücken strich. Ich wusste nicht, ob ich träumte, fieberte, phantasierte. Ich schwebte irgendwo im Raum zwischen Wachsein und Hungerdelirium, Bewusstsein und Erschöpfungsschlaf.

Doch als ich spürte, wie mir warm wurde, wie sich ganz langsam die Muskeln lockerten, gab ich nach und gab mich der Entspannung hin. Und fiel endlich in einen tiefen Schlaf, wie ich ihn seit Wochen nicht mehr erlebt hatte.

Als ich erwachte, war Diabolo fort. Ich hörte ihn hinten in der Höhle rumoren. Neben mir stand ein Becher mit Schmelzwasser, das Feuer brannte wieder. Diabolo hatte im Stollen noch mehr Holz gefunden, und nicht nur das, auch Lebensmittelvorräte. Trockenfleisch, Dosen, Zwieback, sogar Militärschokolade und Pulverkaffee! Er hatte Schnee geschmolzen und reichte mir einen dampfenden Becher heißen Kaffees. Als ich mich aufrichtete, schwindelte mir. Aber nachdem ich gegessen und getrunken hatte, ging es mir deutlich besser.

Als wir wieder etwas zu Kräften gekommen waren, erkundeten wir die Höhle. Wir hatten viele Vorräte. Holz und Nahrungsmittel. Aber wir waren wirklich gefangen. Wir konnten weder durch das Schneebrett dringen, noch hatten wir eine Chance, die Gitter zu durchbrechen. Wie lange wir dort in der Höhle gefangen waren, weiß ich bis heute nicht. Wir erzählten uns unser Leben, wir nahmen uns die Beichte ab. Ich war überrascht, wie sensibel Diabolo sein konnte. Er war ein guter Zuhörer, der intuitiv begriff, was ich nicht erzählte. Sehr schnell waren wir so aufeinander eingespielt, dass die Verständigung fast wortlos funktionierte. Und dann irgendwann begannen wir, uns zu lieben. Im Nachhinein wurde mir klar, dass Diabolo Erfahrung hatte. In der unwirklichen Situation der Höhle, der völligen Abgeschiedenheit und der Tatsache, dass wir eng aneinander geschmiegt schliefen, um uns zu wärmen, wurde es ihm leicht, mich zu verführen. Diese Liebe war für uns beide eine Entdeckung. Es war wie eine einzige Meditation. Es war, als würde jedes Mal wenn wir uns liebten, wenn wir zuerst unbeholfen, dann immer sicherer unsere Körper liebkosten, ein Stück der Schuld, der Gewalt, des Kampfes, des Tötens von uns abfallen. Es ist sicher schwer zu verstehen und ich will auch nicht behaupten, dass wir dadurch frei von Schuld wurden. Aber wir öffneten uns dem Leben. Wir erwachten aus jahrelanger Erstarrung und begannen wieder zu leben. Unsere Herzen begannen wieder zu schlagen, unsere Herzen begannen zu lieben.

Zuerst war ich sehr verwirrt. Nach den ersten körperlichen Begegnungen empfand ich tiefe Schuldgefühle und fühlte mich als Verräter. Ich fühlte mich weniger der Homosexualität wegen schuldig als vielmehr dessen, dass ich mich auf einen Nazi eingelassen hatte, einen, den ich noch vor wenigen Tagen bei der erstbesten Gelegenheit umgebracht hätte. Zugleich öffnete sich für mich eine völlige neue Welt. Ich war Anfang zwanzig und hatte nie wirklich eine Frau geliebt. Ich hatte sexuelle Kontakte mit Frauen gehabt, aber unbeholfen, oft unschön. Nach meiner Begegnung mit Sarah, nach Sarahs Tod, hatte ich mir eingebildet, sie wäre meine große Liebe gewesen. Ich glaubte, wenn ich sie gerettet hätte, hätte ich meine einzige und wahre Liebe gefunden. Auch deswegen war ich wohl nach ihrem Tod so verzweifelt gewesen."

Hier seufzte Gerhard und strich sich über den Kopf. Charlotte schenkte ihm noch einmal Tee ein. Er trank und schaute nachdenklich in das Feuer. Dann fuhr er fort:

„Heute weiß ich natürlich, dass ich zu Sarah eine spirituelle Verbindung hatte und dass es nie etwas anderes hätte sein können. Und diese Wochen mit Diabolo in der Höhle, ja es müssen fast sechs Wochen gewesen sein, schienen mir wie eine Offenbarung. Ich hoffte und ich bangte um unsere Rettung. Denn was würde geschehen, wenn wir gefunden würden? Der Nazi und der Widerstandskämpfer, beide homosexuell. Ich drängte diese Gedanken fort, ich lebte einfach völlig im Moment, wärmte mich an dem sparsamen Feuer, ließ die wenigen Nahrungsmittel auf der Zunge zergehen und wandte mich dann wieder Diabolo zu. Ich spürte jede seiner Regungen, seine Hände auf meiner Haut, seinen Körper an meinem Körper. Es ist wohl unglaublich, aber ich hatte nie vorher in meinem Leben so tief und so fest geschlafen, mich nie so geborgen gefühlt, wie in diesen Wochen in der Höhle. Es war wirklich ein Wunder geschehen. Ein Mörder, ein Richter, beiden war das Herz geöffnet, beide hatten die Zärtlichkeit, die Liebe, die Leidenschaft entdeckt.

Ja und dann… Einmal erwachte ich aus einem solch tiefen Schlaf und die Höhle war hell. Völlig geblendet wurde mir erst nach einer Weile klar, dass das Schneebrett weiter abgerutscht und der Eingang offen war. Ich war allein. Diabolo war fort. Ich saß einen ganzen Tag und wartete auf seine Rückkehr, aber er kam nicht. Im Grunde wusste ich vom ersten Moment an, dass er nicht zurückkommen würde. Am zweiten Tag ging auch ich fort. Ich kehrte nicht zu meinen Kameraden zurück, ich konnte nicht mehr töten. Ich ging nun tatsächlich über die Grenze in die Schweiz, suchte das nächste Kloster auf und bat um Einlass."

Robert starrte mit unbewegter Miene vor sich. Man merkte, dass es ihm schwer fiel, weiter zu zuhören. Charlotte stand auf, trat hinter ihn und legte ihm die Hände auf die Schultern. Aber er konnte es nicht annehmen, fast schüttelte er sie ab, stand abrupt auf, nahm seinen Mantel und ging nach draußen. Charlotte setzte sich wieder, schenkte noch einmal Tee nach und hielt sich an ihrer Tasse fest. Gerhard lächelte traurig. Auch ihn nahmen diese Erinnerungen mit. Draußen lugte jetzt die Sonne durch die Wolken und als auch Charlotte und Gerhard nach draußen gingen, spürten sie die Wärme, die die erste Ahnung des kommenden Frühjahrs aufkommen ließ. Sie trafen auf Robert, der mit geschlossenen Augen gegen den großen alten Nussbaum lehnte und das Gesicht der Sonne entgegen hielt. Als er sie hörte, lächelte er sie unsicher an.

„Ich verstehe nicht…."

Begann er zögerlich und stoppte dann.

„Ich verstehe nicht…."

Wieder stoppte er, ratlos. Gerhard schaute ihn aufmerksam an. Robert schüttelte den Kopf.

„Ich weiß selber nicht, was ich nicht verstehe."

Gerhard nickte.

„Das kann ich gut verstehen."

Plötzlich mussten sie lachen, sehr unsicher klang dieses Lachen, aber ein wenig Schwere fiel von ihnen ab.

„Kommt, Kinder. Nun lassen wir die Vergangenheit ein wenig ruhen. Ich habe einen Fischauflauf vorbereitet, auch eine Flasche Wein habe ich kühl gestellt. Vielleicht können wir dann einfach gemeinsam einen Film anschauen, ich habe mir mehrere Filme auf DVD ausgeliehen. Robert, du sagtest doch, du hättest deinen Computer immer dabei."

Sie aßen gemeinsam und sahen dann den Film „Der Pferdeflüsterer" mit Robert Redford. So waren sie eine Weile von der Vergangenheit erlöst.

Als Robert am Montag zurück zu SynAqua kam, fühlte er sich wie nach wochenlanger schwerer Arbeit völlig erschöpft und ausgelaugt. Diabolo ging ihm nicht aus dem Kopf und er merkte, dass ein Teil von ihm einfach nicht verstehen konnte. Sein Kopf hatte die Geschichte, die ihm Gerhard da erzählte, aufgenommen, aber wirklich verstehen konnte er sie nicht. Zum Glück war diese Woche kein Managertraining gebucht. So konnte er die Beziehung zu den Tieren intensivieren und sich selber ein wenig erholen. Plötzlich erinnerte er sich, wie Charlotte in der Dolphin School in San Francisco den Delphinen die Hand aufgelegt hatte. Zum Teil hatte sie die Delphine geheilt, aber an anderen Tagen hatte sie dadurch von den

Delphinen sehr viel Energie und auch Heilung bekommen. Er beschloss, erst einmal mit den Delphinen schwimmen zu gehen. Vielleicht würde ihm das helfen, wieder mehr zu sich selbst zu finden, wieder mehr im Gleichgewicht zu sein.

Robert ging an den Becken entlang und schaute, welche Delphine im Moment da waren. Pat und Joe, das 5jährige Delphinpaar, schwammen ihre Runden. Und im hinteren Becken schien Ernie, der Einzelgänger unbekannten Alters, vor sich hinzudösen. Ernie war dem Center zu geschwommen. Er hatte immer wieder vor der Eingangspforte patrouilliert, bis man ihn eingelassen hatte. Und inzwischen war er unverzichtbarer Teil des Trainings geworden. Er war immer ein sehr guter Test, ob sein menschliches Gegenüber wirklich Selbstbewusstsein und Selbstwertgefühl hatte oder eben nicht. Stand ihm im flachen Wasser ein Trainingsteilnehmer gegenüber, bei dem alles nur Show war, der nicht wirklich davon überzeugt war, was er tat, so machte Ernie meist genau das Gegenteil von dem, was von ihm gefordert wurde. Er schwamm im Kreis, wenn er aufgefordert wurde, nach rechts zu schwimmen. Er tauchte, wenn er springen sollte. Er ignorierte sogar angebotene Belohnung und stattdessen schien es als döse er gelangweilt im Wasser vor sich hin. War Ernie dagegen mit einem engagierten, in sich ruhenden Menschen konfrontiert, war er ganz eifrig bei der Sache und reagierte auf kleinste Signale.

„Ja", dachte Robert, „Ernie wird heute ein wunderbarer Test sein, wie es um mich bestellt ist".

Robert zog sich um und wie immer kostete es ihn zuerst ein wenig Überwindung in den Neopren-Anzug zu schlüpfen und ins Wasser zu steigen. Aber als er erst einmal im Wasser war, spürte er, wie ein kleiner Teil der Schwere von ihm abfiel. Er näherte sich Ernie und forderte ihn auf, mit ihm zu schwimmen. Ernie reagiert sofort, fast schien es als lese er Gedanken. Je nach Aufforderung schwamm er neben, unter oder hinter Robert, er sprang sogar und schien recht ausgelassen. Mehrmals schien es Robert, als würden Pat und Joe sie beobachten. Schließlich fing Pat an, Robert zu umkreisen und Robert wurde das unbestimmte Gefühl nicht los, dass er ihn zu irgendetwas auffordern wollte. Wollte er spielen? Nein, dazu schien er irgendwie zu ernst, auch wenn das jetzt sicher eine starke Vermenschlichung seines Verhaltens war. Robert verabschiedete sich nun von Ernie, indem er ihm einige Leckereien gab. Dann schwamm er langsam und aufmerksam auf Pat zu. Pat machte sofort kehrt und es schien Robert, dass er ihn gezielt zu Joe führte. Nun merkte Robert, dass Joe krank schien. Oder zumindest war sie sehr gedämpft, irgendwie langsam in ihren Bewegungen. Plötzlich wünschte er sich, Charlotte wäre hier. Sie hätte Joe die Hand auflegen können, hätte versuchen können zu erspüren, was ihr fehlte. Vielleicht hätte sie ihr sogar helfen können.

Robert versuchte mit Pat und Joe zu arbeiten. Aber obwohl Joe sich bemühte, war ganz klar zu erkennen, dass sie langsam, sehr verzögert reagierte. Nun machte er sich doch Sorgen. Er kletterte aus dem Becken. Es war fast ein Uhr. Er würde Francois, den französischen Tierpfleger, sicherlich beim Mittagessen in der kleinen Mitarbeiterküche treffen. Und tatsächlich, Francois saß bei seinem unvermeidlichen Sandwich. Robert fragte ihn, ob er das Futter für Joe umgestellt hätte. Francois zuckte die Schultern:

„Ich füttere streng nach Anweisung."

„Ja, klar, aber es könnte ja sein, dass die Anweisung war, anders als sonst zu füttern."

Francois schüttelte den Kopf:

„Nein, wir füttern schon lange so."

Francois war bisher Robert gegenüber immer sehr freundlich aber distanziert gewesen. Robert hatte sich gefragt, ob das einfach die typische Haltung der Franzosen gegenüber Deutschen war, oder ob Francois speziell mit ihm nicht warm wurde. Auf jeden Fall spürte er, dass Francois kein Interesse hatte, mit ihm über Fütterung und Pflege der Delphine zu diskutieren. Heute allerdings wirkte er geradezu abweisend. Robert musste sich wirklich überwinden, um noch einmal nachzuhaken:

„Bekommt Joe denn diese Woche anderes Futter als die letzten zwei Wochen?"

Nun war Francois deutlich ungehalten und sagte heftig:

„Ich sagte doch, ich füttere nach Anweisung und der Futterplan wurde in den letzten zwei Jahren nicht geändert."

Robert zog sich erschrocken zurück. Er murmelte eine Entschuldigung und verzog sich in die andere Ecke der Küche. Die Müdigkeit, die er noch vom Wochenende fühlte, überschwemmte ihn plötzlich. Er fühlte sich plötzlich überfordert, einsam, hilflos. Er versuchte, sich zusammen zu nehmen und nicht aus der Küche zu flüchten. Er konzentrierte sich auf sein Essen. Plötzlich stand Francois neben ihm. Sein Ton war nun etwas freundlicher:

„Es ist besser, nicht zu viele Fragen zu stellen. Tu einfach deine Arbeit. Es ist doch eine gute Arbeit. Wenn du zu viele Fragen stellst, wirst du sie nicht lange haben."

Damit marschierte er aus der Küche und ließ die Tür hinter sich zufallen. Robert schaute ihm sprachlos nach. Nach der Mittagspause ging er ins Hauptgebäude und klopfte bei Markus. Er schilderte ihm kurz, was er beobachtet hatte und schlug vor, Joe von Dr. Schneider, dem Tierarzt, untersuchen zu lassen. Er wisse ja, Schneider müsse eingeflogen werden, aber bei Delphinen könne es manchmal sehr schnell gehen. Und die Tiere seien doch wirklich kostbar. Markus hatte ihm ruhig und sehr aufmerksam zu gehört. Er bedankte sich bei Robert, dass er so achtsam sei und meinte dann aber:

„Wir kennen das schon von Joe. Sie hat immer wieder solche Phasen, erholt sich aber auch regelmäßig davon. Wir haben sie sowohl von Schneider wie auch von einem zweiten Experten untersuchen lassen. Allerdings kamen sie zu keinem klaren Ergebnis."

Markus musterte ihn einen Moment nachdenklich:

„Aber ich kann dich nur beglückwünschen, du scheinst wirklich ein sehr feines Gespür für die Tiere zu haben, dass du das schon nach so kurzer Zeit bemerkst. Schneider kommt sowieso am Mittwoch, um bei allen Tieren den Routinecheck zu machen, dann können wir ihn nochmals darauf ansprechen."

Robert fühlte, nun war er entlassen. Er erhob sich, bedankte sich. Als er in der Tür stand, rief ihn Markus nochmals zurück. Er betrachtete ihn aus halb zusammengekniffenen Augen, so als schaue er durch Robert hindurch. Nach einer Weile sagte er:

„Mir scheint, du bist selber nicht so ganz auf dem Damm. Nimm dir heute Nachmittag frei, erhole dich ein wenig. Mit Ernie, Pat und Joe hast du ja schon gearbeitet und die anderen Tiere sind heute unterwegs."

Als Robert in seinem Zimmer war, gingen ihm die Gespräche durch den Kopf. Er war erstaunt über Markus Feinfühligkeit. Und auch darüber, dass Markus wusste, dass es Joe oft nicht gut ging. Warum hatte Francois davon nichts gesagt? Er als Pfleger musste das doch wissen. Wahrscheinlich gab er diese Informationen an Markus weiter. Oder hatte sein Vorgänger auch schon festgestellt, dass es Joe zeitweise nicht gut ging und mit Markus darüber geredet? Heute Abend musste er unbedingt mit Charlotte sprechen. Mit diesem beruhigenden Gedanken versank er in einen tiefen Schlaf, von dem er sich abends nur kurz aufraffte, um zu duschen, etwas zu essen, mit

Charlotte zu telefonieren und wieder ins Bett zu sinken. Er wäre erstaunt gewesen, hätte er das Telefonat hören können, das just zu dem Zeitpunkt von der Zentrale geführt wurde, als er im Tiefschlaf versank.

„Aber meinst du nicht, das ist zu riskant? Wenn beide sich ständig austauschen können, ihre Beobachtungen teilen?"

„Ach was, das ist doch gerade das Ziel. Wir werden es immer so timen, dass Lesab gerade dann hier ist, wenn Joe sich wieder erholt. Dadurch haben wir dann die perfekte Erklärung, warum es dem Tier wieder besser geht. Lesab und Aichin werden von sich begeistert sein, allein das wird jeden Zweifel wegwischen. Und wir können das Ganze noch als fortschrittlich verkaufen. Wir können uns als weltoffen und unvoreingenommen alternativen Heilmethoden gegenüber präsentieren."

Markus zögerte. Ihm war nicht wohl bei dem Gedanken. Dennoch musste er zugeben, dass die Idee originell war. Und er liebte originelle Ideen. Und dieses Schauspiel entsprach noch dazu genau seinem Sinn für Humor. Er musste lachen. Sein Gesprächspartner stimmte ein. Noch ein letztes Mal kamen Markus Zweifel.

„Aber wenn sie nun wirklich ...." er brach unsicher ab.

„Na nun mach aber mal einen Punkt! Du wirst ja wohl nicht an diese Phantastereien glauben!"

Markus schluckte.

„Nein, nein", wehrte er ab. „Aber wenn sie nun irgendetwas merkt? Du weißt, mit Frauen hatten wir immer wieder Probleme. Sie hinterfragen ganz anders."

„Sprich nochmals mit Francois. Er bürgt mir dafür, dass das klar geht. Und denke daran, abzuwarten bis Aichin es selber vorschlägt, du kannst ihn ja nach alternativen Heilmethoden fragen."

In der folgenden Woche erholte sich Joe wieder und als Robert am Donnerstagmorgen zurückflog, war sie wieder ganz die Alte. Lebhaft und aktiv sprang sie durch das Becken.

Die nächsten Wochen waren für Robert und Charlotte mit viel Arbeit ausgefüllt. Charlotte hatte viele Termine, war ebenso wie Robert viel unterwegs. Die Zeit, in der sie beide gemeinsam in Basel waren, war für sie wie das Eintreffen auf einer Ruheinsel, die durch die regelmäßigen Besuche bei Gerhard vertieft wurden. Die Besuche bei Gerhard am Wochenende waren inzwischen selbstverständlich geworden.

Robert war von seiner Arbeit begeistert. Sie füllte ihn aus, forderte ihn, war vielseitig. Die Delphine hatten eine so gute Grundausbildung, dass Robert bald Kapazitäten frei hatte und auch direkt bei den Managerschulungen mit eingesetzt wurde. Er war fasziniert von dem Konzept und vor allem auch von dem Effekt, den die Delphine auf die Manager hatten. Da geschah etwas auf tiefer, nonverbaler Ebene, das wohl keiner wirklich verstand. Aber die Auswertungen und Berichte von SynAtlantis zeigten, dass die Manager, die es geschafft hatten in den Trainingseinheiten mit den Delphinen zusammenzuarbeiten und gemeinsam mit ihnen Aufgaben zu bewältigen, hinterher mit ihren Arbeitsgruppen viel besser zurechtkamen. Meist wurden die Trainings nach einem Jahr wiederholt. Robert hatte mit Heinrichs gesprochen, einer von den Managern, die sogar schon zum dritten Mal nach SynAqua kamen. Heinrichs gehörte nicht direkt dem Vorstand an, aber er hatte offensichtlich eine sehr zentrale Funktion in der Firma. Robert hatte beobachtet, dass selbst der Vorstandsvorsitzende ihn mit großem Respekt behandelte. Das Gespräch mit Heinrichs ging Robert wieder und wieder durch den Kopf. Heinrichs hatte ihm erzählt, dass er vor fünf Jahren zum ersten Mal auf SynAqua war.

„Eigentlich", so erzählte Heinrichs, „wollte ich nur mit meiner Familie ausspannen. Wir hatten überraschend ein paar Tage frei und SynAqua lag für mich sehr günstig, um zu meinem nächsten Termin zu fliegen. So quartierten wir uns in das kleine Häuschen unten in den Dünen ein, um ein paar Tage mit den Kindern am Strand zu verbringen. Aber kaum hatte meine kleine Tochter Elisabeth, sie war damals fünf, die Delphine entdeckt, war sie nicht mehr von den Becken wegzubringen. Sie konnte damals zwar schon schwimmen, aber alleine wollten wir sie natürlich doch nicht zu den Becken lassen. Und so begleiteten wir sie jeweils auf ihren Besuchen zu den „großen Fischen", wie sie die Delphine nannte. Es war unglaublich, wie sie mit den Tieren kommunizierte. Und die Tiere antworteten ihr, spielten mit ihr, warfen ihr den Ball zurück, schwammen auf ihren Befehl von einem Beckenrand zum anderen, kamen, wenn sie sie mit hohem begeistertem Quietschen rief. Als ich auch einmal den Ball warf, ignorierten die Delphine mich völlig. Ich versuchte es ein zweites Mal. Nichts. Elisabeth kam an den Beckenrand und streckte fordernd die Hand aus und prompt kam ein Delphin durch das Becken gesprungen und warf ihr spielerisch den Ball zu. Elisabeth drehte sich daraufhin mit dem ganzen Triumph einer Fünfjährigen zu mir um und sagte mit tiefem Ernst:

„Du musst ihnen vertrauen, dass sie ihn dir bringen, dann bringen sie ihn auch."

Und schon war sie schon wieder weitergesprungen, und forderte am Beckenrand hüpfend einen der Delphine auf, neben ihr durch das Wasser zu springen. Ich stand sprachlos und wurde sehr nachdenklich. Meine Tochter hatte mir in einem Satz die zentrale Botschaft des Managertrainings beigebracht. Genau das war es, wo ich mit meinen Mitarbeitern immer Schwierigkeiten hatte. Ich traute ihnen entweder eine Aufgabe, die ich ihnen zugeteilt hatte, nicht zu, oder ich glaubte nicht, dass sie sie wirklich perfekt ausführen würden. Und damit ging dann auch oft etwas schief. Die Delphine ließen sich auf solch einen halbherzigen Handel gar nicht erst ein.

Ich buchte noch am gleichen Tag ein Managertraining und nun bin ich schon das dritte Mal hier. Einfach weil es gut tut, und um zu verhindern, dass sich alte Gewohnheitsmuster wieder einschleichen. Als ich aus dem ersten Training zurückkam, gehörte ich plötzlich zu der Gruppe, obwohl ich die Leitungsfunktion hatte. Früher war immer, wenn ich den Sozialraum betrat, ein zumindest kurzes Schweigen eingetreten. Ich spürte, wie die Atmosphäre sich veränderte, wie eine angespannte Erwartung, was ich tun oder sagen würde im Raum lag. Nun ging das Gespräch plötzlich fließend weiter, wenn ich den Raum betrat. Trotzdem hatte ich nicht das Gefühl, dass ich in irgendeiner Weise Autorität eingebüßt hatte. Im Gegenteil, wenn überhaupt, spürte ich schon nach kurzer Zeit mehr Respekt. Ich konnte auch plötzlich Anteilnahme zeigen, mal ein kurzes, etwas persönlicheres Gespräch führen, ohne das Gefühl zu haben, ausgenutzt zu werden oder mich zu schwach zu zeigen."

Robert hatte sich sehr über das persönliche Gespräch gefreut. Heinrichs war nach dem Training noch mit ihm ein Bier trinken gegangen und auch Robert hatte einiges von sich und seinem Leben erzählt. Durch diesen Abend fühlte er sich mehr zugehörig zur Firma und er konnte bei sozialen Ereignissen wie gemeinsamen Essen, oder den berühmt berüchtigten Feierabendbieren mehr entspannen, lockerer er selbst sein. So war eigentlich das Einzige, was die Arbeit für Robert neben der vielen Fliegerei zwischen SynAqua und Basel trübte weiterhin die Sorge um Joe. Immer wieder war sie plötzlich nicht fit oder schien sogar krank.

Eines Tages beim Mittagessen auf SynAqua sprachen sie über alternative Heilmethoden. Im Nachhinein wusste

Robert nicht zu sagen, wer damit angefangen hatte. Doch sicher nicht Francois? Nein, es musste Markus gewesen sein. Robert war mehr und mehr von Markus beeindruckt. Er leitete die Schule mit einer stillen Selbstverständlichkeit, schien für jeden und jede ein offenes Ohr zu haben. Aber er konnte auch sehr schnell und bestimmt Entscheidungen fällen oder sogar durchgreifen, wenn es notwendig schien. Jetzt fragte er interessiert in die Runde, wer sich mit alternativen Heilmethoden auskenne, oder wer jemanden kenne, der sich damit auskenne. Während Robert nun dem zögerlichen und etwas unbeholfenen Austausch über Heilmethoden lauschte (keiner kannte sich offensichtlich aus, aber alle hatten schon mal etwas gehört), dachte er darüber nach, wie interessant es war, dass innerhalb von SynAtlantis fast immer auf eben diese Art und Weise Aufgaben gelöst oder Jobs vergeben wurden: es wurde in die Runde gefragt, wer etwas wusste oder wer jemanden kannte. Irgendjemand kannte immer irgendjemand anderen oder es ergab sich zumindest ein Anhaltspunkt. Er stoppte in seinen Überlegungen, weil er plötzlich merkte, dass Markus ihn erwartungsvoll anschaute. Und ohne dass er es beabsichtigt hatte, hörte er sich nun von Charlotte erzählen. Er erzählte, dass sie in San Francisco gute Heilerfolge bei den Delphinen gehabt hatte. Und dass sie auch mit Pferden und sogar mit Menschen gearbeitet hatte. Nun stoppte er abrupt, verunsichert. Hatte er zu viel erzählt? Aber Markus schaute sehr interessiert, die anderen neutral. Erst als die Gruppe Markus Zustimmung spürte, nickten auch sie.

„Robert", sagte Markus nun, „Frag doch Charlotte mal, vielleicht kann sie gleich diese Woche kommen? Joe geht es ja gerade wieder schlecht, vielleicht kann Charlotte etwas für sie tun."

Robert nickte zögernd.

„Gut", entschied Markus, „sobald Charlotte gesagt hat, ob und wann sie kommen kann, kann Elke den Flug organisieren."

Robert fühlte sich etwas überrollt, sagte aber nichts. Beim Kaffee sprachen sie von anderen Dingen.

Als er abends mit Charlotte telefonierte, war sie spontan begeistert.

„Ich wollte dich schon die ganze Zeit gerne dort besuchen, wusste aber nicht, ob das angesagt ist. Klasse, ich kann Dienstag kommen."

Charlotte traf dienstagmittags ein. Eigentlich hatte sie sich vorgenommen, am Nachmittag zuerst nur gedanklich Kontakt zu den Tieren aufzunehmen und sich vom Beckenrand mit ihnen vertraut zu machen. Sie musste sich erst wieder an den Gedanken gewöhnen, mit diesen großen Tieren im Wasser zu sein. Ihr Magen rumorte nervös. Zudem fühlte sie sich beobachtet. Es schien zwar so, als ob sich keiner für sie interessierte, trotzdem wurde sie das Gefühl nicht los, beobachtet zu werden. Robert hatte ihr nichts von den Monitoren erzählt, mit dem sämtliche Becken, ja die gesamte Anlage überwacht wurde. Charlotte schaute sich um. Niemand war da. Nur Robert saß am anderen Ende des Beckens, schaute den Delphinen zu und lächelte ihr zu. Sie seufzte und schloss die Augen. Jetzt, Anfang Mai war es hier auf dieser Mittelmeerinsel angenehm warm. Sie genoss die Sonne, entspannte und konzentrierte sich. Dann stellte sie sich den Delphin mit dem hellen Fleck in der Mitte zwischen den Augen vor. Das war Ernie. Robert hatte ihr geraten, zuerst zu Ernie Kontakt aufzunehmen. Im Kontakt mit ihm würde sie am besten erkennen, ob sie in ihrer Mitte war. Als sie ganz klar das Bild eines Delphins mit einem weißen Fleck vor dem inneren Auge sah, bat sie ihn, zu ihr an den Beckenrand zu schwimmen, indem die sich vorstellte, wie er sich langsam näherte. Dann öffnete sie langsam die Augen. Und tatsächlich, ein Delphin mit einem hellen Fleck kam auf sie zu. Allerdings nicht langsam und gemächlich, wie sie es sich gewünscht hatte, sondern pfeilschnell schoss er auf sie zu und stieg kerzengerade vor ihr aus dem Wasser, bevor er abdrehte und sich seitlich klatschend wieder ins Wasser fallen ließ. Charlotte vergaß für einen Moment zu atmen. Erschrocken war sie zurückgesprungen und stand nun verwirrt etwa 2 m vom Beckenrand entfernt. Ihre Konzentration war natürlich verloren. Kommunikation war das Eine, doch die Tiere hatten eben auch ihren eigenen Kopf. Plötzlich ging ihr wieder der Gedanke „Keine Haie! Es gibt hier keine Haie!" durch den Kopf. Sie musste lachen. Robert stand nun neben ihr, auch er war erschrocken und schaute sie beunruhigt an. Charlotte lachte noch immer: „Keine Haie! Bestimmt keine Haie!". Er verstand sofort und fiel in ihr Lachen ein. Déjà vu San Francisco. Charlotte war das erste Mal bei der Dolphin School. Und die Delphinkuh Charlie hatte sie, bzw. ihre Freundin Jeanne, damals total erschreckt, indem Charlie bei Jeannes allererstem Versuch mit den Delphinen zu schwimmen, voller Übermut über sie hinweg gesprungen war. Bei einem späteren Besuch hatte Charlotte daraufhin erst einmal ganz vorsichtig gedanklichen Kontakt aufgenommen. Die Delphine hatten diese Vorsicht als grundsätzliche Angst interpretiert und ihr die Gedanken „Hier gibt es keine Haie" geschickt. Charlotte tauchte aus ihren Erinnerungen auf und sah, dass Ernie jetzt wieder am Beckenrand war und sie erwartungsvoll anschaute. Erneut richtete er sich im Wasser auf und tanzte auffordernd rückwärts. Robert staunte:

„Das hat er noch nie gemacht. Zumindest nicht, solange ich hier bin."

Charlotte hatte sich inzwischen wieder gefangen. Zum Glück hatte sie vorsichtshalber den Neopren - Anzug angezogen. Wenn sie ehrlich war, dann vor allem darum, weil sie wusste, wie gut er ihr stand und wie sehr er ihre

Figur zur Geltung brachte. Und sie genoss die Blicke, die Robert zwischendurch verstohlen über sie gleiten ließ. Nun trat sie mit langsamen aber entschlossenen Bewegungen vor und ließ sich vom Rand in das Becken gleiten. Sie spürte sofort eine große Vertrautheit mit Ernie. Er schwamm unter ihr, neben ihr und einmal sprang er sogar über sie, ohne dass sie sich irgendwie bedroht fühlte. Charlotte spürte, wie sich ihr die Welt öffnete, wie ihr Herz warm wurde und ein leises, gleichmäßiges Kribbeln durch ihren Körper zog. Als Ernie still vor ihr im Wasser stand, legte sie ihm die Hände auf und spürte warm und pulsierend seine Energie. Dann ließ sie das Bild eines kranken, schlappen Delphins in sich aufsteigen. Nach einer Weile schwamm Ernie langsam vor ihr her in den hinteren Teil des Beckens. Charlotte schwamm hinter ihm her und sah nun ein Delphinpärchen vor sich. Offensichtlich hatten die Beiden großes Vertrauen zu Ernie, denn als Charlotte mit Ernie ankam, akzeptierten sie sie sofort, ja sie kamen sogar auf sie zu. Es dauerte nicht lange, da konnte sie zuerst Pat und dann Joe die Hände auflegen. Sie spürte sofort den energetischen Unterschied. Pat hatte eine starke, gleichmäßige Energie. Bei Joe spürte sie zuerst gar nichts und dann einen leichten Sog, der immer stärker wurde. Schließlich war der Sog so stark, wie sie es bei noch keinem Tier gespürt hatte. Es war ein starkes Ziehen, als versuchte Joe alle Energie, die sie kriegen konnte, anzuziehen. Charlotte konzentrierte sich darauf, Energie durch ihr Kronenchakra einfließen zu lassen und diese Energie zu Joe zu schicken. Schon nach kurzer Zeit spürte sie, dass sie ohne Pats Unterstützung, auf dem sie immer noch ihre linke Hand liegen hatte, hätte aufhören müssen. Und gerade als sie aufgeben wollte, rückte Ernie näher an sie heran. Er stand jetzt so dicht hinter ihr, dass er sie fast berührte. So standen sie zu viert eine ganze Weile im Wasser. Und dann irgendwann war es vorbei. Pat rückte etwas ab, Ernie schwamm fort und Charlotte ließ Joe los. Joe rührte sich nicht. Charlotte spürte wie ihr die Tränen in die Augen schossen:

„Ich wünsche dir Heilung." flüsterte sie Joe zu, „ich wünsche dir Frieden. Mögest du frei von Schmerzen sein." Dann schwamm sie zurück. Robert strahlte sie an, doch als er sah, wie erschöpft sie war, schwieg er. Auch Charlotte schwieg. Markus kam um die Ecke gelaufen:

„Na", strahlte auch er und man konnte seinen Stolz spüren, „was hältst du von unseren Delphinen?"

Doch Charlotte war noch ganz in ihrem Erlebnis gefangen.

„Ich glaube nicht, dass ich ihr helfen kann", murmelte sie und schaute zu Boden. Und dann, nachdenklich:

„So etwas habe ich noch nie gefühlt. Keine Ahnung was das ist. Es fühlt sich ähnlich an wie Krebs."

Markus hatte sie zuerst völlig erstaunt, dann zunehmend beunruhigt angesehen.

„Krebs?" Er runzelte die Stirn, unwillkürlich trat er einen Schritt zurück. „Kann doch gar nicht sein. Krebs kommt doch nicht in Schüben."

„Ja", sagte Robert nun „wirklich wie in Schüben. Allerdings ist auffällig, dass die Schübe erstens immer heftiger werden, und zweitens immer weiter auseinander liegen."

„Woher willst du das denn wissen?"

Der sonst so ruhige Markus war plötzlich ziemlich unwirsch. Robert trat defensiv aber doch auch trotzig einen Schritt zurück:

„Nun, ich habe Protokoll geführt."

Markus hatte sich schon wieder gefangen.

„Aber das spricht doch trotzdem nicht für Krebs."

Charlotte zuckte die Schultern.

„Ich kann dir nur sagen, was ich fühle, den Rest müssen dann eure Tierärzte herausfinden."

Sie schaute nachdenklich über die Becken.

„Ich hoffe nur, sie tun das, bevor es zu spät ist. Das was ich gefühlt habe, fühlt sich nämlich überhaupt nicht gut an."

Beim Abendessen waren alle schweigsam. Charlotte fühlte sich immer noch erschöpft. Sie wurde von allen Seiten verstohlen gemustert, aber keiner stellte Fragen. Robert fragte sich im Stillen, was Markus wohl erzählt hatte. Erst beim Kaffee sprach Francois Charlotte an:

„Und, glaubst du Joe wird wieder gesund?"

Charlotte schaute ihn nachdenklich an:

„Ich weiß nicht. Ich muss morgen noch mal hin spüren. Aber heute fühlte es sich nicht so an."

„Och, da wart mal ab!" lächelte Francois und Robert meinte, in seinen Augen leichte Ironie aufblitzen zu sehen. Später fragte Charlotte ihn, ob er auch den warnenden Blick gesehen habe, den Markus Francois zu geworfen hatte.

„Nein, " sagte Robert, „ist mir nicht aufgefallen. Warum sollte er?"

Charlotte schüttelte den Kopf: „Das weiß ich auch nicht. Aber ich muss schon sagen, irgendetwas ist hier seltsam. Und zwar sehr seltsam."

Sie gingen früh ins Bett, schliefen eng aneinander geschmiegt, und fühlten wie ihnen das Wärme und Trost gab. Am nächsten Morgen ging Charlotte gleich wieder in die Becken. Joe war da und auch Pat. Und zu Charlottes größtem Staunen ging es Joe besser. So lange sie bei Joe im Becken war, dachte sie nicht weiter darüber nach. Sie konzentrierte sich darauf, dem Tier heilende Energie zu zuführen. Aber als sie dann Robert berichtete und er sie strahlend beglückwünschte, schüttelte sie nachdenklich den Kopf.

„Nein Robert, das hat nichts mit mir zu tun. Ganz sicher nicht."

„Aber warum denn nicht? Du hast Joe gestern behandelt und heute geht es ihr besser. Natürlich hat das was mit dir zu tun. Warum freust du dich nicht über deinen Erfolg?"

Charlotte nahm ihn am Arm: „Weil, " sagte sie eindringlich „es ihr gestern am Ende der Behandlung um keinen Deut besser ging. Im Gegenteil, es zog und zog und zog Energie aus mir heraus. Ohne Pat und Ernie hätte ich das gar nicht geschafft."

Sie schwieg eine Weile nachdenklich.

„Es stimmt schon, dass der wirkliche Heilungseffekt oft erst nach der Behandlung einsetzt. Ich kann ja nur versuchen, die möglichen Wege zur Heilung zu öffnen, heilen muss dann der bzw. diejenige selbst. Aber wenn ich etwas bewirke, dann spüre ich immer schon während der Behandlung, dass sich etwas zum Positiven verändert. Und das war gestern mit Sicherheit noch nicht."

Francois kam angeschlendert.

„Und, geht es unserem Patient besser?"

„Ja, deutlich besser." antwortete Charlotte.

„Na siehst Du!" lächelte Francois.

Plötzlich fühlte Charlotte eine unheimliche Wut in sich aufsteigen: „Für dumm lasse ich mich nicht verkaufen!" schleuderte sie Francois entgegen.

Erstaunlicherweise war Francois darüber keineswegs erstaunt oder gar beleidigt. Er warf ihr einen anerkennenden Blick zu, zuckte nur wieder lächelnd die Schultern, drehte sich um und ging. Robert dagegen war sehr erstaunt:

„Was meinst du denn damit?"

Charlotte war selbst ratlos.

„Ich weiß nicht", sagte sie unsicher, fast ein bisschen kläglich. „Das stieg plötzlich in mir hoch. Unheimliche Wut. Keine Ahnung wo die plötzlich herkam."

Sie seufzte. „Oh je, ich mach das hier gar nicht gut. Am Ende vergrätze ich dir noch alle deine Kollegen."

Aber Robert schüttelte nun entschieden den Kopf.

„Schluss mit der Trübsal, Hauptsache ist doch, dass es Joe wieder besser geht. Alles andere wird sich schon finden. Und jetzt gehen wir am Strand spazieren, und genießen noch ein wenig den Abend."

Charlotte nickte und sie konnte nun wirklich den Strandspaziergang aus vollen Zügen genießen. Der Wind strich warm und weich über ihr Gesicht und sie ließ alle Gedanken ziehen und genoss einfach Roberts Anwesenheit neben sich und die Schönheit der Welt um sie herum. Beim Abendessen war Joes Heilung allgemeines Gesprächsthema und Charlotte wurde nun nach allen Einzelheiten befragt und beglückwünscht. Sie hatte sich mit Robert darauf geeinigt, dass sie im Moment nicht über die Ungereimtheiten, die ihnen aufgefallen waren, sprechen würden. Als sie einmal andeutete, dass sie nicht glaube, dass sie das Tier geheilt habe, fielen sowohl ihr wie auch Robert der schnelle Seitenblick auf, den Markus ihr zuwarf und dann auch der Blick, den er mit Francois tauschte. Die beiden hatten sich also schon ausgetauscht. Insgesamt verlief das Abendessen sehr harmonisch und Robert und Charlotte gingen zufrieden zu Bett.

Donnerstag flogen Robert und Charlotte gemeinsam nach Basel zurück. Am nächsten Tag ging Charlotte gegen Mittag für eine Behandlung und Besuch zu Christiane. Nachmittags wartete Robert sehnsüchtig darauf, dass Charlotte nach Hause kommen würde. Er hatte inzwischen so viele Fragen an Gerhard, dass er gerne schon am Abend zum Mönchshof fahren und nicht erst bis Samstag warten wollte. Es war wie eine unausgesprochene Übereinkunft, dass er und Gerhard nur über die Vergangenheit sprachen, wenn Charlotte dabei war. Als Charlotte von Christiane kam, war sie sofort einverstanden, noch am Abend zu

Gerhard zu fahren. Sie riefen Gerhard an und er lud sie zum Abendessen ein. Glücklich erklärte er ihnen, dass er schon einmal das Abendessen kochen würde, während sie ihre Sachen für das Wochenende packten und zu ihm hinaus fahren würden.

Als Charlotte und Robert beim Mönchshof ankamen wartete schon ein gedeckter Tisch auf sie und im Kamin prasselte das Feuer. Die Woche war regnerisch gewesen und jetzt im Juni war es am Abend immer noch feucht und kühl. Nach dem Essen setzten sie sich vor den Kamin. Sie waren dabei geblieben, Gerhards Bericht über die Vergangenheit jeweils mit dem kleinen Ritual zu beginnen, bei dem Charlotte zuerst räucherte, dann um Segen bat und schließlich Gerhard die Hände auflegte, um ihm heilende Energie zu senden. Auf diese Weise gingen sie achtsam mit der Vergangenheit um. So konnte es nicht passieren, dass achtlos hingeworfene Fragen oder unbedachte Bemerkungen einen von ihnen verletzten. Heute war für Robert klar, dass er nicht weiter zuhören konnte oder wollte, bis er nicht besser verstand. Als sie sich also gesetzt hatten, und Charlotte um Segen gebeten hatte, sagte er hastig:

„Gerhard, bevor du weiter erzählst,…, ich möchte…, ich muss ein paar Fragen stellen, sonst kann ich nicht mehr gut zu hören."

Gerhard nickte. „Ja", sagte er, „das ist gut."

Robert war erleichtert.

„Vielleicht zähle ich einfach alle Fragen auf, es ist ein ziemliches Durcheinander. Am meisten bewegt mich natürlich die Frage, warum mein Großvater überhaupt so schreckliche Sachen gemacht hat. Er war ja offensichtlich kein völlig gefühlloser Mensch, er konnte doch lieben, zumindest dich hat er doch wohl geliebt? Er hat sogar geweint, bereut. Wieso? Wie konnte er das alles tun?"

Gerhard überlegte einen Moment: "Das ist natürlich die Frage, die uns alle immer wieder beschäftigt hat. Natürlich auch ihn selber. Ich weiß bis heute nicht, ob ich sie dir beantworten kann, obwohl ich natürlich sehr viel darüber nachgedacht habe. Nicht nur in Bezug auf Diabolo, auch im Zusammenhang mit anderen Tätern, die mir später begegnet sind. Natürlich ist ein Teil der Antwort, dass Diabolo selber als Kind nie Liebe und Fürsorge erfahren hat. Dass sein Vater ihn schlug und missbrauchte, dass seine Mutter selber Opfer des gewalttätigen Ehemannes war und emotional versteinerte. Aber das ist natürlich nur ein Teil der Wahrheit. Das allein als Antwort wäre zu billig. Es gibt auch andere Menschen, die eine solche Kindheit hatten und trotzdem wurden sie nicht zu grausamen Verbrechern. Ich habe mich oft gefragt, was eigentlich an Frauen anders ist. Denn auch sie erleben oft eine schlimme Kindheit, aber wenn sie später gewalttätig werden, dann richten sie meist diese Gewalt gegen sich selbst. Im Grunde kann ich dir deine Frage nicht wirklich beantworten. Aber für mich selber ist die Antwort, dass wir alle in unserem Leben auf einem sehr schmalen Grat gehen, wo es oft sehr schwierig ist, die Balance zu halten. Irgendwann müssen wir uns entscheiden, ob wir uns einfach herunterrutschen lassen, und bei dem bösen Spiel mitmachen, oder ob wir weiter um jeden Schritt auf dem schmalen Grat kämpfen, bis wir wieder sicheren, guten Boden unter den Füssen haben. Wenn wir uns einmal haben rutschen lassen, dann ist es sehr schwer wieder auf den Grat zu klettern und weiter zu balancieren. Wenn die Umstände entsprechend sind, wenn in uns selber das Böse erst einmal entfesselt ist, dann ist es sehr schwer, es wieder zu stoppen. Es ist als sei ein Feuer entfacht, ein Feuer des Bösen, das das Gute in uns immer weiter auffrisst. Natürlich haben Menschen ein unterschiedliches Potential für dieses „Böse", unterschiedliches Potential zur Grausamkeit. Aber ich glaube auch, wenn man erst einmal damit angefangen hat, wenn man die ersten bösen Taten vollbracht hat, dann frisst es das Gute in einem weg. Vielleicht ist es auch so, dass je mehr Gewissen und je mehr Einfühlungsvermögen ein Mensch ursprünglich einmal hatte, desto lauter, dramatischer muss das Böse dann gelebt werden, um dieses Gewissen endgültig zum Schweigen zu bringen."

„Aber Du!" platzte es nun aus Robert heraus. „Wie konntest du jemanden lieben, umarmen, obwohl du wusstest, dass er Menschen getötet und gefoltert hatte. Obwohl du wusstest, dass er Frauen vergewaltigt hatte!"

Robert war nun selber erschrocken. Er spürte, dass seine Frage eine einzige Anklage war. Charlotte war zusammengezuckt bei seinem Ausbruch. Auch sie hatte sich das schon gefragt, auch sie fand es sehr schwer zu verstehen. Aber sie hatte in den letzten Wochen eine tiefe Zuneigung zu Gerhard entwickelt und nun beugte sie sich vor und sagte fast wie beschwörend:

„Robert..."

Aber Gerhard legte ihr eine Hand auf den Arm und stoppte sie: „Lass, Charlotte. Er hat ein Recht zu fragen. Ich habe mich das selber so oft gefragt, bis ich verstanden habe. Die Wochen in der Höhle, da waren wir einfach bedürftig, es war alles völlig unwirklich, ich selber hatte monatelang ein Leben des Tötens und des Kämpfens geführt. Dann überrollte mich die Leidenschaft und ich fühlte zum ersten Mal in meinem Leben Liebe. Später dann, im Kloster, vor allem nachts wenn ich nicht schlafen konnte, oder wenn ich mich ins Retreat zurück zog und viel Zeit hatte zu kontemplieren, gingen mir diese Fragen tausend und tausend Mal durch den Kopf. Ich hatte das große Glück, einen so weisen Lehrer wie Franzius zu haben. Er gab mir ein Gleichnis zur Kontemplation und darüber habe ich langsam verstanden.

Eine böse Tat hat nicht die gleiche Wirkung auf die Seelen von unterschiedlichen Menschen. Ein und dieselbe Tat, die die Seele eines Erleuchteten kaum trübt, wird einen anderen in den Abgrund stoßen. Es ist wie die Wirkung eines Teelöffels voller Salz. Schütte ich diese kleine Menge Salz in einen großen Strom, wie zum Beispiel den Rhein, so wird das Salz kaum einen Effekt haben. Aber gebe ich die gleiche Menge Salz, einen Teelöffel voll, in eine Tasse mit Wasser, so wird das Wasser völlig ungenießbar sein.

Ich habe für mich verstanden, dass für die Seele von Diabolo schon eine böse Tat zu viel war. Diese erste Tat hat jede Reinheit, jede Klarheit getrübt und versalzen. Es hat ihn in eine Spirale aus Gewalt und Verderben gestürzt. Aber ich glaube auch, dass sich während dieser Wochen in der Höhle alles Salz abgesetzt hat und darüber war klares, reines Wasser. Und das war das, was ich kennen gelernt, was ich geschmeckt habe, das reine, klare Wasser. Aber während des Gerichtsprozesses und am Anfang seiner Haft, wurde das Salz wieder aufgerührt, das Wasser war wieder völlig trüb. Und ich glaube, wenn ich, vor allem wenn Franzius nicht gewesen wäre, dann hätte Diabolo es nicht geschafft. Aber nun greife ich vor, das werde ich euch ein anderes Mal erzählen."

„Und was", fragte Robert, „was war eigentlich mit dem Kind?"

Gerhard seufzte tief. Sowohl ihm, wie auch Charlotte war sofort klar, von welchem Kind er sprach. Das Kind, das aus der Vergewaltigung entstanden war. Diabolos Sohn. Gerhard seufzte noch mal.

„Das Kind." Er schwieg einen Moment. Dann, als müsste er seine ganze innere Kraft aufbringen, um sich selber zu überzeugen, dass er das jetzt sagen dürfe, sagte er mit belegter Stimme:

„Das Kind, der Junge, das ist dein Vater Peter."

Charlotte war das klar gewesen, aber Robert war maßlos erstaunt. Er öffnete überrascht den Mund, sagte aber nichts. Es war, als müsse er nach Luft schnappen. Dann sank er in seinen Sessel zurück und starrte ins Feuer. Minutenlang sagte er nichts. Dann plötzlich begann er zu weinen. Es war, als habe erst diese Information ihm bewusst gemacht, wie viel diese Geschichte, diese Vergangenheit mit ihm zu tun hatte. Er wurde von heftigen Weinkrämpfen geschüttelt. Charlotte stand auf, legte ihm die Arme um die Schultern. Er vergrub sein Gesicht an ihrem Bauch. Gerhard saß hilflos daneben und wusste nicht was tun. Irgendwann liefen auch ihm die Tränen über die Wangen. Als Robert ruhiger wurde, legte Charlotte zuerst ihm, dann Gerhard die Hände auf. Nun fühlte sie selber eine große Müdigkeit und Schwere. Sie zog ihre warme Jacke an und ging nach draußen. Der Himmel draußen war sternenklar. Sie ging zielstrebig über die Wiese hinter dem Haus in den Wald. Dort fand sie trotz der Dunkelheit sicher ihren Weg zu der großen Eiche. Sie lehnte sich mit dem Rücken gegen den mächtigen Stamm und bat um Kraft, um Energie, um Ruhe und Gelassenheit. Diese Eiche musste schon viel gesehen und erlebt haben, in den vielen hundert Jahren, die sie hier schon stand. Lange stand Charlotte so in der Dunkelheit. Sie rief die Göttin an, bat nochmals um Kraft und als Antwort stiegen Bilder vom Lichthof in ihr auf. Barbara erschien lächelnd vor ihrem inneren Auge aber auch Elinor, Joe, Martina. Und sie wusste plötzlich, sie brauchte dringend ein Wochenende unter Frauen. Sie würde zum nächsten Wochenende an den Lichthof fahren, wenn sie sich richtig erinnerte war dort das dritte Wochenende der Lomi Lomi Nui Ausbildung. Sie selber hatte den Kurs schon letzten Winter mitgemacht, nun würde sie das Wochenende wiederholen. Die Gedanken an ein Wochenende unter Frauen, an die Massage, an Barbara, die Atmosphäre am Lichthof, die hawaiianische Musik gaben ihr Kraft und sie fühlte innere Freude in sich aufsteigen.

Als Charlotte zurück ins Haus kam, stand Gerhard in der Küche und kochte einen seiner berühmten Kräutertees.

„Na", begrüßte er Charlotte, „du bist wohl der Göttin selber begegnet, so wie deine Augen leuchten."

Charlotte lachte und nickte: „Stimmt".

Gerhard stutzte, hielt mitten in der Bewegung erstaunt inne. Der Teelöffel, den er in der Hand hatte, schwebte einen Moment mitten im Raum und ein paar Teeblätter fielen auf den Küchenboden.

„Hhm..." brummte er, während er sich bückte und die Teeblätter aufhob. Charlotte wusste nicht, ob das Brummen den Teeblättern auf dem Küchenboden oder ihrer Begegnung mit der Göttin galt. Sie ging ins Wohnzimmer, dort saß Robert in eine Decke gehüllt und war froh, sich an sie schmiegen zu können. Charlotte massierte ihm den Nacken:

„Geht es dir wieder etwas besser?"

Robert nickte nachdenklich. „Jetzt verstehe ich auch, wieso meine Großmutter sich immer geweigert hat, über meinen Großvater zu sprechen. Und warum sie so böse reagiert hat, wenn ich gefragt habe."

Gerhard, der aus der Küche gekommen war, um zu fragen, ob sie einen Tee trinken wollten, hatte den letzten Satz mitgehört.

„Ja", sagte er jetzt, „dein Großvater hat mehrmals versucht, Kontakt aufzunehmen. Er wollte Versöhnung mit ihr, wollte Kontakt zu seinem Sohn, wollte helfen, den Sohn aufzuziehen. Aber es war nichts zu machen. Ich denke, neben dem Selbstschutz, neben der Verdrängung des erlebten Grauens, hat deine Großmutter sich auch an Diabolo gerächt. Sie muss gespürt haben, dass es ihm sehr wichtig war. Es war ihre Art, ihn zu bestrafen."

„Und Peter", fragte jetzt Charlotte, „wollte er nicht wissen, wer sein Vater ist?"

„Ja, als er 18 war, hat er dann wohl gewagt zu fragen. Ich weiß nicht, wie er es geschafft hat, aber schließlich muss sie es ihm gesagt haben. Oder er hat es irgendwie anders herausbekommen. Auf jeden Fall stand er eines Tages hier vor der Tür. Ab da kam er ab und zu vorbei. Meist unangemeldet. Meldete er seinen Besuch vorher an, war Diabolo jedes Mal sehr nervös, sehr angespannt. Er gab sich die größte Mühe, aber im Grunde haben die beiden nie einen Draht zu einander gefunden. Ich weiß nicht, ob Peter von Diabolos Vergangenheit wusste. Ich glaube, er lehnte unser beider Leben hier ab. Ob er wusste, dass wir als Paar zusammen lebten, weiß ich nicht. Aber er ließ zwei-, dreimal feindliche Sprüche über Homosexuelle fallen. Auch lehnte er unsere Spiritualität ab, die Kräuter, das heilerische Wissen. Als er anfing, Ingenieurwesen zu studieren, kam er immer seltener. Er hielt alles, was nicht auf naturwissenschaftlichen, technischen Erkenntnissen ruhte, für Scharlatanerie. Ich glaube, das ist heute noch so."

Robert lachte bitter auf: „Ich weiß, dass es heute noch so ist. Mit Sicherheit ist das heute noch so. Selbst meine Arbeit mit den Delphinen hält er für esoterischen Weichkram. Erst seit SynAtlantis mich dafür gut bezahlt, spricht er nicht mehr abfällig davon. Wenn eine so angesehene Firma Geld dafür investiert, dann muss ja was dran sein. Wobei *er* glaubt, dass dahinter ein anderes Projekt steckt, dass sie eigentlich die Delphine für technische Installationen unter Wasser oder so trainieren wollen. Er kann einfach nicht akzeptieren, dass eine in seinen Augen so fortschrittliche Firma für ein solches Eso-Gespinne, wie die Heilkraft von Delphinen, Geld investiert."

„Nun, " meinte jetzt Gerhard trocken, „ehrlich gesagt, hat mich das auch sehr überrascht. Und wenn ihr es mir nicht erzählt hättet, würde ich es wahrscheinlich auch nicht glauben."

In den nächsten Wochen wurde Charlotte immer mal wieder nach SynAqua gerufen. Nicht nur zu Joe, sie behandelte auch andere Delphine. Mit Ausnahme von Joe waren es meist Tiere aus dem abgelegenen dritten Becken, die Robert nicht in die Managertrainings mit hinein nahm, sondern nur ein Standardprogramm mit ihnen durchlief, um den Kontakt zu den Tieren aufrecht zu erhalten. Es waren 10 zusätzliche Tiere verschiedener Altersklassen. Robert hatte Markus einmal gefragt, zu welchem Zweck diese Delphine gehalten wurden, da sie offensichtlich nicht für das Managertraining vorgesehen waren. Markus hatte ihm eine etwas diffuse Antwort gegeben, woraus Robert geschlossen hatte, dass einige der hohen Herren der Firma hier einfach einen Teil ihres Privatzoos hatten. Und wirklich beobachtete er ein paar Mal wie eine Gruppe VIPs mit Schneider und einem weiteren Tierarzt die Becken besuchte. So achtete Robert nur darauf, dass dort alles in Ordnung war, die Delphine an menschlichen Kontakt gewöhnt waren und machte sich keine weiteren Gedanken.

Einmal traf sich Charlotte auch mit dem Tierarzt, Dr. Schneider. Und obwohl er äußerst zuvorkommend und höflich war, und ihr viele Fragen stellte, hatte sie das Gefühl, er nahm sie nicht ernst. Aber offensichtlich war das nur ihre eigene Unsicherheit gewesen, denn am nächsten Tag wurde sie in Markus Büro gerufen. Er begrüßte sie herzlich.

„Wir sind alle begeisterte Fans von dir."

Charlotte lächelte, spürte aber, wie sie innerlich Distanz hielt. Ja, Markus war charmant, er war freundlich, war ein super Chef, leitete diese Anlage ganz hervorragend. Und sah dazu noch verdammt gut aus. Aber irgendetwas an ihm machte sie vorsichtig, hielt sie innerlich auf Distanz. Nun lächelte er sie mit warmherziger Offenheit an:

„Na, immer noch misstrauisch?"

Damit hatte er sie überrumpelt. War sie so einfach zu durchschauen? Oder konnte er einfach alle Menschen lesen wie ein offenes Buch? Als Antwort lächelte sie:

„Ja, das ist nun mal meine Natur."

Markus nickte. „Ich habe gehört, du arbeitest auch mit Pferden. Wir wollten dich fragen, ob du zwei Tage die Woche in der Nähe von Freiburg auf dem Konzern eigenen Gestüt SynEquus das Training einiger Pferde übernehmen kannst."

Charlotte war sprachlos. „Aber" stotterte sie, „ihr wisst doch überhaupt nicht, wie gut ich reite. Oder wie ich mit Pferden umgehe." Und nach ein kleiner Pause fragte sie: „Und wer ist eigentlich „wir"?"

Markus zuckte die Schultern und sagte lächelnd: „Nun zum ersten: Wir sind eben etwas weniger misstrauisch. Und zum zweiten: der Vorstand."

Charlotte war beeindruckt: „Mit solchen Fragen beschäftigt sich der Vorstand? Welche Pferdetrainerin ihr einstellt?"

Charlotte sah durch das kurze Flattern in seinen Augen, dass Markus einen kleinen Moment seine Sicherheit verloren hatte. Aber sofort fasste er sich wieder:

„Na klar. SynAqua und SynEquus sind ganz wichtige Teile des Konzerns. Sozusagen Schmuckstücke zum Vorzeigen." Und nun klang sogar Stolz aus seinen Worten.

Charlotte nickte kurz entschlossen: „Gut, ich schaue mir die Pferde gerne nächste Woche einmal an. Dann sehen wir ja, ob wir miteinander klar kommen."

Donnerstagabend flogen Robert und Charlotte zusammen nach Basel. Sie genossen am Freitag zusammen einen Tag in der Stadt. Sie schlenderten am Rhein entlang, kauften ein, saßen im Roten Engel am Andreasplatz und tranken

Cappuccino. Samstag früh fuhren sie zum Mönchshof. Dieses Mal nahmen sie zum ersten Mal Cleo mit. Charlotte hatte sich in letzter Zeit öfters Sorgen gemacht, weil sie Cleo jetzt so viel allein ließ. Sie waren ja fast jedes Wochenende am Mönchshof und auch unter der Woche sehr viel unterwegs. Gerhard hatte vorgeschlagen, Cleo zumindest einmal Probeweise mitzubringen. Er würde sich sehr freuen, wieder ein Haustier zu haben. Seit Strolch damals gestorben war, hatte er kein Tier mehr auf dem Mönchshof gehabt. Als Charlotte Cleo jetzt aus dem Transportkorb ließ, nahm Cleo mit der gleichen Selbstverständlichkeit vom Mönchshof Besitz, wie sie das damals mit Charlottes Wohnung getan hat. Und schon beim Frühstück saß Cleo schnurrend auf Gerhards Schoss.

Während Robert und Charlotte den Morgen über Gerhard im Garten halfen, strich Cleo begeistert durch die Hecken und Sträucher des Gartens, als wäre sie schon immer hier gewesen. Der Sommer näherte sich nun seinem Höhepunkt. Sie setzten noch einmal Salat, befreiten die Rosen von alten Blüten und ernteten das erste Gemüse und einige Kräuter. Nachmittags setzten sie sich mit Kaffee und Kuchen in die Laube. Die Sonne schien warm durch die Zweige des alten Birnbaums und Gerhard setzte seine Erzählung fort.

„Im Kloster wurde ich mit offenen Armen aufgenommen. Die Erfahrungen in der Höhle hatten mich geprägt und das meditative, kontemplative Leben fiel mir leicht. Zwar war das Kloster selbst ursprünglich christlich gewesen, hatte sich aber von der katholischen Kirche frei gekauft, was in Kriegszeiten möglich war. Auch die katholische Kirche brauchte damals dringend Geld, um faschistische oder nazistische Gelüste zu befrieden. Unser Abt, Franzius, hatte viele buddhistische Schriften studiert und praktizierte mit seinen Mönchen eine Art Christentum nach buddhistischen

Regeln. Wir waren eine kleine Gemeinschaft von 15 Mönchen und versuchten, weitgehend autark zu leben. Das gab mir genügend Gelegenheit mich im Garten, beim Holzhacken und bei der Renovation von Gebäuden auch körperlich zu betätigen. Franzius war ein genialer Lehrer und er verstand es, meine Visionen von Sarah, die nun langsam verblassten, in Visualisierungen der tibetischen Gottheit Tara überzuleiten. Nach Kriegsende habe ich wirklich versucht, Sarahs Daten ausfindig zu machen, war aber nicht erfolgreich. Vielleicht hatte ich damals, in der Nacht ihres Todes, mir die falsche Nummer gemerkt, oder es waren nicht alle Häftlingsnummern in den Registern vermerkt. Ich stellte im Garten des Klosters einen Gedenkstein für sie auf. So hatte sie nun zumindest einen Gedenkstein in der Schweiz, wenn sie auch selber die Flucht dorthin nicht geschafft hatte.

Ich fand mich schnell in das regelmäßige Leben der Klostergemeinschaft ein. Zwischen Meditation, Gebet und Arbeit blieb Zeit für Studium und auch für Gespräche. Im Grunde war ich glücklich in dieser Gemeinschaft aus Mönchen. Allerdings zehrte an mir die Erinnerung an Diabolo und diese und andere Bilder der Vergangenheit verfolgten mich oft im Schlaf. Einige der Mönche hatten mich schnell erkannt und sie versuchten mehrmals, mich zu Beziehungen zu verführen. Aber ich ließ mich nicht darauf ein. Ich weiß nicht, was mich zurückhielt. War es die Erinnerung an Diabolo, oder war es eher die Angst vor den Erinnerungen, die dann kommen würden. Ich konzentrierte mich ganz auf meine spirituelle Entwicklung und meine Arbeit. So wurde ich schnell zum engsten Vertrauten von Franzius und hatte durchaus eine führende Position in der Gruppe. Schon bald wurde ich zu Vorträgen und Seminaren in andere Klöster, kirchliche Gruppen oder zu Laienveranstaltungen geschickt. Durch meine Arbeit im Garten beschäftigte ich mich viel mit Heilkräutern und über die Kräuter kam ich zum Heilen. Auf meinen Reisen und Besuchen in anderen Gemeinschaften lernte ich mehrere Heilerinnen und Heiler kennen und wir tauschten uns aus. Ich merkte, dass eine Kombination aus Kräuteranwendungen, Handauflegen und meditativen Visualisierungspraktiken bei Kranken oft großen Erfolg hatte.

Eines Tages, einige Jahre nach Kriegsende, sah ich plötzlich sein Bild in der Zeitung. Ich war gerade auf dem Weg zu einem Vortrag in München. Am späteren Abend hatte ich den Anschlusszug in Karlsruhe verpasst und musste deswegen dort in einer kleinen Pension übernachten. Am Morgen legte mir die Wirtin die Zeitung auf den Frühstückstisch. Normalerweise lese ich beim Frühstück keine Zeitung, weil es den Geist gleich morgens mit sehr viel Negativem konfrontiert, wodurch Unruhe und Sorge aufkommen und mich dann über den Tag begleiten. An diesem Tag allerdings war ich schon wegen des verpassten Zuges am Vorabend und wegen der geänderten Reisepläne unruhig. So griff ich automatisch und unkonzentriert nach der Zeitung und gleich auf der Titelseite sah sich sein Bild. Diabolo. Er hatte einen abwehrenden, feindseligen und gleichzeitig gequälten Blick. Er schaute gerade in die Kamera und doch schien er sich dem Betrachter völlig zu entziehen. Ich saß minutenlang und starrte auf das Bild. So merkte ich gar nicht, dass die Wirtin wieder neben mir stand. Erst als sie mich ansprach, merkte ich auf. Ich hatte nicht gehört, was sie sagte, aber der halb defensive, halb aggressive Ton in ihrer Stimme ließ mich aufhorchen. Ich schaute sie fragend an.

„Na stimmt doch!", sagte sie jetzt schon fast wütend „Können die denn nicht die Vergangenheit ruhen lassen? Müssen sie immer noch in alten Wunden bohren? Als hätten wir Deutschen nicht schon genug gelitten. Jahrelang haben wir gehungert. In meinem Heimatdorf ist kaum einer von den Männern wieder heim gekommen. Erst jetzt geht es doch wieder etwas besser. Und die anderen waren doch genauso schlimm wie wir."

Ich wandte langsam meinen Blick wieder der Zeitung zu. Nun begriff ich erst, was dort stand. Der Mann, den ich als Diabolo gekannt hatte, war entdeckt worden. Franz Otto Krauss. Er hatte in Norwegen unter falscher Identität gelebt. Und nun war er entdeckt und an die Alliierten ausgeliefert worden. Und stand vor Gericht. Mir schwindelte. Ich muss leichenblass geworden sein, denn die Wirtin beugte sich jetzt erschrocken vor und ergriff mein Handgelenk.

„Ist ihnen nicht gut? Soll ich den Arzt holen?"

Ich schüttelte den Kopf, hatte mich schnell wieder in der Gewalt. Ich holte die Notfalltropfen aus meiner Tasche und lächelte die Wirtin beruhigend an. Während ich die Tropfen nahm, sagte ich leichthin:

„Mein Kreislauf, wissen sie. Das geht schon gleich wieder."

Sie nickte erleichtert, und auch wenn sie nicht so ganz überzeugt war, ging sie doch und brachte mir ein Glas Wasser. Ich wusste sofort, was ich zu tun hatte. Ich musste sofort nach Frankfurt fahren, dorthin, wo der Prozess gerade jetzt stattfand. Ich musste aussagen, musste Diabolo treffen. Ich sagte das Seminar in München ab. Dann gab ich Franzius Bescheid, dass ich aufgrund des Notfalls eines Freundes ein paar Tage Urlaub brauchte und ihm später alles erklären würde. Ich nahm den nächsten Zug nach Frankfurt. Zum Glück kannte ich dort eine befreundete Mönchsgemeinschaft, wo ich unterkommen konnte. Ich versuchte möglichst viel über den Prozess herauszubekommen. Natürlich ließ man mich an keinerlei Informationen heran und schon gar nicht durfte ich Diabolo sehen. Erst als ich Kontakt zu seinem Anwalt aufgenommen hatte, machte ich Fortschritte. Sein Anwalt erreichte, dass ich noch als offizieller Zeuge im Prozess zugelassen wurde. Und so sagte ich also vor Gericht aus.

Als ich den Gerichtssaal betrat, machte Diabolo eine heftige, unwillkürliche Bewegung in meine Richtung, die sofort von seinen Bewachern abgebremst wurde. Dann saß er völlig versteinert. Sein Gesicht war wieder regungslos, nichts gab zu erkennen, dass er mich kannte. Ich versuchte, ihn anzulächeln, aber mir war die Kehle wie zugeschnürt. Ich hatte Angst, ich würde in Tränen ausbrechen. So starrte ich ihn einfach nur an, bis schließlich der vorsitzende Richter sich räusperte und mich fragte, ob ich aussagen wolle. Ich nickte, drehte mich unter Aufbringen meiner gesamten Willenskraft von Diabolo fort und schaute dem Richter gerade in die Augen. Die ganze Nacht hatte ich mit mir gerungen, was ich aussagen sollte. Schlaf war unmöglich. Die erste Hälfte der Nacht dachte ich mir alle möglichen und unmöglichen Geschichten aus, die ich erzählen könnte, um Diabolos Urteil günstig zu beeinflussen. Nach stundenlanger Meditation war ich schließlich soweit gefestigt, dass ich mich für die Wahrheit entscheiden konnte. Diese grausige Vergangenheit konnte langfristig nur mit Wahrheit geheilt werden. Und so berichtete ich nun. Relativ kurz von meiner Vergangenheit (die der Anwalt dem Gericht schon vorgelegt hatte), dann von meinem ersten Zusammentreffen mit Franz Otto Krauss, von der Opferung eines seiner Männer, von der wochenlangen Hetzjagd durch die Alpen, und dann von unserem Leben in der Höhle. Natürlich ließ ich unsere Liebesbeziehung aus, aber ich erzählte, dass er mich nicht getötet hatte, als er die Möglichkeit dazu hatte und dass er sich um mich gekümmert hatte, als er mich einfach hätte liegen und sterben lassen können.

Erstaunlicherweise unterbrachen mich die Richter kein einziges Mal. Im Nachhinein glaube ich, dass in diesem schrecklichen Prozess, wo all die Gräueltaten wieder und wieder hervorgeholt und von allen Seiten beleuchtet wurden, mein Bericht der einzige wärmende Augenblick war. Es schien mir, als würden alle Anwesenden einen kurzen Moment aufatmen. Als ich aufhörte zu sprechen, herrschte tiefstes Schweigen. Minutenlang passierte überhaupt nichts. Dann begann der vorsitzende Richter in seinen Unterlagen zu blättern. Ich glaube, er versuchte einfach, Zeit zu gewinnen. Schließlich fragte er den Staatsanwalt, ob er Fragen an mich hätte. Nach kurzem Zögern fragte mich der Staatsanwalt, wie ich als früherer Widerstandskämpfer und heutiger Mönch über einen solch perversen Mörder mit so viel…(hier zögerte er, schien mit sich zu ringen)… mit so viel Wärme sprechen könnte. Ich fühlte eine große Müdigkeit. Ich schaute ihn an und nach langem Schweigen sagte ich:

„Ich habe diesen Menschen über lange, dunkle Wochen als warmherzigen, zuverlässigen, selbstlosen Freund kennen gelernt." Und nach einigem Zögern fügte ich hinzu: "Perversität entsteht immer aus großem Leid. Und es ist immer nur die eine Seite eines Menschen. Was natürlich nicht heißt, dass wir frei von Schuld sind."

Wieder war Stille im Saal. Da weder Diabolos Anwalt noch der Staatsanwalt weitere Fragen an mich hatten, beendete der Richter die Verhandlung, obwohl es noch relativ früh am Morgen war. Als ich nach draußen ging, fiel mir eine Frau auf, die mich mit eisiger Miene fixierte. Einen Moment fürchtete ich, sie würde mich anspucken. Aber dann war ich schon vorbei, draußen, an der frischen Luft, die durch die geöffneten Fenster der langen Korridore hereinwehte. Heute glaube ich, es war deine Großmutter, Robert. Ich flüchtete mich auf die nächste Toilette und versteckte mich dort, bis das Gebäude zur Mittagspause ganz leer wurde. Erst dann schlich ich mich nach draußen, ging direkt zum Bahnhof und fuhr nach Hause. Im Kloster angekommen, zog ich mich in tagelange Meditation zurück, bis Franzius mich zu sich befahl und mich bat ihm zu erzählen, was vorgefallen war. Natürlich hatte er die Berichte in der Presse gelesen und die ersten Journalisten hatte er auch schon fortschicken müssen. Ich glaube, ohne seine liebevolle, geduldige und weise Begleitung hätte ich diese Zeit damals nicht durchgestanden. Ich hätte mich in dem Leid, der Grausamkeit und den Widersprüchen der Vergangenheit verfangen."

Gerhard seufzte, als er mit seinen Erzählungen soweit gekommen war.

„Diabolos Urteil war „lebenslang". Sein Anwalt schrieb mir nach dem Prozess, dass meine Aussage ihn wohl vor dem Todesurteil bewahrt hatte. Durch meine Aussage sei es einfach nicht mehr möglich gewesen, ihn als den teuflischen Verbrecher schlechthin zu verurteilen. Nach der späteren Gesetzgebung der Bundesrepublik Deutschland wurde er dann später begnadigt und nach 12 Jahren entlassen."

Gerhard schien sehr müde, als er in seinen Erzählungen so weit gekommen war. Er lehnte sich in seinem Sessel zurück und schloss einen Moment die Augen. Charlotte trat hinter ihn und legte ihm sanft die Hände aufs Herz. Nach einer Weile lächelte Gerhard müde und öffnete die Augen.

„Ich glaube, wir hören hier für heute auf?"

Robert und Charlotte nickten. Während Gerhard nun in seinem Sessel ein wenig döste, gingen sie nach draußen. Es wehte ein scharfer Wind und es tat wohl, sich der kalten Luft entgegen zu stemmen und sich durchlüften zu lassen.

Dienstag früh fand sich Charlotte wie verabredet auf SynEquus ein. Das Gestüt lag auf einem kleinen Hügel. Eine Lindenallee führte in einem leicht geschwungenen Bogen direkt vor das große Eingangstor. Das Anwesen war rund herum von einer ca. 2 m hohen Hainbuchenhecke umgeben, so dass man bei der Anfahrt nur die roten Ziegeldächer über der grünen Hecke in der Sonne leuchten sah. Charlotte parkte ihren kleinen Fiat gleich hinter dem großen, steinernen Eingangstor. Als sie über den Hof ging, kam eine grau getigerte Katze auf sie zu gelaufen und strich ihr um die Beine. Auch ein Golden Retriever kam Schwanz wedelnd angetrabt und holte sich ein paar Streicheleinheiten. In der Mitte des Hofes war ein großer Paddock, umzäunt mit einem ca. 2 m hohen, weißen Lattenzaun. Im Paddock tollte eine kleine Herde Stuten. Wunderschöne Pferde, gut trainiert, kraftvoll und mit schwebenden Gängen sprangen sie übermütig durcheinander. Charlotte schluckte. Wenn sie diese Pferde trainieren dürfte, dann würde sie viel lernen können. Hoffentlich reichte ihr Können dafür aus. Es kam darauf an, was die Tiere lernen sollten, wie sie trainiert werden sollten. Charlotte merkte gar nicht, dass sich jemand genähert hatte, während sie ganz versunken den Stuten bei ihrem Spiel zugeschaut hatte. Erst als sie hinter sich ein Räuspern hörte, drehte sie sich um. Vor ihr stand ein Mann mittleren Alters. Er kam offensichtlich gerade aus dem Stall, über seinen Jeans trug er lange, gut eingerittene Chaps und eine Jeansjacke. Er strahlte Autorität aus. Man merkte, dass er es gewohnt war, Anordnungen zu geben. Nun streckte er ihr die Hand entgegen:

„Sie sind sicher Frau Lesab."

Charlotte nickte.

„Mühlhausen. Freut mich, sie kennen zu lernen."

Charlotte bemerkte, dass die Achtsamkeit der kleinen Herde plötzlich bei ihnen war, obwohl die Stuten weiter herum tollten.

„Gefällt ihnen unsere Stutenherde?"

Charlotte nickte wieder. „Wunderschöne Tiere. Und offensichtlich sehr aufmerksam. Sie gelten hier wohl als die Alpha-Stute?"

Mühlhausen stutzte. Er beobachtete sie einen Moment mit scharfem Blick und pfiff dann leicht durch die Zähne.

„Nun, sie scheinen nicht weniger aufmerksam zu sein als die Stuten. Das passt ja gut zusammen. Kommen sie, es ist meine Zeit für den Morgenkaffee. Dabei können wir alles besprechen. Richter, der Gestütsleiter ist heute nicht da. Er lässt sie schön grüßen."

Als Mühlhausen Charlottes erstaunten Blick sah, fügte er hinzu: „Er überlässt sowieso mir die Entscheidung. Da sie ja der Firma bekannt sind, geht es nur darum, wie sie mit den Pferden oder die Pferde mit ihnen zurechtkommen. Ich schlage vor, nach dem Kaffee beginnen wir gleich mit dem Morgentraining. Dann sehen wir das am besten."

Mühlhausen führte sie quer über den Hof.

„Dies ist der alte Melkraum. Jetzt ist er als unser Pausenraum ausgebaut."

Sie traten durch eine alte Hofdurchfahrt, in der rechts eine alte Holztür in einen Gewölberaum führte. Die weiß gekalkte Decke wurde durch mehrere zierliche Säulen gestützt. Während zum Hof hin große Fenster die Wohnküche hell und freundlich machten, war an der gegenüberliegenden Wand eine schlichte Küchenzeile und in der hinteren Ecke eine Sitznische mit rundem Tisch und Eckbank einbaut. Mühlhausen ging zur Espresso-Maschine.

„Kaffee? Oder lieber Tee?"

„Ach -, " Charlotte zögerte. „Am besten einen Tee. Ich bin schon etwas nervös, vor allem nachdem ich das Kaliber der Stuten gesehen habe. Kaffee wäre da nicht so geeignet im Moment."

Mühlhausen nickte, sagte nichts, sondern betrachtete sie nur mit einem aufmerksamen Seitenblick.

„Mir wurde gesagt, sie hätten sich gar nicht beworben, sondern die Firma sei auf sie zu getreten."

„Ja, das stimmt. Ich weiß auch nicht genau, wie sie dazu kamen. Aber da ich gerade etwas Kapazität frei habe…" Charlotte ließ den Satz unbeendet. Einen Moment schwiegen sie.

„Na, ja. Und nachdem ich nun die Stuten da draußen gesehen habe…. Ich muss schon sagen, da schlägt mein Herz schon höher."

Mühlhausen freute sich offensichtlich über das Kompliment, aber es war auch klar, dass er genau wusste, welche Kostbarkeiten er dort draußen hatte.

„Ja und unsere Hengste sind auch nicht schlecht. Obwohl ich persönlich die Stutenherde als die größere Herausforderung sehe. Wenn man mit der Stutenherde arbeitet, erfordert das die ganze Konzentration und volles Einfühlungsvermögen. Bei den Hengsten kann man sehr viel einfach mit starkem Willen und Autorität erreichen."

Sie setzten sich. Charlotte hatte sich mit dem Rücken zum Fenster gesetzt, damit sie Mühlhausen gut sehen konnte. Ihm schien das nichts auszumachen. Er spielte offensichtlich keine Bewerbungsgesprächsspielchen. Er erzählte nun von seiner Arbeit und von Charlottes zukünftigen Aufgaben. Die Pferde, vor allem die Stutenherde aber auch einzelne Hengste wurden im Managertraining eingesetzt. Ähnlich wie auf SynAqua ging es hier darum, den Führungspersönlichkeiten bestimmte Fähigkeiten zu vermitteln bzw. ihnen deutlich zu machen, woran es fehlte. Während es in der Arbeit mit den Delphinen mehr um tiefes Einfühlungsvermögen gepaart mit hohem Selbstwertgefühl ging, stellte die Arbeit mit den Pferden natürlich ganz andere Anforderungen an die Manager. Hier ging es um höchste Konzentration, starken Führungswillen verbunden mit Selbstbewusstsein, das frei von Arroganz oder leeren Drohgebärden war. Im Training wurden die Manager und Managerinnen meist in der Bodenarbeit mit einem bis mehreren Pferden konfrontiert.

Nur selten wurden sie auch zum Reiten aufgefordert. Eine Aufgabe von Charlotte würde es also sein, das Training selber zu durchlaufen und dann mitzuhelfen, die Pferde zu trainieren. Gleichzeitig wurden auf SynEquus aber auch weitere ReiterInnen gebraucht, die die Pferde bewegten oder auch einmal mit ihnen einen Geländeritt unternahmen. Nachdem Mühlhausen ihr kurz vorgestellt hatte, worum es ging, stand er auf.

„Na dann mal los. Ich würde vorschlagen, wir beginnen mit der Bodenarbeit. Das ist dann gleichzeitig ihr Vorstellungsgespräch."

Charlotte atmete tief durch und folgte ihm. Mühlhausen ging quer über den Hof und spannte Flexicord vom Paddock zur Reithalle, so dass sich eine etwa 2 m breite Gasse bildete. Dann öffnete er das Tor vom Paddock. Die Stuten standen am anderen Ende des Paddocks in der Sonne, scheinbar völlig uninteressiert. Mühlhausen ging in die Mitte des Paddocks, machte einen entschiedenen Schritt auf eine dunkelbraune Stute zu, die Charlotte schon vorher als dominant in der Herde aufgefallen war. Mühlhausen beschrieb nun mit der Hand einen Bogen, gleichzeitig schob er die Hüfte vor und sagte energisch:

„Awrina, ab in die Halle mit dir."

Die Stute warf mit einem Satz alle vier Beine gleichzeitig in die Luft. Bockend und furzend rannte sie in einem weiten Bogen um Mühlhausen herum und blieb dann mit aufgeblähten Nüstern laut schnaubend aber in sicherer Entfernung herausfordernd vor ihm stehend. Mühlhausen schien wenig beeindruckt. Er ging ruhig aber bestimmt direkt auf sie zu, verschob dann seinen Schwerpunkt leicht hinter sie und wiederholte die Bewegung und seine Aufforderung. Dieses Mal bog Awrina stolz den Hals und trabte tänzelnd und als sei sie sich ihrer Schönheit bewusst Richtung Halle. Die Herde folgte ihr. Als Mühlhausen das Hallentor hinter der Herde schloss, lachte Charlotte.

„Na, die haben ja Pfeffer im Hintern und Flausen im Kopf."

„Ja", lachte Mühlhausen nun auch, „aber das müssen sie ja auch. Sonst bringt das ganze Training ja nichts."

Charlotte und Mühlhausen gingen durch einen Seiteneingang in die Halle, der sie auf die Tribüne führte. Ein paar Minuten beobachteten sie die Herde, die nun übermütig durch die Halle tollte. Dann drückte Mühlhausen ihr eine Longier-Peitsche in die Hand und deutete auf das kleine Treppchen, das in die Halle hinunterführte:

„Nun, the floor is yours, würde ich sagen. Versuchen sie, die Herde in den Gangarten zu arbeiten. Stopps. Übergänge. Vielleicht sogar Wendungen?"

Charlotte wusste, sie musste jetzt jegliche Nervosität ablegen. Sie ging zu der kleinen hölzernen Treppe. Die Stufen knarrten, als sie sie langsam hinunter stieg. Bevor sie die Bandentür öffnete, blieb sie einen Moment stehen, um sich zu konzentrieren. Sie wusste, Mühlhausen beobachtete sie von oben. Trotzdem ließ sie sich Zeit. Sie schloss einen Moment die Augen und spürte in sich hinein. Als sie alles andere ausgeblendet hatte und sich ganz auf die Pferde, die dort vor ihr in der Halle waren, konzentriert hatte, öffnete sie die Augen. Die Herde stand nun still und schaute in ihre Richtung. Charlotte hatte keine Ahnung, wie sie vorgehen sollte. Sie hatte zwar diese Art der Bodenarbeit bei Frankia kennengelernt, aber sie hatte immer nur mit einzelnen Tieren gearbeitet, nie mit einer ganzen Herde. Nun, sie würde sich von Moment zu Moment leiten lassen. Entweder die Pferde akzeptierten sie, oder eben nicht. Die Herde stand am anderen Ende der Halle, Awrina mitten unter ihnen. Charlotte wusste, sie musste sich auf die Leitstute konzentrieren, durfte aber trotzdem die anderen Stuten nicht aus den Augen lassen. Sie schritt ruhig aber zielstrebig auf die Mitte zu. Die Halle war zu einem großen Roundpen umfunktioniert, im

Grunde waren einfach die Ecken durch Stellwände abgerundet. Charlotte stand ruhig vor der Herde, atmete tief durch und tat erst einmal gar nichts. Sollten die Tiere zuerst ein Gespür für sie bekommen, bevor sie etwas von ihnen forderte. Eine ganze Weile standen die Tiere wie angewurzelt abwartend Charlotte gegenüber. Schließlich wurden einige der Stuten unruhig, eine Rappstute schüttelte sogar unwillig den Kopf und begann zu scharren. Durch ein Schnauben von Awrina stand sie dann zwar wieder still, aber Charlotte wusste, sie musste sie nun in Bewegung setzen, sonst würden die Pferde die Führung übernehmen. Sie hob die Longier-Peitsche, ließ aber die Schnur aufgerollt, so dass sie die Peitsche wie einen langen Zeigestock verwenden konnte. Sie trat nun etwas aus der Mitte heraus, so dass sie leicht hinter die Herde kam und gab mit einer deutlichen Hüftbewegung und einem energischen Heben des Armes das Kommando, sich in Bewegung zu setzen. Und wirklich, die Herde trabte, wenn auch etwas ungeordnet, sofort los. Einige Stuten sprangen durch die Mitte und schnitten den vorderen Pferden den Weg ab. Charlotte nahm nun schnell wieder ihren Platz in der Mitte ein und gab mit energischen Bewegungen die Kommandos. Die Ausreißerinnen fügten sich nun ein und die Stuten trabten im Kreis. Awrina hatte sich an die Spitze gesetzt und Charlotte wusste, die erste Aufgabe hatte sie geschafft. Mühlhausen sagte etwas, aber Charlotte wandte sich nicht um. Sie wollte jetzt ihre Konzentration nicht von den Pferden wenden. Nachdem die Stuten zwei Runden getrabt waren, trat sie zwei Schritte aus der Mitte heraus und war damit leicht vor der Herde. Sie hob den linken Arm, drehte sich so, dass sie jetzt frontal zu der Herde stand und ging aber gleichzeitig rückwärts weiter. Die Herde parierte zum Schritt und nachdem Charlotte wieder in die Mitte zurückgetreten war, gingen sie ruhig auf dem Hufschlag. Doch dann spielte Awrina plötzlich mit den

Ohren, schüttelte ganz leicht, fast unmerklich den Kopf. Sofort brach die Rappstute aus und galoppierte wild bockend und zwei andere mit sich reißend quer durch die ganze Halle. Charlotte blieb ruhig. Zuerst war sie versucht, die ganze Herde einfach einmal fünf Minuten zu fordern und schnellen Galopp zu verlangen, damit sie alle etwas ruhiger wurden. Aber sie wusste, das war gefährlich in der Herde. In Einzelarbeit wäre das wohl jetzt die richtige Methode gewesen, aber in der Gruppe bestand immer die Gefahr, dass die Tiere in der Halle nicht genügend Ausweichmöglichkeiten hatten, und ein Pferd einem anderen von hinten in die Fesseln trat, was böse Verletzungen hervorrief. Sie widerstand also dieser Versuchung, was ihr von Mühlhausen ein anerkennendes Grunzen einbrachte. So wartete sie ruhig ab, bis die Pferde etwas langsamer wurden, gerade so viel, dass nicht mehr die gesamte übermütige Energie zu spüren war. Dann trat sie wieder aus der Mitte heraus, so dass sie sich dem Hufschlag an der der Herde gegenüberliegenden Seite näherte. Die Herde hatte also genügend Zeit, sie zu sehen. Charlotte brachte alle Konzentration auf, die sie hatte und legte ihren gesamten Willen in die Geste zum Stoppen. Und wirklich, Awrina kam genau auf ihrer Höhe zum Stand. Sie stand geschlossen, wie eine Statue. Auch die Stuten hinter ihr kamen nach und nach zum Stehen. Charlotte trat nun einem spontanen Einfall folgend auf Awrina zu und legte ihr die Hände auf Hals und Widerrist. Awrina stand gespannt wie ein Flitzebogen, rührte sich aber nicht. Charlotte konzentrierte sich darauf, Liebe und Mitgefühl durch ihre Hände fließen zu lassen. Einige Sekunden verstrichen, dann entspannte sich die Stute sichtlich. Sie ließ den Kopf etwas sinken und wandte sich leicht zu Charlotte um. Hinter ihr begannen die anderen Stuten miteinander zu tändeln, sich leicht zu stupsen, zwei kraulten sich sogar. Charlotte streichelte Awrina lobend den Hals. Dann trat sie zurück und forderte wieder Aufmerksamkeit. Sie wusste, es war gewagt, trotzdem forderte sie Awrina nun zum Rückwärtstreten auf. In Gedanken sprach sie mit der Stute, bat sie um gute Mitarbeit. Awrina spitzte die Ohren, dann trat sie gehorsam zurück. Auch die Stuten direkt hinter ihr, traten einige Schritte rückwärts. Die anderen Stuten beobachteten nun aufmerksam, was da geschah. Charlotte wusste, nun war es geschafft. Sie ließ die Stuten antraben, wagte sogar einen kurzen, verhaltenen Galopp, dann der Übergang zum Schritt und schließlich zum Halten. Dann aus dem Schritt eine Wendung, das gleiche auf der anderen Hand. Zum Schluss forderte sie Awrina auf, in die Mitte zu treten, was diese auch ohne zu zögern tat. Charlotte lobte sie und streichelte ihr dankbar den Hals. Sie spürte wie die Stute sich ihr leicht entgegenneigte und eine tiefe Zuneigung durchströmte sie wie eine warme Welle. Awrina quittierte dies mit einem leichten Schnauben und streckte den Hals weit vor. Charlotte traten kurz Tränen in die Augen, so glücklich fühlte sie sich. Was für ein Pferd! So wunderschön, so voller Kraft und doch so feinfühlig, so willig mit ihr zusammen zu arbeiten. Doch sie wusste, sie durfte den Moment nicht zu lange hinauszögern, die Herde würde unruhig werden und Awrina musste dann reagieren. Das war wirklich sehr anders als in der Einzelarbeit, wo sich die Konzentration auf die Kommunikation und den Energiefluss zwischen Mensch und einem Pferd fokussierte. Sie klopfte Awrina abschließend den Hals und trat zurück. Als sie zur Bande schritt, kam sie an der Rappstute vorbei, die ihr noch etwas misstrauisch entgegenblickte. Charlotte beugte sich vor und blies ihr in die Nüstern. Die Rappstute spitzte die Ohren und schnaubte zurück. Charlotte strich ihr leicht über den Hals, ging dann aber weiter. Als sie an der Bande ankam, sah sie zu Mühlhausen hinauf:

„Ich glaube das genügt, oder wollen sie noch etwas Bestimmtes sehen?"

Mühlhausen schüttelte stumm den Kopf. Er sagte nichts, nickte Charlotte nur kurz zu und ging dann selber in die Halle. Er öffnete von innen die Hallentüre und ließ die Pferde wieder in den Paddock. Als er anfing die Flexicords auszuhaken, übernahm Charlotte die andere Seite. Sie war froh, dass Mühlhausen so schweigsam war, sie selbst war tief bewegt von dem Erlebnis mit den Stuten. Als sie alle Bänder aufgerollt und dass Paddock verschlossen hatten, drehte sich Mühlhausen zu ihr um:

"Also, ich denke es ist keine Frage, dass wir sie brauchen können. Nun zeige ich ihnen noch den Stall. Dann können sie entscheiden, ob sie auch bei uns arbeiten wollen."

Damit drehte er sich um und ging voraus. Charlotte schluckte. Sie wusste, dass war das höchste Lob, was sie von Mühlhausen bekommen konnte. Pferdemänner wie er pflegten normalerweise nicht mit Komplimenten um sich zu werfen. Sie ging hinter ihm her und trat nun in einen hohen, luftigen Stall.

„Dies ist der Stutenstall. Er ist schon sehr alt, es war der alte Hauptstall des großen Gestüts, ca. 1820 gebaut."

Charlotte bestaunte die hohe gewölbte Decke und die großen hellen Boxen. Für jede Box war aus der Rückwand des Stalles eine Tür nach außen gebrochen worden, so dass jedes Pferd auf ein eigenes kleines Paddock hinaus konnte. Von dort konnte man die Stuten dann jeweils durch verschiedene Weidezaunsysteme auf die Koppeln lassen. Aus dem Stutenstall trat man in eine Scheune. Hier waren rechts und links zwei Räume abgeteilt. In dem einen wurde das Kraftfutter aufbewahrt. Dort stand eine alte, aber funktionstüchtige Quetsche, in die man entweder unten direkt oder von oben über eine Futterrutsche das Getreide laufen lassen konnte. Links war dann die Sattelkammer, wo neben Trensen, Kutschengeschirr auch alle Arten von

Sätteln - Dressur-, Spring-, Vielseitigkeits- aber auch Westernsätteln - zu sehen waren. Letztere quittierte Mühlhausen nur mit einem Knurren:

„Nicht mein Stil. Aber die Juniorchefin hatte mal eine Vorliebe dafür. Jetzt verstauben sie nur."

Die Sättel glänzten allerdings alle wie frisch geölt. Durch die Scheune hindurch ging es in einen Neubau. Hier war der Hengststall. Es waren 8 große Boxen ausgebaut, von denen allerdings nur 5 belegt schienen. Drei Hengste schienen unterwegs, zwei schauten ihnen mit gespitzten Ohren entgegen. Charlotte trat zu einem großen Schimmelhengst, der ihr freundlich entgegenschnaubte. Sie strich ihm leicht über die Nüstern, was er mit einem zufriedenen Kopfsenken entgegennahm.

„Die Hengste werden weniger für das Managertraining eingesetzt und wenn dann natürlich nur in Einzelarbeit."

Charlotte nickte.

„Wenn sie gerade noch Zeit haben, könnten wir Urbino und Wendelin von der Koppel holen und dafür diese Beiden hier, Freier und Herkules hinausbringen."

Charlotte nickte. Mühlhausen drückte ihr ein Halfter mit Führstrick in die Hand. Er selber nahm nur einen Führstrick und Charlotte dachte:

„Aha. Ein weiterer Test? Scheinbar ist einer der Hengste ohne Halfter auf der Koppel und er will mal sehen, wie ich damit klar komme."

Sie traten nach hinten aus dem Stall hinaus. Eine kleine Kastanienallee führte aus dem Hof zum Bach hinunter. Die Sonne warf Fleckenmuster auf den Weg, den sie schweigend entlang gingen. Unten am Bach war es merklich kühler. Eine kleine Holzbrücke führte hinüber, auf der anderen Seite begannen Koppeln. Mühlhausen öffnete das Tor und winkte sie hinein.

„Wir müssen wohl noch ein Stück laufen, so mitten am Tag kommen die Beiden nicht freiwillig."

Sie kletterten eine kleine Anhöhe hinauf und oben grasten zwei Hengste friedlich nebeneinander.

„Ach, " wunderte sich Charlotte „und die vertragen sich wohl?"

„Ja", meinte Mühlhausen „solange sie nicht decken und die Stuten außer Sicht- und Hörweite sind, geht es erstaunlicherweise sehr gut. Aber auch nur mit diesen beiden. Sie haben sich selber gefunden. Wendelin ist eines Tages zu Urbino in die Koppel gesprungen und wir fanden sie friedlich grasend nebeneinander. Seitdem haben wir überall die zwei Meter hohen Zäune für die Hengstkoppeln. Das hätte ja auch leicht schief gehen können."

Charlotte ging auf Urbino zu, der allerdings noch gar keine Lust hatte mitzukommen. Sobald er merkte, dass sie auf ihn zukam, drehte er sich leicht weg. Charlotte lachte und wandte einen alten Trick an. Sie ging nicht auf ihn zu, sondern knapp neben ihm vorbei. Das führte sie erst einmal zu Wendelin, dem sie ein Leckerli zu steckte, das sie in der Tasche hatte. Nun war Urbinos Aufmerksamkeit geweckt und er schaute ihr entgegen. Als sie zu ihm trat, ließ er sich willig das Halfter aufziehen und ging mit ihr mit. Nachdem sie Urbino und Wendelin in die Boxen gebracht hatten, half Charlotte, die anderen Hengste auf die Koppeln zu bringen. Tasso kam mit einem alten Esel auf die Koppel, mit dem er sich nicht nur gut verstand, sondern den er auch vor vermeintlichen Angriffen beschützte. Und Freier wurde auf die Rinderkoppel gebracht, offensichtlich ging das auch gut. Als Charlotte sich verabschiedete, hatte sie das Gefühl, hier etwas Wunderschönes gefunden zu haben und sie freute sich auf die Arbeit mit den Pferden.

Als Robert und Charlotte am Samstag zum Mönchshof kamen, war ein strahlend schöner Sommertag. Gerhard stand im Garten und rupfte ein paar Kräuter. Er strahlte über das ganze Gesicht, als er sie sah.

„Wie schön, dass ihr kommt. Habt ihr schon gefrühstückt?"

Zur Antwort hielt Robert eine Tüte mit Brötchen hoch.

„Und Milch, und Eier haben wir auch."

„Ach Kinder!" schimpfte Gerhard, „Ich kann doch auch alleine einkaufen."

Aber es war deutlich zu sehen, dass er sich freute. Sie deckten den Frühstückstisch in der Laube, die windgeschützt in der Morgensonne lag. Als sie später den Tisch abgeräumt hatten und mit einer weiteren Tasse Tee sich der wärmenden Sonne hingaben, fuhr Gerhard mit seiner Erzählung fort.

„Nach sechs Monaten bekam ich die erste Besuchserlaubnis. Ich war sehr nervös, wusste nicht, was ich zu erwarten hatte. Ich hatte vorher ein langes Gespräch mit Franzius. Franzius unterstützte mich vorbehaltlos und gewährte mir auch die Zeit und die Mittel nach München zu fahren, wo Diabolo in Stadelheim im Gefängnis saß. Er sprach mit mir davon, wie wichtig es sei, dass auch die Täter der Nazizeit Heilung erfuhren. Wenn die Täter nicht gesund würden, dann würde auch die Gesellschaft nicht heilen können. Wenn die Täter nicht gesund würden, dann würde es immer neue Opfer geben. Ich erzählte ihm von meiner Unsicherheit, meinen Ängsten, und dass ich nicht wüsste, wie ich Diabolo begegnen sollte. Daraufhin antwortet er mir:

„Mit offenem Herzen. Schalte den Intellekt aus. Wie in der Meditation. Lass Liebe fließen. Begegne ihm genauso, wie du es in der Höhle getan hast".

Bei diesen Worten stockte mir der Atem, das Blut schoss mir ins Gesicht. Wusste er, dass...? Ich schaute ihn an, aber er lächelte ganz ruhig.

„Nur Liebe kann Hass überwinden, keine andere Kraft ist groß genug."

Diese Worte wiederholte ich mir nun immer wieder auf der Bahnfahrt. Und auch im Besucherraum, in dem ich warten musste, bis Diabolo gebracht wurde. Als dann die Türe aufging, erkannte ich ihn im ersten Moment fast nicht. Immerhin hatte ich ihn bisher immer nur sehr kurz, oder im flackernden Licht des Feuers gesehen, und als ich ihn nun im ungemütlich hellen Licht des Besucherzimmers sah, hatte ich das Gefühl, einen Fremden vor mir zu haben. Er war drahtig und noch immer durchtrainiert. Sein Gesicht mit den feinen Zügen wirkte scharf und steinern. Seine Augen blickten kalt und fast befehlend, als er sich zu mir wandte.

„Ja?" war alles, was er sagte. Er sagte es gerade so, als wollte ich irgendetwas von ihm, eine Auskunft, eine Unterschrift, eine Bitte. Vielleicht hatte er Recht, ich war schließlich zu ihm gekommen, er hatte nicht darum gebeten. Meine Post hatte er nicht beantwortet. Ich stand auf.

„Franz Otto…?" sagte ich fragend.

Er schnaubte verächtlich. „Du kommst, das perverse Monster besuchen und nennst es Franz Otto?"

Seine Stimme war kalt und schneidend wie sein Blick. Ich setzte mich und atmete tief durch. Mein jahrelanges Training half mir jetzt, mich in dieser Stresssituation zu sammeln. Ich visualisierte zuerst einen Moment die Tara, dann Franzius und hörte seine Worte in meinem Ohr: "Öffne dein Herz". Ich konzentrierte mich und ließ Mitgefühl und Liebe aus mir heraus in den Raum vor mir strömen. Erst dann wandte ich mich wieder Diabolo zu.

„Gut. Diabolo dann. Ich freue mich, dich zu sehen, Diabolo."

Meine unerschütterliche Ruhe und warme Stimme schienen ihn nun doch zu erreichen. Er stutzte, dann setzte er sich. Irgendetwas schien bei ihm angeklungen zu sein, denn plötzlich lächelte er. Es war ein ironisches, zynisches Lächeln, aber immerhin ein Lächeln, als er spöttisch sagte: „Aha, du hast dich deiner Kleidung angepasst."

Es war verblüffend, wie er sofort wieder mit intuitiver Schärfe erfasst hatte, was vorging. Es bleibt mir bis heute ein Rätsel, wie man mit völlig verschlossenem Herz eine solche Wahrnehmung haben kann. In esoterischen Kreisen nennt man es wohl schwarz magische Fähigkeiten. Im Gegensatz zu den weiß magischen Fähigkeiten, die aus Liebe und Mitgefühl heraus eine spirituelle Verbindungen und Wahrnehmungen entwickeln. Später habe ich oft gedacht, dass vielleicht diese Fähigkeiten ihn überhaupt erst zu dem werden ließen, der er dann wurde. Wenn man mit solcher Genauigkeit und Intuition wahrnimmt, was die Menschen um einen herum denken, fühlen, wünschen, wollen und dabei aber keinen spirituellen Rückhalt hat, um damit fertig zu werden, vielleicht stürzt man dann leicht ab in die Schwarzmagie, die Perversität, ins bodenlose Böse, wie auch immer man es nennen will. Ganz besonders war das sicher so in der Zeit, in der Diabolo aufgewachsen und ein junger Mann war.

In dem Moment, als ich ihm dort im Gefängnis gegenüber saß, war ich durch seinen Satz, der zu erkennen gab, dass er verstand was in mir vorging, völlig überrumpelt. Das gab ihm seine Sicherheit wieder. Und er fragte nun in forderndem Ton:

„Was willst du von mir?"

Ich konzentrierte mich weiter darauf, mein Herz zu öffnen und Liebe und Mitgefühl fließen zu lassen und sagte schlicht: „Ich bin hier, um dich zu besuchen."

Aber als hätte er meine Antwort gar nicht gehört, oder als hätte ich nichts gesagt, fuhr er fort: „Falls du hier bist, um dir Dank für die Rettung meines Lebens abzuholen, vergiss es. Den kann ich dir nicht geben. Es wäre besser gewesen, sie hätten mich hingerichtet."

Nun war ich doch zusammengezuckt. Vielleicht, ja vielleicht hatte ich im hintersten Winkel meines Herzens doch ein ganz klein wenig Dank erwartet? Oder - vielleicht zumindest Freude, mich zu sehen? Ich weiß nicht, was ich erwartet hatte, aber das war jetzt im Moment auch nicht wichtig. Ich konzentrierte mich wieder, sammelte meinen erschrockenen Geist und fragte:

„Warum?"

Nun schaute er mich völlig verständnislos an.

„Warum was?"

„Warum wäre es besser, sie hätten dich hingerichtet?"

Einen Moment schaute er mich voller Unglauben an. Ich glaube, er dachte einen Augenblick lang, ich wolle mich über ihn lustig machen. Doch als er den Ernst in meinem Blick sah, schluckte er.

„Nun, es wäre die angemessene Strafe gewesen. Und..." jetzt zögerte er „hier drin ist kein Leben. Obwohl ich zugeben muss, dass ich wesentlich besser behandelt werde, als die, die wir damals eingesperrt haben."

Seine Offenheit und seine Selbsterkenntnis erinnerte mich an den Diabolo von früher, den Diabolo, den ich gekannt hatte. Spontan streckte ich meine Hand aus und legte sie auf seine. Er zuckte zusammen, blieb aber bewegungslos sitzen. Fast hatte ich das Gefühl, er würde den Atem anhalten. Und als er nun sprach, war es kein Flüstern, aber trotzdem so leise, dass ich es nur erahnen konnte.

„Ich hätte den Tod verdient gehabt. Oder vielleicht habe ich das Leben verdient. Es scheint die größere Strafe zu sein."

Damit stand er auf, ging zur Tür und forderte vom Wärter, ihn zurück zu bringen. Ich blieb regungslos sitzen. Erst als der Wärter wieder vor mir stand, löste ich mich aus meiner Starre.

„Pater, machen sie sich keine Gedanken, das ist ein hoffnungsloser Fall."

Ich blickte den Wärter fragend an und plötzlich wurde mir bewusst, dass er dachte, ich sei Diabolos Beichtvater.

„Na", sagte er nun vertraulich, „mit so viel Untaten auf dem Gewissen, ist die Seele doch sowieso verloren. Und es ist ja nicht so, dass er bereuen würde."

Ich schüttelte die Starre von mir ab. „Woher wissen sie, dass er nicht bereut?"

Nun beugte sich der Wärter zu mir herüber:

„Die anderen Insassen und inzwischen auch die Wärter hier nennen ihn „Den Teufel". Gleich zu Anfang als er hier ankam, hatten die Anderen ihn als Sündenbock ausgeguckt. Natürlich hatte sich herumgesprochen, wer er war. Und es waren sich alle einig, dass man es ihm nun zeigen musste. Es ist in Gefängnissen ja immer so, dass die Mehrheit sich einen aussucht, an dem die anderen ihre Aggressionen und Frust auslassen können. Zuerst dachten wir, wir müssten ihn in Einzelhaft nehmen. Aber bald merkten wir, dass war gar nicht nötig. Er hatte ein teuflisches Gespür dafür, was die anderen planten und kam ihnen immer zuvor. Es war geradezu unheimlich. Selbst wenn er schlief, schien er die Gedanken der anderen lesen zu können. Schon bald hielten sie sich von ihm zurück. Zumal er sich auch sehr gut wehren kann. Hat wohl Selbstverteidigung gelernt oder so was."

Mein Gesicht muss wohl meine Verwunderung ausgedrückt haben, woher der Wärter das denn alles wusste. Denn nun wurde er leicht defensiv und zog sich ein Stück zurück.

„Nun, " schloss er, „ich dachte, es wäre für sie hilfreich, das zu wissen".

Ich beeilte mich, mich bei ihm für die Informationen zu bedanken, schließlich konnte es in Zukunft doch noch nützlich sein, weitere Informationen zu erhalten. So fragte ich den Wärter noch, ob Franz Otto Krauss denn nachts alleine in einer Zelle sei.

„Ja, ", antwortete er eifrig, das Vertrauen schien wieder hergestellt, „das schien uns sicherer. Wenn so einem Gefangenen etwas passiert, was meinen sie, was da hier los ist. Die gesamte weltweite Presse hätten wir auf dem Hals!"

Ich nickte verständnisvoll, meine Erleichterung verbergend. Wenn Diabolo wenigstens nachts Ruhe hatte, dann hatte er vielleicht eine Chance doch noch wieder zu sich zu finden. Ich weigerte mich einfach, ihn aufzugeben. Ich weigerte mich, aufzugeben, dass er nicht doch zu seinem anderen Ich, das ich in der Höhle kennen gelernt hatte, zurückfinden könnte. Ich verabschiedete mich von dem Wärter und sagte ihm, ich würde morgen noch einmal wieder kommen, um Krauss ein paar Sachen zu bringen, die er gerne haben wollte. Dabei stellte ich mich vor und nun sagte auch er seinen Namen: Joseph Jünger hieße er.

Ich ging in meine Pension zurück. Während ich durch den Stadtpark ging, überlegte ich, wie ich Diabolo dazu bringen könnte, eine Meditationspraxis aufzunehmen. Und wenn er dazu bereit sein sollte, welche Meditationspraxis ich ihm geben könnte. Jetzt hätte ich dringend Franzius Rat gebraucht, aber Telefon hatten wir damals im Kloster noch nicht. In der Pension angekommen, vertiefte ich mich zuerst einmal in meine eigene Praxis. Ich meditierte über mehrere Stunden. Danach fühlte ich mich wieder besser im Gleichgewicht und im Einklang mit mir selber. Und nun war mir klar, welche Meditation ich Diabolo vorschlagen würde. Eine einfache Atembetrachtung wäre sicher das Beste. Mit Metta - Praxis, der Herz öffnenden Liebenden – Güte - Meditation zu beginnen, wäre sicher viel zu stark und zu schwierig. Ich würde ihn sicher nicht öfter als alle drei Monate oder vielleicht nur halbe Jahr besuchen können und so ganz ohne Betreuung und Hilfe, war eine Metta – Praxis zu schwierig. Doch zuerst einmal musste ich es schaffen, ihn zu erreichen. Ich musste es schaffen, ihn zu überzeugen, dass es einen Weg zurück in das Leben gab. Ich entschied mich für dieselbe Methode, die ich absichtslos damals in der Höhle verwendet hatte: ich würde einfach von mir selber erzählen, von meinem Weg zurück ins Leben.

Als ich am nächsten Tag ihm Gefängnis ankam, überraschte er mich einmal mehr. Ich hatte mich darauf gefasst gemacht, wieder abweisend, kaltschnäuzig empfangen zu werden. Aber Diabolo eilte auf mich zu, nahm meine Hand und seufzte erleichtert auf:

„Ich dachte, du würdest nicht mehr wiederkommen."

Dann schwieg er. Sein Schweigen wirkte aber dieses Mal nicht abweisend, eher hilflos, als wüsste er nicht weiter.

„Warum tust du das?" fragte er dann. „Warum sorgst du dich um einen wie mich? Weil es jetzt dein Beruf ist? Oder wegen damals?"

Ich schüttelte zu allen Fragen den Kopf. Und dann begann ich zu erzählen. Ich erzählte, wie ich in der Höhle auf ihn gewartet hätte, als er nicht zurückgekommen sei. Wie ich dann in die Schweiz gegangen und das nächste Kloster gesucht hatte. Von Franzius erzählte ich, von seinen Lehren, von meiner Meditationspraxis, meiner Gartenarbeit, den Kräutern, dem Heilen. Ich erzählte auch von der Klostergemeinschaft. Diabolo hörte mir zu, wie er mir damals in der Höhle zugehört hatte. Mit voller Aufmerksamkeit. Wieder schien es mir, als würde er nicht nur meine Worte hören, sondern auch in mich hineinsehen. Und während er zuhörte, schien sich etwas in ihm zu entspannen. In seine wachsamen Augen kehrte Leben zurück. Ein kleiner Funke nur, aber ich war mir sicher, es würde schnell mehr werden. Ich erklärte ihm die Meditationspraxis. Er schloss nun die Augen und ich hatte das Gefühl, er probierte die Meditation bereits aus, während ich noch sprach. Zum Schluss gab ich ihm verschiedene getrocknete Kräuter. Anzuwenden als Teezubereitung. Er solle versuchen, ihre Wirkung zu erspüren. Das nächste Mal würde ich ihm ein Buch über die Kräuterheilkunde mitbringen.

Ich hatte gefürchtet, er würde spotten. Aber im Gegenteil, er war völlig ernst, fast ehrfürchtig. Bevor ich ging, warnte ich ihn noch, dass er nach der Meditation vorsichtig mit seinen Mitgefangenen sein sollte. Es könne sein, dass er langsamer reagieren würde und vor allem, dass er empfindlicher, verletzlicher sein würde. Er nickte. Und sein Nicken sagte mir, dass er auf diesem Gebiet besser Bescheid wusste als ich. Hinsichtlich Angriff und Verteidigung konnte ich ihm sicherlich nichts beibringen.

Joseph Jünger begleitete mich bis nach draußen. Und als er sicher war, dass ihn keiner mehr hören konnte, fragte er mich, ob ich Heiler sei. Und als ich bejahte, bat er mich um Hilfe. Er habe oft so schlimme Rückenschmerzen. Und die Gefangenen würden das sofort wissen und ausnutzen. Offensichtlich hatte er unserem Gespräch genau zugehört. Ich ging noch einmal mit ihm hinein. Wir fanden ein leeres Zimmer, indem ich ihm einige Körperübungen, die sehr hilfreich gegen Rückenschmerzen sind, erklären konnte. Ich schrieb ihm einige Kräuter auf, die er sich in der Apotheke besorgen sollte und erklärte ihre Anwendung. Dann legte ich ihm die Hände auf. Bevor ich mich verabschiedete, wechselten wir noch zum „Du" und ich bat ihn, wenn es irgend ging, Diabolo vor den Gefangenen zu schützen, die ihm Böses wollten. Er schaute mich erstaunt, fast ungläubig an, nickte aber.

Wieder zu Hause im Kloster angekommen, hatte ich lange Gespräche mit Franzius. Franzius schlug vor, ich solle nicht nur mit Diabolo arbeiten, sondern Seminare für alle, die Interesse hätten, anbieten. Wir sprachen lange darüber, welche Meditationspraxis dafür geeignet wäre. Franzius war nicht mit mir einer Meinung, und sagte, es wäre am besten, mit Metta Praxis anzufangen. Ich war nicht überzeugt. Ich konnte mir einfach nicht vorstellen, wie man Männern, die getötet hatten, die Unrecht getan hatten und denen Unrecht angetan worden war, wie man bei diesen Männern gleich zu Beginn mit Sätzen der Liebenden Güte erfolgreich sein könnte. Ich stellte mir vor, wie mir damals, als ich mitten im Kampf, im Töten, in der Jagd, in Angriff und Verteidigung stand, wie diese Sätze damals auf mich gewirkt hätten:

„Möge ich sicher vor Gefahren sein.
Möge ich in Frieden leben, frei von geistigem Leid.
Möge ich gesund sein, frei von körperlichem Leid.
Möge ich auf mich Acht geben und glücklich leben. "

Würde ich im Gefängnis nicht nur Hohn und Spott für diese Sätze ernten? Und wie sollte man kämpfenden Männern, und Männer im Gefängnis befinden sich immer mitten im Kampf, wie sollte man diesen Männern erst noch die Liebe zu allen Wesen vermitteln?

„Mögen alle Wesen sicher vor Gefahren sein.
Mögen alle Wesen in Frieden leben, frei von geistigem Leid.
Mögen alle Wesen gesund sein, frei von körperlichem Leid.
 Mögen alle Wesen auf sich Acht geben und glücklich leben. "

Schließlich willigte Franzius ein, für die ersten Seminare mit nach München zu kommen. Zuerst musste allerdings noch die Gefängnisleitung überzeugt werden, auch das würde Franzius als Abt des Klosters übernehmen. Wir diskutierten unsere Pläne mit der gesamten Klostergemeinschaft und es gab mehrere Brüder, die Interesse hatten mitzuarbeiten. Zusammen mit der Gefängnisleitung entwickelten wir über die nächsten Jahre ein Konzept, das nicht nur Meditationspraxis sondern auch Anbau und Aufbereitung von Heilkräutern mit einschloss. Durch den Verkauf der Heilkräuter konnten nicht nur unsere Reise- und Seminarkosten gedeckt werden, sondern die Gefangenen konnten sich auch, wenn auch in ganz bescheidenem Umfang, etwas dazu verdienen. Doch jetzt greife ich vor. Das alles war noch Zukunftsmusik, als ich Diabolo das zweite Mal besuchte. Dieses Mal hatte Joseph ihm meinen Besuch schon angekündigt. Es war deutlich zu sehen, dass sich das Verhältnis zwischen den Beiden geändert hatte. Joseph schien nicht mehr ganz so viel Angst vor Diabolo zu haben und umgekehrt zeigte Diabolo seine Verachtung nicht mehr ganz so deutlich.

Ich merkte sofort, dass Diabolo sehr diszipliniert geübt hatte. Nachdem er Vertrauen zu Joseph gefasst hatte, dass die Tür zu seiner Einzelzelle nachts wirklich abgeschlossen wurde, hatte er stundenlang meditiert. Die Erkenntnis über sich selbst, über seine Taten blieb damit natürlich nicht aus und sein Gesicht war mit tiefen Furchen durchzogen, als ich ihn das nächste Mal sah. Mir wurde mit Schrecken bewusst, dass Franzius recht gehabt hatte. Ohne Liebende-Güte-Praxis konnte das niemand aushalten. Erkenntnis ohne Mitgefühl war grausam. So lehrte ich Diabolo nun die Liebende-Güte-Meditation, die für ihn natürlich viel schwerer war, als eine reine Konzentrationsübung. Es hatte gar keinen Zweck, mit Mitgefühlspraxis für ihn selber zu beginnen, obwohl man normalerweise damit beginnt. Stattdessen bat ich ihn, ein sicheres, gutes Leben für seinen Sohn Peter zu visualisieren. Immer wieder sprach ich die Sätze in verschiedenen Variationen mit ihm zusammen:

„Möge mein Sohn Peter ein glückliches Leben führen. Möge er sicher vor Gefahren sein. Möge er gesund sein, frei von körperlichem Leid. Möge er in Frieden leben, frei von geistigem Leid. Möge er auf sich achtgeben und glücklich leben."

Auch wenn Diabolo sich anfangs sträubte von der reinen Achtsamkeitsmeditation auf die Meditation des Mitgefühls zu wechseln, ließ er sich darauf ein, Peter gute Wünsche zu schicken. Er sagte, so könne er vielleicht wenigstes etwas für ihn tun. Als nächsten Schritt gingen wir dann dazu über, Peters Mutter in die Meditation mit einzuschließen, dann Joseph Jünger. Obwohl Joseph nichts davon wusste, verbesserte sich das Verhältnis zwischen den beiden nun nochmals sehr. Schon bald, so erzählte mir Joseph, wussten die Gefangenen, dass Diabolo Joseph nicht nur warnte, wenn sie etwas planten, sondern auch schützte. So bekam Diabolo langsam eine Sonderstellung, vom Geächteten zur Vertrauensperson. Und natürlich merkte ich bald, dass Diabolo auch mir Liebe und Mitgefühl schickte und obwohl wir nie darüber sprachen, wärmte es mich, es schenkte mir Freude und gab mir Kraft die langen Zeiten, in denen ich ihn nicht sah zu überstehen.

Bald begann ich nun auch andere Gefangene zu besuchen und mit ihnen zu arbeiten, auch in anderen Gefängnissen. Von der Gefängnisleitung wurde schon nach zwei Jahren vorgeschlagen, Diabolo mit neuen Gefangenen arbeiten zu lassen, weil offensichtlich war, wie viel leichter der Umgang mit den Gefangenen durch unsere Arbeit wurde. Aber Franzius lehnte das ab. Er sagte mir, solange Diabolo nicht Mitgefühl für sich selber entwickeln und fühlen könne, dürften wir ihn nicht für andere arbeiten lassen. Es dauerte fünf Jahre, bis Diabolo die ersten vorsichtigen Versuche machte, für sich selber Mitgefühl, Liebe und Vergebung zu fühlen. Das stürzte ihn in eine tiefe Krise. Schwere Depressionen wechselten sich ab mit körperlichen

Symptomen wie Bandscheibenvorfällen, Magengeschwüren, heftigen Hautausschlägen. Aber inzwischen hatte er begriffen, dass es ohne diese Selbstheilung nicht wirklich möglich war, andere zu heilen. Es war sein großes Ziel, andere zu heilen, um damit ein wenig von dem Leid, das er in die Welt gebracht hatte, abzutragen. Und so gab er nicht auf.

Einmal als ich ihn in seiner Zelle aufsuchte, war er in einer so schweren Depression, dass er unfähig war, sich zu bewegen. Er lag seitlich zusammen gekrümmt auf seiner Pritsche, unfähig mich auch nur anzuschauen. Aber als ich mich zu ihm hinunter beugte, sah ich, dass seine Lippen sich bewegten. Er sprach lautlos die Metta-Sätze vor sich hin. Und so schaffte er es tatsächlich, diese Krisen immer wieder zu überwinden und jedes Mal, wenn er daraus empor tauchte, schien er ein weiteres Stück der inneren starren Leere abgeschüttelt zu haben. Und schließlich war es dann so weit, dass sich die Gefangenen ganz von selber an Diabolo wandten und er anfing, seine Erfahrungen und sein Wissen weiterzugeben. Die letzten zwei Jahre seiner Gefangenschaft wurde er sogar in andere Gefängnisse geschickt, um dort bei Seminaren auszuhelfen. Einige wenige Male gaben wir zusammen Seminare. Es war wie ein heiliges Fest für uns und wir begannen nun, von der Zukunft zu träumen. Diabolo begann, ganz langsam und vorsichtig Dankbarkeit zu spüren, für die Heilung, die Rettung, die ihm widerfahren war. Und das wärmte sein Herz, half ihm über die dunklen Zeiten hinweg, die ihn immer noch und immer wieder überfielen. Natürlich ließ ihn die Vergangenheit nie los, sein ganzes Leben nicht. Das war nicht möglich. Aber zumindest konnte er leben, er konnte ein sinnvolles, produktives, sogar noch heilsames Leben führen.

Es war während der Zeit, als Diabolo schon in andere Gefängnisse geschickt wurde, dass Franzius starb. Für mich war es, als würde mir der Boden unter den Füssen weggezogen. Seit ich aus dem Krieg zurückgekehrt war, war Franzius immer für mich da gewesen, wenn ich nicht mehr weiter wusste. Und nun gab es ihn plötzlich nicht mehr. Ich hatte das Gefühl zu taumeln, im unsicheren Raum umherzuirren. Und nun gab Diabolo mir Halt. Er erinnerte mich daran, wie sehr er mich brauchte. Er erinnerte mich daran, wie sehr ich ihm und anderen geholfen hatte. Wann immer er mich sah, erinnerte er mich daran, gab er mir das zu bedenken. Und er war es, der mich darin bestärkte den Posten als Nachfolger von Franzius anzunehmen. Die Mönche hatten gewählt und ihre Wahl war auf mich gefallen. Aber ich fühlte mich nicht fähig, nicht würdig. Es war für mich, als würde ich mir damit anmaßen, auf einer Stufe mit Franzius zu stehen. Es war Diabolo, der mir klar machte, dass es das gewesen wäre, was Franzius von mir gewollt hätte. Und so nahm ich schließlich den Posten als Abt des Klosters an.

Ein Jahr später wurde Diabolo entlassen. Er kam zu uns ins Kloster und wurde bereitwillig von der Gemeinschaft aufgenommen. Er war Ende vierzig, ich war Anfang vierzig und es war für uns beide wie ein Wunder. Es war, wäre uns eine zweite Chance, vielleicht sogar ein zweites Leben geschenkt worden. Wir gingen sehr vorsichtig miteinander, vor allem mit unserer Beziehung innerhalb der Gemeinschaft um. Für uns beide war von Anfang an klar, dass wir nur in Frieden in der Gemeinschaft leben konnten, wenn wir keine sexuelle Beziehung hatten. Trotzdem blieb es nicht aus, dass die Mitbrüder und vor allem natürlich die Brüder, die versucht hatten mich in Beziehungen zu verwickeln, sofort merkten, dass Diabolo für mich mehr war als eine gerettete Seele. Intuitiv spürten sie sofort, dass wir eine enge emotionale Beziehung hatten und dass diese nicht frei von sexueller Anziehung war. Hinzu kam sicherlich, dass nun da wir im gleichen Haus zusammen lebten, die Anziehung zwischen uns wieder stärker wurde. Das berühmte Knistern stellte sich sehr schnell ein. Bei aller Selbstdisziplin, aller Achtsamkeit und Konzentration, die ich versuchte aufzubringen, konnte ich es nicht verhindern, dass ich versuchte, dann im Garten zu arbeiten, wenn auch Diabolo im Garten war, dann in die Kapelle zu gehen, wenn ich ihn dort beim Gebet oder der Meditation vermutete. Ich glaube, er war viel besser in der Lage als ich, sich zu beherrschen. Zumindest habe ich nie bemerkt, dass er auf ähnliche Weise versuchte mir nahe zu sein. Vielleicht war sein Glück und seine Dankbarkeit, eine zweite Chance im Leben zu bekommen, einen neuen Anfang zu machen, so groß, dass er sich damit zufrieden gab und nicht mehr verlangte. Und sicherlich war auch seine Fähigkeit zur Selbstdisziplin und Konzentration schon immer viel größer gewesen als meine.

Meine fehlende Konzentration und Selbstdisziplin, mein daraus entstehendes schlechtes Gewissen, auch meine wachsende Verzweiflung, dass Diabolo so viel beherrschter war als ich und meine daraus entstehenden Zweifel an seiner Liebe zu mir und an mir selber untergrub meinen Gleichmut. Und vor allem untergrub es meine Autorität als Abt. Und so dauerte es nicht lange, bis der erste, dann der zweite der Mönche meine Autorität hinterfragte, Entscheidungen von mir kritisierte, Aufgaben verweigerte, die ich verteilt hatte. Mir wurde schnell klar, dass ich so die Gruppe nicht weiter führen konnte. Monatelang war ich ratlos, schob eine Entscheidung vor mir her. Aber die Unruhe in der Gruppe wuchs. Schließlich ging ich eines Abends zu dem Gedenkstein von Sarah. Ich versuchte sie anzurufen, sie zu fragen, was ich tun sollte. Es war eine Vollmondnacht. Ich lehnte mich gegen den Stein und meditierte. Immer wenn ich die Konzentration verlor, versuchte ich wieder ihr Bild zu visualisieren, sie zu fragen, was ich tun sollte. Doch statt der strahlenden

Frauengestalt, sah ich immer wieder Bilder der Wanderung, die ich am Wochenende zuvor mit Diabolo unternommen hatte. Wir waren gemeinsam nach Deutschland in den Südschwarzwald hinübergefahren und waren das Wiesental hinaufgewandert. Wir hatten versucht, etwas Abstand vom Klosteralltag zu gewinnen und ich hatte ihn um Rat gefragt. Doch auch er war ratlos und wirkte noch verwirrte als ich. Für ihn war es wohl noch verwirrender seine neu gewonnene Heimat, sein neues Leben bedroht zu sehen. Ich schlug vor, dass ich das Kloster wechseln könnte, dann könne er in Frieden in unserer Gemeinschaft weiterleben, doch dieser Vorschlag verstörte ihn so sehr, dass ich es sofort zurücknahm.

Schließlich hatten wir in stiller Übereinkunft das Thema fallen gelassen und waren einfach still weiter gewandert. Wir genossen den sonnigen Tag und das wunderschöne Wiesental, die blühenden Bäume, das frische Grün. Zu Mittag setzten wir uns an den Waldrand, aßen unser mitgebrachtes Brot, Käse und frische Kräuter. Und dann plötzlich lagen wir uns in den Armen. Nach fast 20 Jahren war die Leidenschaft genauso stark wieder da, überrollte uns, explodierte in unseren Körpern, wärmte unsere Herzen. Zum Glück schreckte uns ein streunender Hund auf, der versuchte, unseren Rucksack mit den restlichen Vorräten zu stibitzen. Wer weiß, vielleicht hätte es noch einen riesigen Skandal gegeben. Zwei Mönche am Waldrand im Wiesental...."

Bei dieser Erinnerung musste Gerhard leise lachen. Aber gleichzeitig liefen ihm auch zwei Tränen langsam die Wangen hinunter.

„Dass Liebe auch so weh tun kann, dass hatte ich nicht gewusst....Es war als brannte mein Herz. Auf jeden Fall waren wir dem Hund beide sehr dankbar, wir schenkten ihm unser letztes Brot und daraufhin lief er mit uns mit. Im nächsten Dorf fragten wir dann, wo er wohl hingehöre. Aber man antwortete uns, das sei ein Streuner, der würde keinem gehören. Seit zwei Monaten würde er sich im Dorf herumtreiben. Manche würden ihn mit Tritten verjagen, andere hätten Mitleid und würde ihm die Abfälle aus der Küche hinwerfen. Diabolo zupfte mich am Ärmel und flüsterte:

„In den buddhistischen Klöstern glaubt man, dass die Hunde die gefallenen Mönche sind, die mit einer Wiedergeburt als Hund bestraft werden. Deswegen ist man dort zu diesen früheren Mitbrüdern besonders freundlich."

Ich musste lachen, die Spannung der letzten Monate platzte plötzlich aus mir heraus. Ich stellte mir vor, wie ein „gefallener" Mönch uns davor bewahrt hatte, ein ähnliches Schicksal zu erleiden. Was daran so komisch war, konnte ich nicht erklären, brauchte ich auch nicht, denn Diabolo wurde nun ebenso von Lachen geschüttelt wie ich. Ich hatte ihn noch nie so lachen sehen. Auch bei ihm schien sich irgendetwas zu lösen, was verstanden wir wohl beide nicht. Am Wenigsten verstanden es die Dorfbewohner, die kopfschüttelnd diese beiden Mönche betrachteten, die über einem streunenden Hund Tränen lachten. Sie schauten uns immer noch kopfschüttelnd nach, als wir mit dem Hund davon zogen.

All diese Bilder gingen mir nun wieder und wieder durch den Kopf, als ich versuchte mich im nächtlichen Klostergarten auf Sarah zu konzentrieren. Vor allem das Bild eines verlassenen Hofes, nicht weit von dem Dorf, durch das wir gekommen waren, stieg immer wieder vor mir auf. Als wir dort vorbei kamen, hatte ich davon geträumt mit Diabolo in die Scheune zu klettern und uns im Heu zu vergraben. Der Hund war auch tatsächlich auf das Grundstück gelaufen und hatte sich Schwanz wedelnd nach uns umgesehen. Aber wir gingen schweigend vorbei. Wir nannten den Hund Strolch und nahmen ihn mit. Und an diesem Abend, als ich im Klostergarten saß, kam er zu mir. Er setzte sich still neben mich und sah mich aufmerksam an. Als ich es nicht schaffte, mich auf Sarah zu konzentrieren, versuchte ich Franzius um Hilfe anzurufen. Aber nun sah ich wieder den verlassenen Hof vor mir. Ich sah Bilder von mir und Diabolo im Wiesental. Ich seufzte. Ungeduldig mit mir, verzweifelt über mein Unvermögen mich zu konzentrieren, wollte ich aufstehen. Da sah ich einen Schatten auf mich zukommen. Meine erste Regung war natürlich die Hoffnung, es sei Diabolo. Aber es war nicht Diabolo. Es war Julius, einer der beiden Mönche, die meine Führungsautorität in den letzten Wochen mehrmals in Frage gestellt hatten. Er setzte sich schweigend neben mich und erst nach einer Weile begann er zu sprechen. Er sprach von der Unruhe in der Gemeinschaft, von den Zweifeln und dem Unwillen der Klosterbrüder, mich weiterhin als ihren Führer anzuerkennen. Ich hörte ihm schweigend zu. Und während er sprach, fühlte ich zu meinem großen Erstaunen nicht etwa Enttäuschung, Traurigkeit, Angst oder gar Wut. Nein, das vorherrschende Gefühl war ganz einfach Erleichterung. Es war, als würde mir eine Last von den Schultern genommen. Und wieder stand, noch während Julius sprach, die Wanderung im Wiesental vor meinem inneren Auge, und vor allem sah ich den verlassenen Hof vor mir. Und nun verstand ich!

Der Rest ist schnell erzählt. An diesem Abend gab ich Julius keine Antwort. Ich dankte ihm für sein Vertrauen. Er war sichtlich ratlos und zog sich dann zögernd zurück. Am nächsten Morgen, am Ende der Frühmesse, setzte ich eine Versammlung außer der Reihe nach dem Frühstück an. Und als alle Brüder sich versammelt hatten, erklärte ich meinen Rücktritt als Abt. Gleichzeitig gab ich zu verstehen, dass ich zumindest für einige Zeit die Gemeinschaft verlassen würde. Der Einzige, der wirklich erschrak, war Diabolo. Ich hatte ihn abends nicht mehr sprechen können.

Und so bat ich ihn nun um ein Gespräch nach dem Mittagessen. Alle anderen Mönche schauten nur mehr oder weniger betreten zu Boden und warfen verstohlene Blicke zu Julius und Enrico. Das zeigte mir umso mehr, dass ich zu lange mit meiner Entscheidung gewartet hatte. Aber es war nicht zu spät.

Als Diabolo mittags in mein Büro kam, war sein erster Satz: „Alleine bleibe ich nicht!"

Ich lächelte: „Das hoffe ich." Und dann erzählte ich von meinem Plan, den Hof im Wiesental zu kaufen und den „gefallenen Mönch" Strolch mit uns zu nehmen. Ich sprach von meinem Traum mit Kräuteranbau und Behandlungen, mit Heilen und Unterrichten unseren Lebensunterhalt im Wiesental zu verdienen.

Diabolo schaute mich zögernd fragend an: „Nur wir zwei?"

Mir steckte ein Kloß im Hals, als ich nickte. Plötzlich hatte ich wahnsinnige Angst, er würde ablehnen. Aber sein Lächeln, das nun erstrahlte, öffnete mir die Welt."

Gerhard schwieg nun eine lange Zeit. Offensichtlich war er in glückliche Erinnerungen versunken, denn ein Lächeln spielte um seine Lippen. Nach einer Weile seufzte er. Dann schloss er seinen Bericht ab:

„Ja, das war eine glückliche Zeit. Die Dorfbewohner akzeptierten uns schnell als die Brüder Hohenmühl. Niemand hinterfragte je unser Verhältnis. Wir waren einfach die zwei Mönche oben am Waldrand in dem alten Hof, der dann kurzer Hand in „Mönchshof" umgetauft wurde. Unsere Kräuterbehandlungen und generell unsere Heilkunde war bald sehr gefragt im Dorf und schnell auch über das Dorf hinaus. Wir unterrichteten auch christlich-buddhistische Meditation an einige wenige Interessierte. Die Seminare in den Gefängnissen führten wir weiter, obwohl das für Diabolo immer eine große Belastung war."

Es war lange still als Gerhard mit seinem Bericht am Ende war. Irgendwann fragte Robert dann mit belegter, rauer Stimme: „Woran ist Diabolo denn dann gestorben? Ich meine…. Er war doch noch gar nicht so alt."

„Nein, ", schüttelte Gerhard den Kopf „er war noch nicht alt. Offiziell starb er an Herzversagen. Aber ich glaube, er starb, weil seine Lebensenergie aufgebraucht war. Er hat sein ganzes Leben gekämpft, zuerst als Kind gegen das Böse, das ihm angetan wurde. Dann entfachte sich das Böse in ihm und verbrannte ihn von innen. Schließlich hat er um Heilung gerungen und um Abtragung seiner Schuld. Seine Lebensenergie war einfach verbraucht."

An diesem Abend gingen sie gemeinsam zum Grab. Gerhard hatte Diabolo am Ende des Gartens in der Nähe des Waldrandes begraben. Es hatte nie einer danach gefragt. Einige Dorfbewohner waren zur Beerdigung gekommen und auch einige der alten Klosterbrüder. Enrico war gekommen und hatte die Beerdigungszeremonie durchgeführt und war auch geblieben, um Gerhard die nächsten Tage beizustehen. Als Charlotte, Robert und Gerhard nun vor dem Grab standen, schwiegen sie eine lange Zeit. Es gab keinen Grabstein. Das Grab war ein mit Gras dicht bewachsener Quader aus Erde, der wie eine überwachsene Bank aussah. Und doch wusste man sofort, es war ein Grab. Der Ort strahlte Stille und Frieden aus.

Charlotte sprach es aus. „Er hat Frieden gefunden." flüsterte sie.

Tränen traten ihr in die Augen. Und auch Gerhard und Robert hatten feuchte Augen. Sie nahmen sich bei den Händen und Charlotte sprach einen Segen:

„Diabolo, mögest du, wo immer du gerade weilst, Frieden finden. Mögest du eine glückliche Wiedergeburt erfahren oder erfahren haben. Mögest du Heilung, Liebe und Freiheit von allem Bösen und von allen Ängsten finden."

Am nächsten Morgen fuhren Robert und Charlotte zurück nach Basel. Beide hatten eine arbeitsreiche Zeit vor sich. Charlotte wurde immer wieder nach SynAqua gerufen. Immer noch hatte sie das Gefühl, dass sie den Tieren nicht helfen konnte. Es erschien ihr eher wie ein seltsamer Zufall, dass die Tiere immer dann gesund wurden, wenn sie da war. Eine Zeitlang machte sie sich keine Gedanken mehr darüber, aber irgendwann sprach sie mit ihrer Freundin Christiane darüber. Sie war zu Kaffee und Kuchen bei Christiane eingeladen. Charlotte freute sich sehr auf diesen Besuch, weil sie schon lange keine Zeit mehr füreinander gehabt hatten. Je besser es Christiane ging, desto weniger Zeit hatte sie, weil sie in allen möglichen und unmöglichen Aktivitäten aufging. Und natürlich hatte auch Charlotte, nun da Robert da war, viel weniger Zeit. Sie saßen in Christianes inzwischen sehr gemütlichem Wohnzimmer und die Sonne schien durch die halb offenstehende Terrassentür. Anona lehnte sich zufrieden seufzend gegen Charlotte und ließ sich das Kinn kraulen. Charlotte lachte:

„Na, dir geht es aber gut!"

„Ja", lächelte Christiane „das hat sie dir zu verdanken."

Charlotte wollte erst abwehren, aber dann freute sie sich über das Lob. Sie seufzte:

„Na wenigstens ein Tier, dem ich helfen kann."

„Wie meinst du das denn?" Christiane zog die Augenbrauen hoch.

Charlotte zuckte mit den Schultern. Dann erzählte sie von Joe, von der Delphin – Schule und ihren Zweifeln ob ihrer Heilungskunst.

„Hm…" überlegte Christiane nachdenklich. „Das hört sich so an, als machen sie irgendwelche Versuche."

„Versuche? Mit Delphinen? Wie meinst du das denn?"

„Na, keine Ahnung, aber vielleicht spritzen sie Hormone, oder füttern irgendwas oder tun irgendwas ins Wasser. Nedas kann nicht sein, wenn sie etwas ins Wasser täten, dann müssten ja alle Tiere erkrankt sein.... es sei denn, sie sind unterschiedlich empfindlich...."

Christiane unterbrach sich. „Sorry, ich phantasiere da so vor mich hin."

Charlotte hatte zuerst ungläubig zugehört und spürte aber, das an dieser Idee etwas dran war. Und sie musste wieder einmal Christianes Kombinationsfähigkeit bewundern. Auf diese Idee waren sie und Robert noch gar nicht gekommen.

„Aber warum holen sie mich dann immer? Dann müssten sie doch wissen, warum es den Tieren schlecht geht, warum holen sie mich dann?"

Nun schaute Christiane ratlos: „Ja, das kann ich mir auch nicht erklären. Stimmt, das passt nicht zusammen. Nun, war ja nur so eine Idee von mir."

Eine Weile schwiegen sie. Christiane schaute versonnen in die Zweige der großen Eiche draußen im Park. Plötzlich sagte sie:

„Es sei denn, sie wollen etwas vertuschen. Du, bzw. deine heilerische Tätigkeit ist sozusagen das Alibi für die Genesung der Delphine, wenn sie die Behandlung abstellen."

Charlotte schaute sie voller Erstaunen an und öffnete den Mund, sagte aber nichts. Christiane lächelte:

„Vielleicht denkst du jetzt, ich verfalle Verschwörungstheorien oder habe zu viele Krimis gelesen. Aber weißt du, was ich manchmal in Wolfgangs Firma so mitbekomme, ist viel schlimmer, als man sich das als normaler Mensch überhaupt vorstellen würde."

Charlotte nickte nachdenklich. „Danke, Christiane. Ich werde darüber nachdenken, ob ich damit weiterkomme. Und ich werde natürlich auch mit Robert darüber sprechen. Wir sind in dieser Welt der internationalen Firmen und dem dazugehörigen Lobbying so neu, dass wir uns zum Teil wohl gar nicht vorstellen können, was da so alles abläuft und gespielt wird."

Nun wandten sie sich wieder Anona zu, die von einer zur anderen ging und sich Schmuseeinheiten abholte. Und Christiane erzählte, dass sie auf dem letzten Beltane – Fest gewesen sei und wie schön es war. Als Charlotte später nach Hause ging, fühlte sie dankbar wie wertvoll ihr diese Freundschaft zu Christiane geworden war. Und Christianes Vermutungen gingen ihr wieder und wieder durch den Kopf. Hatte nicht auch Francois so defensiv reagiert, als Robert ihn nach der Fütterung gefragt hatte. „Ich füttere streng nach Anweisung." war seine einzige Auskunft gewesen.

In den folgenden Wochen war Robert mehr und mehr unterwegs. Seine Arbeitgeber hatten entdeckt, dass er gute Vorträge hielt und plötzlich wurde er von einem SynAtlantis – Standort zum nächsten geflogen, um dort über die Managerseminare, das Delphin – Training und die positiven Effekte des Managertrainings mit den Delphinen zu berichten. Es war auch die Rede davon, die Ergebnisse, die seit Jahren statistisch erfasst und ausgewertet wurden, zu veröffentlichen. Auch diese Aufgabe wurde nach kurzer Diskussion Robert übertragen. Robert schien über sich hinauszuwachsen. Plötzlich flog er in der ganzen Welt umher, von einem teuren Hotel in das nächste. Überall wurde er mit großer Achtung empfangen, gerade so als sei das ganze Konzept der Delphin Schule sein Verdienst. Er war Feuer und Flamme für SynAtlantis. Begeistert tauchte er in jede neue Herausforderung. Charlotte war einerseits glücklich, dass Robert einen so guten Job gefunden hatte und so viel Anerkennung bekam. Trotzdem beschlich sie manches Mal ein leichtes Unbehagen. Das Gespräch mit Christiane ging ihr immer mal wieder durch den Kopf, allerdings meist nur, wenn sie alleine war und Robert unterwegs. War Robert zu Hause oder sie beide am

Mönchshof, sprudelte er so über von Begeisterung für seine Arbeit, dass sich das Thema der kranken Delphine einfach gar nicht ergab.

Nachdem Robert eine ganze Woche unterwegs gewesen war und auch Charlotte mehrere auswärtige Termine hatte, räumte Charlotte mit letzter Kraft am Freitagnachmittag die Wohnung auf, putzte und kaufte ein. Die Freude auf das gemeinsame Wochenende gab ihr noch einmal einen Schub Energie. Sie holte Robert vom Bahnhof ab, entschlossen alle Anstrengung hinter sich zu lassen und nur das Wochenende zu genießen. Aber irgendetwas stimmte nicht. Robert war müde, aber es schien Charlotte, als sei es mehr als das. Er war schweigsam, in sich zurückgezogen. Als Charlotte fragte, ob irgendetwas nicht stimme, schüttelte er nur den Kopf. Charlotte fühlte nun ihre eigene Müdigkeit und eine endlose Enttäuschung in sich aufsteigen. Da hetzte sie sich ab, um alles fertig zu machen.... Natürlich hatte Robert ein Recht darauf, müde zu sein. Aber konnte er nicht wenigstens mit ihr sprechen? Ihr sagen was los war? Sie seufzte. Dann stand sie auf, räumte die Küche auf und ging in ihr Meditationszimmer. So war das mit Erwartungen. Wenn sie sich genau vorstellte, wie das Wochenende zu sein hatte, dann musste sie eben auch damit fertig werden, wenn es alles ganz anders kam. Sie seufzte, zündete eine Kerze und ein Räucherstäbchen vor der Tara an, setzte sich auf ihr Kissen und schloss die Augen. Loslassen. Sie bat um Liebe und Mitgefühl. Um Heilung. Nach einiger Zeit fühlte sie, dass eigentlich nichts Schlimmes passiert war. Sie fühlte, dass ihre endlose Enttäuschung gar keine richtige Basis hatte. Sie war müde. Robert war aus irgendeinem Grunde bedrückt. Das war alles. Es war Freitagabend und sie waren beide ausgelaugt.

Gerade wollte sie die Meditation beenden, da spürte sie, dass Robert leise ins Zimmer gekommen war. Sie öffnete ein wenig die Augen und lächelte ihm zu. Er war sichtlich erleichtert, dass sie ihm nicht böse war. Kurz zuckte das schlechte Gewissen durch Charlotte. Nun ging es ihm schon nicht gut und sie war auch noch beleidigt. Sie streckte die Hand aus und zog ihn zu sich herunter. Er legte sich vor sie auf den Boden, den Kopf in ihren Schoss und schaute in die Kerze. Sie streichelte seinen Kopf, fuhr die Meridianlinien nach, drückte die Stirnpunkte. Lange schwiegen sie. Jetzt war die Verbindung da. Nähe und Verbundenheit kam auf. Gerade als Charlotte vorschlagen wollte, ins Bett zu gehen, fing Robert an zu sprechen.

„Joe ist anscheinend gestorben."

„Was?"

„Ja, sie ist nicht mehr da. Ich weiß nicht mal seit wann."

Charlotte war völlig verwirrt. Wieso sagte er das erst jetzt? Wieso wusste er nicht seit wann? Joe war ihm doch so wichtig gewesen und sie hatten beide so um sie gebangt, hatten so sehr versucht ihr zu helfen.

„Aber wann hast du sie denn das letzte Mal gesehen?"

„Vor fünf Wochen." Robert schluckte, es standen ihm jetzt Tränen in den Augen, die er sich aber nicht zugestand.

Charlotte strich ihm wieder und wieder sanft über den Kopf.

„Aber du hast gar nicht erzählt, dass sie die letzten Male nicht da war."

„Ich habe mir keine Gedanken gemacht." Jetzt klang Roberts Stimme verzweifelt. „Es ging ihr doch so viel besser. Und die letzten zwei Mal als ich bei SynAqua war, war ich immer nur zwei Tage dort. Ich hatte einfach angenommen, Joe sei im Meer draußen. Pat war auch nicht da. Und ich hatte kaum Zeit für die Delphine. Es war ständig totaler Stress mit den Kursen, ständig war hoher Besuch da, ständig musste ich herumführen, Vorträge halten, erklären, organisieren, wurde schon wieder zur nächsten Station geflogen." Die letzten Sätze klangen sehr defensiv.

„Aber wenn ich einmal darüber nachgedacht hätte... Diese Woche war ich das erste Mal in 8 Wochen mal wieder fünf Tage am Stück auf SynAqua. Und da wurde mir bewusst, dass Joe fehlte. Zuerst war ich so verunsichert, dass ich nicht einmal gewagt habe zu fragen. Dann bin ich zu Francois gegangen. Zuerst war er voller Verachtung.

„Na super! So ein toller Trainer. Merkt nicht einmal, wenn ihm seine Delphine wegsterben."

Ich war völlig vor den Kopf geschlagen.

„Wegsterben?"

„Ja. Willst du etwa behaupten, du weißt nicht, dass Joe seit Wochen tot ist?"

Ich konnte gar nichts mehr sagen, ich habe mich nur an die Wand gelehnt und den Kopf geschüttelt. Plötzlich fiel mir auf, dass Francois gar nicht so zynisch war, wie er tat. Ihm standen selber Tränen in den Augen. Eine Weile haben wir beide mit den Tränen gekämpft. Doch bevor ich etwas fragen konnte, winkte er ab:

„Frag nicht." Dann drehte er sich um und ging. In der Tür drehte er sich noch einmal um: „Und übrigens, dies ist meine letzte Woche, ich habe gekündigt.""

Robert kämpfte immer noch mit den Tränen, während er Charlotte davon erzählte.

„Und weißt du, was wirklich seltsam war? Ich habe mich nicht einmal mehr getraut, mit Markus zu reden. Ihn zu fragen. Und gleich am nächsten Tag kam schon wieder hoher Besuch und ich musste allen erzählen, wie toll bei uns alles ist."

Charlotte murmelte beruhigend und massierte ihm jetzt die Schultern.

„Aber nur weil Joe gestorben ist, ist doch nicht gleich alles schlecht. Sie war eben krank. Das kann ja passieren."

Sie hörte selbst, wie wenig überzeugend das klang. Aber sie wollten es beide glauben. Robert schmiegte sich enger an sie, sie hielten sich gegenseitig fest.

„Wir zünden jetzt für Joe eine Kerze und ein Räucherstäbchen an. Und dann wünschen wir ihr eine gute Reise, eine gute Wiedergeburt. Und das sie frei sein möge von Schmerz und Leid, wo immer sie sich gerade befindet."

Charlotte leitete ein kleines Ritual ein. Sie sprachen zu Joe, wünschten ihr alles Gute, wünschten ihr Licht, Heilung, Freiheit und eine gute Wiedergeburt. Als sie schlafen gingen, fühlten sie sich beide etwas getröstet. Charlotte freute sich auf den morgigen Besuch bei Gerhard. Sie fühlte sich von dem Gedanken getröstet, ihm von Joe zu erzählen. Was er wohl dazu sagen würde?

Sie saßen noch nicht am Frühstückstisch, da hatte Gerhard schon gemerkt, dass etwas nicht stimmte.

„Was ist denn mit euch heute los? Das kann doch nicht nur das trübe Wetter sein, dass ihr so bedrückt seit?"

Charlotte schaute fragend zu Robert. Robert nickte. Da erzählte Charlotte Gerhard von ihren erfolglosen Versuchen Joe zu heilen, von Joes Tod, und schließlich auch von Christianes Verdacht. Robert reagierte sehr abwehrend:

„Ach hör doch auf. Das klingt doch völlig nach Verschwörungstheorie. Wenn sie Versuche mit den Delphinen machen würden, dann würden sie uns das doch erzählen."

Charlotte schwieg, fühlte sich unsicher. Sie blickte zu Gerhard. Gerhard blickte aus dem Fenster, es schien als sei er tief in Gedanken versunken. Eine ganze Weile war Schweigen. Dann seufzte Gerhard tief und schenkte allen Tee ein. Während er sich ein Brötchen mit Butter schmierte, sagte er nachdenklich:

„Nun, so ganz abwegig finde ich Christianes Idee nicht. Warum fragst du denn nicht einfach Markus?"

Robert zuckte mit den Schultern, schüttelte den Kopf, sagte aber nichts. Er wusste selber nicht warum, aber die Vorstellung eines Gesprächs mit Markus löste eine diffuse Angst in ihm aus. Er drückte die Angst weg, schüttelte sich ungeduldig und sagte barscher, als ihm zumute war:

„Können wir jetzt vielleicht mal das Thema wechseln. Schließlich ist jetzt Wochenende."

Charlotte und Gerhard sahen sich kurz über den Tisch hinweg an.

„Ja gut.", sagte Charlotte, „Vielleicht hast du recht. Wir können sowieso nichts daran ändern."

Nach dem Frühstück gingen sie alle zusammen spazieren. Der Nebel strich durch die Bäume und gab der Landschaft um sie herum ein mystisches Aussehen. Das tiefe Schweigen der Landschaft hatte etwas Beruhigendes und von der Ruhe der Landschaft ging ein wenig Friede auf sie über.

Als Robert in der nächsten Woche auf SynAqua ankam, fand er einen der Delphine des hinteren Beckens tot auf dem Wasser treiben. Obwohl es einer der Delphine war, die er kaum kannte, fühlte er sich sehr getroffen. Er zog das tote Tier an den Beckenrand, aber an Land konnte er es nicht heben, dazu war es viel zu schwer. Er wollte gerade Hilfe holen, da kam schon Markus mit Marco, dem neuen Tierpfleger, angelaufen. Robert wunderte sich wieder einmal. Natürlich hatte Markus das ganze Gelände auf den Monitoren sichtbar. Aber er konnte doch nicht ständig alles kontrollieren. Markus war bestürzt, und vor allem sehr besorgt. Sobald sie das tote Tier geborgen hatten, rief er die Tierärzte an und kurze Zeit später flog der Helikopter ein. Der Tierarzt musste sozusagen auf Abruf gesessen

haben. Er begann sofort mit der Obduktion und nahm Blut-
sowie verschiedenste Gewebeproben. Er fluchte leise, weil
das Tier wohl schon über eine Stunde tot war, als Robert es
gefunden hatte. Unwirsch sagte er zu Markus:
„Ich hatte doch darum gebeten, sofort gerufen zu werden.
Jetzt kann ich nicht mehr alle Proben verwerten."
Markus drehte sich wortlos um und ging. Auch Robert ging
zurück. Er hatte viele Fragen, aber er ahnte, dass man sie
ihm nicht beantworten würde.

Am nächsten Tag sah er, wie fast der gesamte Vorstand
von SynAtlantis zusammen mit beiden Tierärzten zu den
hinteren Becken ging. Er zog sich schnell seine Tierpfleger
Jacke aus und warf sein Jackett über. Er hoffte, Jackett
über T-Shirt würde nicht allzu sehr auffallen. Denn genau
das wollte er nicht.

Unbemerkt reihte er sich in die Gruppe mit ein und bekam
einige Gesprächsfetzen mit, aus denen er versuchte, einen
Sinn zu machen. Sie sprachen von einer Aminosäure, die
bestimmte Wirkungen zeigte. Wenn sie die Aminosäure
pur spritzten, dann zeigten die Tiere die gleiche Reaktion,
als wenn sie Fische gefüttert bekamen, die mit Futtermehl
aus gentechnisch veränderten Kartoffeln gefüttert worden
waren. Das Kartoffelmehl enthielt dieselbe Aminosäure.
Das Seltsame war allerdings, dass die Aminosäure nur in
dem Futtermehl nachgewiesen werden konnte, das die
Fische fraßen, die als Futter für die Delphine dienten. In
den Fütterungsfischen selber konnte die Aminosäure aber
nicht nachgewiesen werden. Trotzdem zeigten die
Delphine die gleiche krankhafte Reaktion. Chemiker und
Tierärzte standen vor einem Rätsel. Einer der hohen
Herren aus dem Vorstand ergriff das Wort. Robert
erkannte Heinrichs, der ihm damals von seiner Tochter
Elisabeth und von seinen ersten Managertrainings auf
SynAqua erzählt hatte. Heinrichs fragte ungehalten:

„Wieso ist denn diese Aminosäure überhaupt in den Stärkekartoffeln? Diese Kartoffeln sollen doch nur verstärkt Stärke produzieren. Was macht da diese verdammte Aminosäure in der Kartoffel?"

Der Leiter der Entwicklungsabteilung schaute etwas betreten zu Boden. Er erklärte, dass das Gen, welches die zusätzliche Stärkeproduktion codiere, in die Kartoffelzellen geschossen wird. Dieses Gen lande dann irgendwo im Genom und verändere damit Gensequenzen von anderen Eigenschaften. In diesem Fall verändere es offensichtlich die Proteinproduktion. Das sei das ganz normale Vorgehen bei gentechnischer Veränderung. Heinrichs winkte ungeduldig ab:

„Ach, hör doch auf. Ich sage ja schon immer, dass diese Gentechnik die pure Holzhammermethode ist. Da wird einfach wild und wahllos das Genom bombardiert und mit try-and-error rum gestümpert. Das ist doch völlig unter der Würde einer Hochpräzisionsfirma wie SynAtlantis."

Heinrichs holte kurz Luft und schien sich zu besinnen, um was es hier eigentlich ging. Dann knurrte er:

„Ist ja alles schön und gut, wenn ihr unbedingt rumexperimentieren wollt. Aber wenn Delphine sterben müssen, nur weil ihr nicht präzise arbeiten könnt, dann geht das ja wohl zu weit."

Bei dem Wort „sterben" trat plötzlich Stille ein. Es war, als sei zum ersten Mal etwas ausgesprochen, was alle schon lange wussten. Die meisten schauten nun einfach zu Boden, erst nach einer Weile wurden vorsichtige Seitenblicke zum Nachbarn und dann zum Vorstandsvorsitzenden gewagt. Und plötzlich schauten alle auf Robert. Markus, der bisher gar nicht in Erscheinung getreten war, sondern sich am Rande gehalten hatte, trat erschrocken und abwehrend auf ihn zu:

„Robert!"

Robert stand stumm und schaute. In ihm rasten die Gedanken. Intuitiv wusste er, dass er jetzt nicht falsch reagieren durfte. Vielleicht hatten sie nicht gemerkt, wann er zu der Gruppe getreten war. Er lächelte fragend:

„Entschuldigung, ich bin gerade erst dazu gekommen. Gibt es ein Problem mit der Fütterung? Francois fehlt uns wirklich. Wie schon gesagt, ich springe gerne ein. Ich bin auch bereit Überstunden zu arbeiten, damit regelmäßig gefüttert wird. Im Übrigen, " jetzt wandte er sich mit gekonnt traurigem Lächeln an Heinrichs, „glaube ich nicht, dass Joe wegen unregelmäßiger Fütterung gestorben ist. Damals war Francois noch da, und es gibt niemanden, der zuverlässiger wäre. Und zudem können die Delphine sich auch draußen im Meer selber versorgen. Nein, Joe muss irgendetwas anderes gehabt haben, vielleicht hat sie draußen irgendwas aufgenommen, vergifteten Fisch zum Beispiel. Ich habe gerade mit Marco, unserem neuen Tierpfleger darüber diskutiert. Wir sind zu dem Schluss gekommen, dass auch Caesar, der gestern gestorben ist, draußen im Meer etwas Verdorbenes zu sich genommen haben muss."

Die Erleichterung ging wie ein unhörbares Aufatmen durch die Gruppe. Nur Markus ließ sich nicht täuschen. Im Gegenteil, durch Roberts geschickte Reaktion war er jetzt hellwach. Robert verabschiedete sich von der Gruppe und ging zurück ins Büro. Aber kaum saß er an seinem Schreibtisch, klingelte das Telefon. Markus rief ihn noch vom Handy aus an und bat ihn, in sein Büro zu kommen. Als Robert in sein Zimmer trat, lächelte Markus ihn gewinnend an:

„Nun, wie ich sehe, hast du sehr viel dazu gelernt. Deine Reaktion vorhin war gekonnt. Fast schon zu gekonnt für meinen Geschmack. Wir wollen doch ehrlich miteinander umgehen."

„Aber Markus, " konterte Robert, „ich wusste nicht, wem das welche Probleme einbringen würde, wenn dem Vorstand klar wurde, dass ich das ganze Gespräch mitbekommen habe. Dich wollte ich nicht täuschen, ich wäre später sowieso zu dir gekommen."

Markus lächelte leicht spöttisch: „So wie nach Joes Tod?"

„Da war ich zu geschockt. Da wollte ich mit niemandem reden."

„Robert, lass uns offen miteinander reden. Ich verstehe ja, dass der Tod der beiden Tiere dir zu schaffen macht. Und wahrscheinlich war es falsch von uns, dass wir dich nicht viel früher informiert haben. Aber ich hatte strikte Anweisung vom Vorstand."

In Robert rasten die Gedanken. Er wollte Zeit gewinnen und wusste nicht, welche Haltung er einnehmen sollte. So sagte er gar nicht viel, versuchte sich relativ unbeeindruckt zu zeigen. Markus dagegen wechselte plötzlich das Thema:

„Ach, wo wir hier gerade zusammen sitzen: ich wollte dich fragen, ob du nicht für mich die Eröffnung der Konferenz in San Francisco übernehmen kannst? Ich werde im Moment hier gebraucht, und ich denke, du steckst in der Thematik inzwischen schon viel besser drin als ich."

Robert konnte nicht anders, als sich über das Angebot zu freuen. Er fühlte sich geehrt und spürte eine freudige Aufregung. Nach San Francisco! Doch damit war nicht genug. Er folgte noch seinen Gedanken, als Markus schon weiter sprach:

„Der Vorstand hat beschlossen, das Konzept der Delphinschulen weltweit zu unterstützen, da es so viel positive Auswirkungen zeigt. Deswegen wird SynAtlantis die Dolphin School in San Francisco mit einer großzügigen Spende unterstützen. Wir wollten dich bitten, wenn du in San Francisco bist, diese Spende im Namen des Vorstandes zu überreichen."

Nun war Robert endgültig fassungslos. Er sollte Pat Geld von SynAtlantis bringen? Robert spürte, wie ihn diese Vorstellung zunehmend begeisterte. Er nickte.

„Gut, dann ist das abgemacht. Reicht dir der morgige Tag, um dich auf den Vortrag vorzubereiten? Übermorgen geht der Flieger nach San Francisco."

Robert nickte wieder, nun etwas benommen und stand auf.

„Ach Robert, " sagte Markus nun noch, „ich möchte dich bitten mit niemandem, aber auch wirklich mit niemandem über das zu sprechen, was du heute gehört hast."

Robert zögerte.

„Nein", sagte Markus bestimmt. „Auch nicht mit Charlotte."

„Aber Markus", widersprach Robert, „du weißt, dass das nicht geht. Charlotte ist regelmäßig hier, sie behandelt die kranken Tiere. Ich muss ihr das erzählen und ich werde es ihr erzählen."

Einen Moment sah es so aus, als würde Markus wütend. Doch dann hatte er sich schon wieder gefangen:

„Gut, kein Problem. Aber bitte sie, wirklich mit niemand anderem darüber zu sprechen. Es wäre für uns alle ein Desaster."

Dabei betonte er das „uns". Als Robert zu seinem Zimmer ging, überlegte er, ob Markus um Mitgefühl bat, indem er das „uns" betonte, oder ob es eher eine Drohung gewesen war. Wollte Markus ihm klar machen, dass wenn Charlotte ausplauderte, er, Robert, massive Schwierigkeiten bekommen würde? Natürlich würde er mit Charlotte darüber reden, sobald er wieder zu Hause war. Er brauchte dringend ihre Hilfe, um sich darüber klar zu werden, wie er mit all dem, was er jetzt gehört hatte, umgehen sollte. Er spürte verwundert, dass er am Telefon lieber nicht darüber sprechen wollte. Zum einen sicherlich, weil das direkte

Gespräch ihm viel mehr helfen würde, sich selber klar zu werden, wie er zu dem allen stand. Zum anderen aber auch, und nun fragte er sich, ob er eigentlich langsam paranoid wurde, weil er befürchtete, dass ihr Telefon abgehört wurde. Er schüttelte sich. Nein, das war wirklich absurd. Aber trotzdem, das direkte Gespräch mit Charlotte würde ihm helfen, und er sehnte sich plötzlich mit einer solchen Heftigkeit nach ihr, dass ihm die Tränen in die Augen stiegen. Noch 5 Tage bis Freitag. Und dazwischen eine Reise nach San Francisco.

Als Robert am Freitagabend endlich in Basel ankam, kam alles ganz anders, als er es sich ausgemalt hatte. Für Charlotte hatte es am Freitagnachmittag eine böse Überraschung gegeben. Sie war gerade dabei, ihren Schreibtisch aufzuräumen und ihre Projekte für die kommende Woche vorzubereiten, als ihr Chef sie anrief und zu einem Gespräch bat. Charlotte seufzte. Das konnte nur heißen, dass ein überraschender Termin für die nächste Woche auf der Agenda stand und der Kalender war sowieso schon übervoll. Als sie jedoch in Muehlins Büro trat, merkte sie sofort, dass etwas nicht stimmte. Muehlin konnte ihr entgegen seiner sonstigen Art nicht einmal in die Augen sehen, geschweige denn vernünftig sagen, was los war. Er hatte sie zum Gespräch gebeten und stand nun mit dem Rücken zu ihr und schaute aus dem Fenster. Dann drehte er sich abrupt um und drückte ihr ein Schreiben in die Hand - ihre Kündigung. Charlotte war völlig sprachlos. Während Muehlin nun einerseits von finanzieller Krise sprach, weswegen sie Leute entlassen müssten, murmelte er andererseits, er hätte „oben" mit allen Mittel versucht, sie zu halten. Aber da sei nichts zu machen gewesen. „Oben" war eine Chefetage höher. Wittach hatte nur ein einziges Mal mit Charlotte direkt gesprochen. Damals, als sie die Seminarreihe mit dem

Thema „Ursprung und Funktion von sexuellem Missbrauch in unserer Gesellschaft" organisierte, schien er sehr zufrieden mit ihr zu sein. Und während vor zwei Monaten noch die Rede davon war, ob die Manager von Synergia nicht auch ein Training bei SynEquus unter Charlottes Anleitung absolvieren könnten, kam jetzt plötzlich überraschend der Rausschmiss.

Charlotte war so überrumpelt, dass sie noch einen Versuch wagte:

„Aber wollten wir nicht bei SynAtlantis wegen eines Managertrainings bei SynEquus anfragen?"

Muehlin schüttelte nur gequält den Kopf, schaute zu Boden und sagte:

„Nun machen sie es mir doch nicht so schwer."

Charlotte war ratlos. Muehlin drückte ihr einen Umschlag in die Hand und verabschiedete sie mit den Worten:

„Das war alles, was ich für sie tun konnte, nehmen sie den Scheck und ziehen sie das Geld schnell ein. Sie werden sehen, die Abfindung ist sehr großzügig. Eigentlich darf ich ihnen nicht einmal eine Abfindung geben."

Damit hatte er ihr wortlos die Tür geöffnet und sie war gegangen. Sie war wie betäubt zu ihrem Schreibtisch gegangen und hatte angefangen, ihre Sachen zu packen. Körner, der Gruppenleiter, kam um die Ecke:

"Sie brauchen nicht alles sofort mitzunehmen, sie können es gerne später holen."

Charlotte antwortete nicht. Sie nahm es ihm übel, dass er offensichtlich schon bescheid gewusst hatte, ohne sie vorzuwarnen. Sie blieb bis weit nach Dienstschluss, räumte ihren PC auf und kopierte alles, was sie brauchen konnte auf eine externe Festplatte. Sie merkte, dass sie zu bestimmten Ordnern schon keinen Zugang mehr hatte. Immer wieder spähte Körner um die Ecke. Offensichtlich hatte er den Auftrag, im Büro zu bleiben, bis sie gegangen war. Er wagte aber nicht, sie nochmal anzusprechen. Charlotte war wie im Schock. Als sie Stunden später ging, war ihr Schreibtisch leer. Ihre schönsten Pflanzen hatte sie Elisabeth Rottach, der Chefin des Betriebsrates, die sie durch die Organisation von Seminaren näher kennengelernt hatte, vor die Bürotür gestellt. Sie steckte eine Grußkarte zwischen die Zweige mit einer kurzen Notiz, in der sie erklärte, was passiert war. Den Schlüssel legte sie Körner wortlos auf den Schreibtisch. Er wollte etwas sagen, blieb dann aber stumm. In der Tür drehte sie sich um:

„Warum?"

Körner schluckte, einen Moment kämpfte er mit Worten. Dann sagte er:

„Es tut mir leid, aber ich weiß auch nicht warum. Ich weiß nur, es kommt von ganz oben. Ich glaube, nicht mal Muehlin weiß wirklich warum. Oder hat er etwas gesagt?"

Charlotte schüttelte den Kopf. Körner schluckte noch mal und platzte plötzlich heraus:

„So eine verdammte Scheiße. Für sie natürlich sowieso. Aber für uns alle hier auch. Keiner weiß doch jetzt, wann der oder die Nächste fällig ist."

Charlotte zuckte die Schultern. Ihr Mitgefühl hielt sich in Grenzen, immerhin hatte sie keiner vorgewarnt, obwohl offensichtlich zumindest Körner davon gewusst hatte.

„Wirst du klagen?" fragte Körner jetzt hoffnungsvoll und ermunternd. Charlotte schüttelte den Kopf. Dann drehte sie sich um, zog leise die Tür hinter sich zu und ging.

Auf der Fahrt nach Hause war sie wie betäubt. Zu Hause empfing Robert sie, verwundert, dass sie so spät kam. Charlotte versuchte zu erzählen, aber nun löste sich der Schock und sie konnte nur noch weinen. Als sie es endlich schaffte, Robert zu erzählen, was passiert war, war auch er fassungslos. Er konnte es nicht glauben. Ob sie wirklich alles richtig verstanden hatte? Dann fragte er:

„Was ist denn eigentlich in dem Umschlag?"

Den Umschlag hatte Charlotte ganz vergessen. Sie holte ihn aus ihrem Rucksack. Es war ein Zeugnis und ein Scheck über zwei Jahresgehälter. Robert pfiff leise durch die Zähne. Dann überflog er das Zeugnis:

„Das ist ein super Zeugnis... Das macht doch alles keinen Sinn. Wenn sie in der Finanzkrise sind, warum geben sie dir dann eine so gute Abfindung? Und wenn es nicht die Finanzen sind, sondern sie unzufrieden mit dir wären, dann passt das mit dem Zeugnis nicht zusammen."

Charlotte lachte bitter: „Das durfte Muehlin mir eigentlich gar nicht geben...Und er sagte, ich sollte das Geld schnell einziehen. Unfassbar."

Beim Abendessen waren beide bedrückt. Robert hatte eigentlich von SynAqua erzählen wollen. Er wollte mit Charlotte über die Geschichte mit den Aminosäuren und dem Gespräch zwischen Vorstand und Tierärzten sprechen und von seiner Reise nach San Francisco und seinem Wiedersehen mit Pat erzählen. Ein wenig mulmig war ihm schon vor dem Zusammentreffen mit Pat gewesen. Aber dann war alles ganz amerikanisch, souverän und unproblematisch zugegangen. Pat hatte einen neuen Partner, Ken, und schien recht glücklich. Sie empfing Robert begeistert, brachte er doch Geld von SynAtlantis mit. SynAtlantis zeigte sich sehr großzügig. Eine Anfangszuwendung von $ 500 000 und, falls Pat es brauchte, ein zinsloses Darlehen über noch einmal den gleichen Betrag. Robert war erstaunt als Markus ihm den Betrag genannt hatte, dann überglücklich. Nun konnte er sein schlechtes Gewissen gegenüber Pat abschütteln. Als er damals gegangen war, war die Schule in finanziellen Schwierigkeiten. Nun kam er wieder und brachte Geld mit. Irgendwie konnte er jetzt das Gefühl loslassen, er sei einfach weggegangen und habe Pat in der Not im Stich gelassen. Pat und Ken begannen sofort mit begeisterter

Planung. Sie würden die alten Becken sanieren lassen, die Schleusen überholen und sogar den Bestand an Delphinen etwas aufstocken. Für die Dolphin School war das Geld wirklich ein Segen und kam zu einem dringend nötigen Zeitpunkt.

Robert begann nun doch, Charlotte von San Francisco zu erzählen. Er begann zögerlich, aber dann nahm die Begeisterung überhand und man hörte das Wunder aus seiner Stimme. Für ihn entwickelte sich alles bestens, er war gefragt, erfolgreich, bewundert. Und zudem hatte er gerade gestern noch eine sehr satte Gehaltserhöhung bekommen. Robert nahm Charlotte in den Arm:

„Ich weiß, dass ist jetzt nicht der richtige Zeitpunkt, dass du dich darüber freuen kannst. Aber zumindest brauchen wir uns keine finanziellen Sorgen zu machen."

Charlotte seufzte tief. Dann nickte sie.

„Lass mich erst einmal den Schock überwinden. Ich würde heute Abend gerne noch meditieren und das Wochenende am Mönchshof verbringen. Dann kann ich das Ganze vielleicht schon wieder anders sehen. Immerhin ist es ja auch eine Chance, jetzt wieder mehr Zeit zu haben. Zum Beispiel kann ich jetzt auch mit den Pferden auf SynEquus intensiver arbeiten."

Bei diesem letzten Satz krampfte sich ihr Magen zusammen und sie spürte mit Verwunderung, dass sie bei dem Gedanken an SynEquus ein fröstelndes Unbehagen beschlich. Sie kam nicht dazu darüber nachzudenken. Sie rannte zur Toilette, weil ihr Darm sich weigerte noch irgendetwas eine Sekunde länger bei sich zu behalten. Robert steckte sie ins Bett, füllte ihr eine Wärmflasche und kochte ihr einen Schafgarben - Frauenmantel - Tee. Er blieb bei ihr sitzen, bis sie eingeschlafen war. So hatte er Charlotte noch nie erlebt und er machte sich Sorgen. Zum Glück war heute Freitag und morgen würden sie schon bei Gerhard sein, das würde Charlotte gut tun.

Als Charlotte schlief, suchte Robert seine Unterlagen für Montag zusammen. Er würde zuerst nach SynAqua und dann von dort nach Hamburg fliegen, wo er einen Vortrag halten sollte. Mit leisem Schuldgefühl bemerkte er seine aufgeregte Vorfreude. Aber es nutzte Charlotte ja auch nichts, wenn er nun keine Freude mehr an der Arbeit hatte. Vor dem Einschlafen dachte er noch einmal kurz über die Aminosäure Geschichte nach. Aber dann war er zu müde. Es war einfach alles viel zu viel. Und es war ja nicht seine Baustelle. Er musste sich auf das konzentrieren, was seine Aufgabe war. Er kuschelte sich eng an Charlotte und schlief ein.

Sie verbrachten ein ruhiges Wochenende auf dem Mönchshof. Charlotte und Robert halfen Gerhard im Garten. Sie machten lange Spaziergänge und Charlotte schlief lange und meditierte mehrmals, sowohl bei ihren Bäumen wie auch vor der kleinen Tara in ihrem Schlafzimmer. Am Montag flog Robert von Basel nach SynAqua. Nachdem Charlotte ihn frühmorgens zum Flugplatz gebracht hatte, fuhr sie weiter zu SynEquus. Sie hatte mit Robert vereinbart, dass sie am Donnerstag mit dem Zug nach Hamburg kommen und sie sich ein verlängertes Wochenende in Hamburg gönnen wollten. Während Charlotte durch den Morgennebel fuhr, spürte sie Glück in sich aufsteigen. Das Wochenende auf dem Mönchshof hatte ihr sehr gut getan. Ein berauschendes Gefühl von Freiheit stieg plötzlich in ihr auf. Sie verfügte über zwei Jahresgehälter! Theoretisch bräuchte sie zwei Jahre nicht zu arbeiten! Sie lächelte und bewunderte die nebelhafte Schönheit um sich herum und freute sich auf den Stall. Sie liebte die frühen Stunden im Stall. Wenn sie so früh in SynEquus ankam, half sie beim Füttern. Sobald alle Pferde zufrieden fraßen, gingen sie und Mühlhausen in die alte Melkstube für ein zweites Frühstück. Wenn die Pferde dann gefressen hatten, holten sie diejenigen, die zum frühen Training auf dem Programm standen, aus den Boxen. Sie putzten die Pferde und tauschten dabei Neuigkeiten und Erfahrungen aus. Charlotte lernte viel von Mühlhausen, aber es schien auch, dass er sehr an ihrer Meinung interessiert war. Er fragte immer sehr genau, welchen Eindruck sie von diesem oder jenem Pferde hatte und gab offensichtlich viel auf ihr Urteil.

Heute war Charlotte so früh, dass sie sogar vor Mühlhausen im Stall war. Sie freute sich und begann mit dem Füttern. Als sie darauf wartete, bis der Hafer durch die Quetsche gelaufen war, bemerkte sie plötzlich, dass die Metallbox rechts neben der Haferquetsche, ein wenig offen stand. Sonst war diese Box immer fest verschlossen und sie hatte sich schon ein paar Mal gefragt, was dort eigentlich aufbewahrt wurde. Mühlhausen musste vergessen haben, sie abzuschließen. Mit einem leichten Schuldgefühl aber noch größerer Neugier öffnete sie die Metallklappe ein wenig. Die Box war randvoll mit Hafer gefüllt. Sie nahm ein wenig davon in die Hand und stellte fest, dass dieser Hafer im Vergleich zu dem Hafer, der gerade durch die Quetsche lief, deutlich anders aussah. Irgendwie war die Kornform etwas runder und der Hafer hatte insgesamt eine leicht gräuliche Farbe. Sie nahm von beiden Hafersorten etwas in die Hand. Wenn sie die beiden Sorten nebeneinander hielt, sah sie den Unterschied deutlich. Charlotte war sich nicht sicher, ob sie den Unterschied auch erkannt hätte, wenn sie nur eine Sorte alleine sehen würde. In dem Moment hörte sie Mühlhausens Schritte auf dem Hof und ohne zu überlegen und ohne wirklich zu wissen warum, griff sie mit je einer Hand in die unterschiedlichen Hafersorten und stopfte sie sich rechts und links in die Hosentaschen. Sie sah sich schnell um, aber sie war immer noch alleine im Stall.

Einen Moment später stand Mühlhausen hinter hier. Charlotte merkte gleich, irgendetwas stimmte nicht.

„Guten Morgen! Was ist los?" fragte sie.

Mühlhausen seufzte. „Ich habe seit gestern Anweisung, streng nach Vorschrift den Stall zu führen."

„Ja? Und?"

„Das bedeutet, dass nur ich füttern darf." Mühlhausen schüttelte bedauernd den Kopf. „Schade, ich habe gerne mit dir morgens den Stall gemacht. So konnte ich langsamer arbeiten, es war mehr Ruhe im Stall, der Tag fing gleich ganz anders an. Irgendwie scheinst du auch einen sehr guten Einfluss auf die Pferde zu haben. Aber da kann ich nichts machen, Richter war sehr deutlich. Beim Füttern soll ich alleine im Stall sein."

„Wieso das denn? Weißt du, was das soll?"

Mühlhausen zögerte. „Ich glaube es hat irgendetwas mit dem Hafer zu tun." Er blickte sich um und senkte die Stimme. „Weißt du, mit dem anderen Hafer..." Und damit machte er eine Kopfbewegung in Richtung der grünen Metallbox. „Aber sag ja nicht, dass du das von mir hast."

Als er Charlottes bestürztes Gesicht sah, legte er ihr die Hand auf die Schulter: „Aber Mädel, das ist doch nicht so schlimm. Geh doch einfach schon frühstücken und schau dir mal das neue Trainingsprogramm an. Sie haben dich für spannende Sachen eingetragen. Hast du denn jetzt mehr Zeit?"

Charlotte schüttelte verwirrt den Kopf: „Nein... das heißt ja...."

Mühlhausen lachte. „Ja was denn nun?"

Charlotte seufzte und atmete tief durch. „Deswegen war ich heute so früh. Ich hatte mich so auf den Stall gefreut nach dem Schock gestern. Sie haben mir bei Synergia fristlos gekündigt. Sie haben mich am Freitag einfach innerhalb eines halbstündigen Gesprächs rausgeschmissen."

„Wieso, was hast du den angestellt?"

„Nichts, gar nichts. Anscheinend versteht es nicht mal mein Chef."

Als Mühlhausen nun völlig verständnislos schaute, fügte sie hinzu:

„Also mein sogenannter „kleiner" Chef scheint es nicht wirklich zu wissen. Der hat mir sogar ein sehr gutes Zeugnis mitgeben. Aber irgendjemand in der oberen Etage muss ja wohl wissen, warum."

Mühlhausen stutzte. „Und die Trainingseinheiten, die sie über dich hier buchen wollten?"

„Davon war mir gegenüber nicht mehr die Rede. Vielleicht wenden sie sich jetzt direkt an euch."

Mühlhausen schaute nachdenklich durch die große Stalltür, durch die eifrig die Schwalben hin und her flogen.

„Seltsam...." murmelte er. „Sehr seltsam..."

Charlotte hatte das Gefühl, er hatte so seine eigenen Gedanken. Er sagte aber nichts mehr. Die Pferde hatten nun endgültig die Geduld verloren und obwohl das bei Mühlhausen normalerweise nicht geduldet wurde, fingen sie jetzt an, ungeduldig zu scharren, zu wiehern oder hier und da sogar gegen die Türen zu treten. Mühlhausen gab sich einen Ruck, sagte ruhig aber laut und bestimmt „Ruhe!", was auch sofort befolgt wurde. Dann drehte er sich zu Charlotte:

„Geh schon mal vor. Ich komme dann später. Sieh dir mal die Trainingspläne an, sie liegen gleich rechts neben dem Eingang. Vielleicht kannst du schon mal versuchen eine Pferdeeinteilung vorzunehmen."

Charlotte nickte. Sie war immer noch sehr befremdet. Das nervöse Gefühl im Magen war wieder da. Sie ging nachdenklich hinüber zum alten Melkraum. Die helle, freundliche Küche erfüllte sie jedes Mal mit Wohlbehagen, wenn sie sie betrat. Dieser Raum hatte eindeutig eine gute Energie. Auch heute half es ihr ein wenig. Sie kochte sich einen Tee und für Mühlhausen warf sie die alte Kaffeemaschine an. Dann setzte sie sich auf ihren Lieblingsplatz in die Ecke der Eckbank und freute sich über die Morgensonne, die sich inzwischen durch den Nebel gekämpft hatte und die jetzt ein Fleckenmuster auf den Tisch zeichnete. Sie nippte an ihrem Tee und griff zu den Trainingsplänen. Schon ein erster Blick auf die Trainingspläne ließ ihr Unbehagen wieder wachsen. Sie war für vier Tage die Woche eingeteilt und nicht wie sonst für die üblichen zwei. Eigentlich wusste Richter, der Gestütsleiter, dass sie wegen ihrer Arbeit bei Synergia nur zwei Tage die Woche auf SynEquus arbeiten konnte. Hatte er wirklich nur einen Fehler gemacht? Oder wusste er bereits... Charlotte schüttelte den Kopf. Nein, jetzt sah sie wirklich Gespenster. Wieso sollte Synergia Kontakt zu Richter aufnehmen und ihm sagen, dass ihr gekündigt worden war? Das machte doch keinen Sinn. Trotzdem....

Charlotte versuchte sich auf die Trainingspläne zu konzentrieren. Und ihr Unbehagen wich plötzlich freudigem Staunen. Sie war nicht nur für die Hengste aus dem blauen Stall eingeteilt worden, sondern auch für die Stuten, die im alten Stall standen. Die Hengste aus dem blauen Stall, so genannt wegen der blau gestrichenen Boxentüren, hatte sie bisher nur von ferne bewundert. Es waren fünf teils schon auf sehr hohem Niveau ausgebildete Tiere. Allein die Aussicht, diese Pferde zu trainieren, ließ ihr Herz höher schlagen. Aber dass sie auch für die Stutenherde eingeteilt war, begeisterte sie völlig. Es war die kleine Stutenherde mit der Leitstute Awrina. Alle 10 Tiere waren hervorragend ausgebildet und es galt nicht nur als Auszeichnung sondern gleichzeitig als höchste Herausforderung, mit der Herde zu arbeiten. Die Herausforderung war, sich kommunikativ in die Herde einzufügen und, ohne einen Rangkampf mit Awrina anzufangen, die Herde zu trainieren und zu lenken. Die

Stuten wurden einzeln am Boden und unter dem Sattel, zu zweit aber auch in der ganzen Herde in der Bodenarbeit trainiert. Offensichtlich sollte mit allen 10 Stuten eine Quadrille eingeübt werden und Charlotte sollte zusammen mit Mühlhausen die Tete übernehmen. Die Quadrille sollte jeweils zu Beginn eines Managertrainings vorgeführt werden. Laut Trainingsziel, dass Charlotte nun studierte, sollten damit zum einen die Tiere harmonisch aufeinander eingestellt werden, damit sie locker, entspannt und eingearbeitet waren, wenn das Training startete. Zum anderen würde es den zuschauenden Managern eine Ahnung von der möglichen Harmonie und Schönheit dieser Stutenherde geben. Dann würden Sättel und Trensen abgenommen und die Stuten könnten sich frei im großen Roundpen bewegen. Charlotte spürte, wie ihr Herz vor Aufregung und Vorfreude zu schlagen begann. Das war phänomenal...Eine Zehnerquadrille mit diesen wunderschönen Stuten.... Und Richter persönlich würde die Musik zusammenstellen. So wenig geheuer ihr Richter war - das konnte er besser als jeder andere. Es schien als fände er selbst für mehrere Pferde immer genau die Musik, auf die sich die Pferde dann einstellten. Es schien dann, als tanzten die Pferde zur Musik. Die Idee war offensichtlich, die gleiche Musik wieder zu spielten, wenn die Tiere sich nach der Quadrille frei bewegten. Es würde interessant sein zu sehen, wie die Herde dann reagierte.

Charlotte war so versunken, dass sie gar nicht aufgeschaut hatte, als die Tür ging. Sie nahm an es sei Mühlhausen. Als sie den Kopf hob, um ihm vorzuschwärmen, stand Richter vor ihr. Charlotte blinzelte. Richter lächelte, kühl und distanziert wie immer.

„Nun, Frau Lesab, findet der neue Trainingsplan ihre Zustimmung?"

Charlotte lächelte: „Meine Zustimmung? Ich bin begeistert."

„So", bemerkte Richter trocken. „Dann können wir mit ihrer vollen Mitarbeit rechnen."

„Ja natürlich. Äh… sie meinen vier Tage die Woche?"

Nun war Richter schon wieder ungeduldig: „Ja, natürlich, das meinen wir."

„Aber woher wissen sie denn…"

Richter unterbrach sie mit einer energischen, befehlsgewohnten Handbewegung. Er beugte sich über den langen Tisch zu ihr hinüber:

„Frau Lesab, stellen sie nicht zu viele Fragen. Das ist doch ein super Angebot. Wann können sie schon wieder mit solchen Pferden arbeiten. Und ich meine: so arbeiten. Kein Akkordberitt, kein Pferd aus der Box zehren, Sattel drauf, ab in die Halle, halbe Stunde Zwangsarbeit, dann das nächste Pferd. Hier haben sie Zeit, hier können sie wirklich mit den Tieren arbeiten. Also wollen sie?"

Charlotte war so verwirrt, dass sie zögernd nickte.

„Gut, dann fangen sie gleich heute an."

Charlotte hatte sich etwas gefangen und ohne dass sie überlegte, schoss es aus ihr raus:

„Ach so, damit ich keine Zeit zum Nachdenken habe?"

Richter hatte sich schon halb abgewandt. Nun drehte er sich um, seine kühlen grauen Augen musterten sie eindringlich:

„Frau Lesab, nun seien sie doch vernünftig. Eine solche Chance!"

Als die Tür hinter ihm zuging, fragte sich Charlotte, warum sie sich wie ein gescholtenes kleines Mädchen fühlte. Und als Mühlhausen in diesem Moment herein kam, musste sie ihm zum zweiten Mal an diesem Morgen erklären, warum sie so bestürzt schaute. Mühlhausen schüttelte den Kopf und zuckte die Schulter. Wieder hatte Charlotte das Gefühl, er mache sich seine eigenen Gedanken, die er aber nicht aussprach. Doch als sie nun zusammen mit

143

Mühlhausen frühstückte und gleichzeitig die Planung im Detail durchsprach, welches Pferd mit welchem Manager zusammen arbeiten sollte, wie das Programm in der Feinplanung aussehen sollte und welche Reservepferde sie hätten, falls eines ausfiel oder mal ein Paar gar nicht harmonierte, packte sie wieder die Begeisterung. Sie würde mit den Hengsten aus dem blauen Stall arbeiten! Das war neben der Stutenherde aus dem alten Stall das Beste, was SynEquus zu bieten hatte.

Als Charlotte abends nach Hause kam, fand sie den Hafer in ihrer Hosentasche. Den hatte sie ganz vergessen. Sie schaute sich im Zimmer um und füllte dann die zwei verschiedenen Sorten in ein mit asiatischen Schnitzereien verziertes Holzkästchen mit zwei Fächern, das auf ihrem Regal stand. Auf ihrem Anrufbeantworter war eine Nachricht von Elisabeth Rottach, die ihre Handy – Nummer hinterließ und um dringenden Rückruf bat. Charlotte wählte die Nummer und Elisabeth meldete sich schon beim zweiten Klingelton.

„Charlotte? Ich muss sagen, ich bin völlig entsetzt. Was ist denn passiert?"

Charlotte sagte, dass sie sich auch keinen Reim darauf machen könne und erzählte noch einmal, wie Muehlin ihr ganz überraschend gekündigt hatte.

„Ich verstehe das überhaupt nicht." antwortete daraufhin Elisabeth. „Ich habe natürlich sofort nachgefragt und den Vorgang in der Personaldatenbank angeschaut. Es steht keinerlei Kritik über dich drin, kein Fehlverhalten, nichts. Muehlin weiß selber nicht, was los ist, er hatte strikte Anweisung von Wittach. Wittach gibt mir keine Auskunft, er gibt als Grund nur „Strategische Gründe" an. Ich habe noch Rosemarie Gechter angerufen, ob sie etwas mitbekommen hat. Als Chefsekretärin in der obersten Vorstandsebene bekommt sie ja manches mit, wovon wir nichts wissen. Aber auch sie war nur erstaunt und entsetzt.

Auch Lieselotte Schraller aus der Personalverwaltung wusste noch von nichts. Sie lässt dich aber grüßen und fragt, ob du ihr nicht dein Zeugnis schicken möchtest, sie würde dann prüfen, ob es in Ordnung ist. Da nichts gegen dich vorliegt, und es genügend Zeugen gibt, dass du mehrere Jahre hervorragende Arbeit geleistet hast, müssen sie dir ein gutes Zeugnis schreiben."

„Ich glaube das Zeugnis ist gut. Aber ich schicke es Lieselotte gerne."

„Wie hoch ist denn deine Abfindung?"

„Zwei Jahresgehälter."

Elisabeth schnaufte: „Na, da ist doch irgendetwas faul. Das bedeutet, dass sie dir wirklich nichts Negatives nachweisen konnten und dich deswegen relativ hoch abfinden."

Einen Moment war Schweigen. Dann fuhr Elisabeth fort: „Sowohl Lieselotte wie auch Rosemarie haben den Verdacht geäußert, dass der Grund für deine Kündigung irgendwie von außen kam. Aber sie konnten sich auch absolut nicht erklären, was da passiert sein könnte. Auf jeden Fall lassen sie dich alle grüßen und ich soll dir ausrichten, wie entsetzt sie über solche Praktiken bei Synergia sind. Ich denke, dass wird auch noch ein Nachspiel haben. Wir nehmen das nicht einfach so hin. Was wirst du denn jetzt tun?"

Charlotte erzählte, dass SynAtlantis ihr Arbeitspensum auf SynEquus erhöht hatte und dass sie nun wieder mehr Zeit zum Heilen hätte. Wieder schwiegen sie einen Moment. Dann sagte Elisabeth:

„SynAtlantis hat gleichzeitig dein Arbeitspensum erhöht. Das klingt ja fast so, als hätten sie schon von deiner Kündigung gewusst. Ist ja wirklich seltsam. Da läuft doch irgendeine ganz seltsame Geschichte. Leider kann ich gegen die Kündigung nichts tun. Lieselotte und ich haben das geprüft, dein Vertrag war so, dass du jederzeit betriebsbedingt gekündigt werden konntest. Aber da die Geschichte so zum Himmel stinkt, werde ich versuchen, noch etwas Geld raus zu schinden. Gib mir mal deine Kontonummer. Wenn die schon so krumme Sachen machen, sollen sie wenigstens zahlen. Und vergiss nicht, dein Zeugnis an Lieselotte zu schicken!"

Nachdem sie sich verabschiedet hatten, fühlte Charlotte sich deutlich besser. Es tat so gut, die Unterstützung von ihren Kolleginnen zu fühlen, auch wenn diese offensichtlich nicht viel für sie tun konnten. Sie scannte noch am gleichen Abend ihr Zeugnis und schickte es per Email an Lieselotte.

Die nächsten Tage waren arbeitsreich für Charlotte und Mühlhausen. Sie stellten die Pferde auf das neue Programm um. Jedes Pferd wurde gut gearbeitet, damit es nicht unberechenbar, unzufrieden oder launisch war. Gleichzeitig kamen die Pferde auch ausgiebig auf die Koppel und besonders bei den Hengsten musste immer gut organisiert werden, wer neben welchem Nachbarn stand, ob die rossigen Stuten auch nicht in der Nähe waren und ob die Zäune alle in Ordnung waren und keine Verletzungsgefahr boten. Abends fiel Charlotte todmüde ins Bett. Es blieb natürlich nicht bei den Stunden, für die sie bei SynEquus eingeteilt war. Als Donnerstagmittag ihr Zug nach Hamburg aus dem Bahnhof rollte, hatte Charlotte schon eine 35 h Woche hinter sich. Sie kam todmüde in Hamburg an. Sie und Robert hatten sich beide so viel zu erzählen, dass Charlotte sich erst abends beim Einschlafen wieder daran erinnerte, wie seltsam es doch war, dass Richter offensichtlich schon von ihrer Kündigung gewusst hatte. Und da war ja noch die Sache mit dem Hafer .... Ach ja, und sie wollte Robert noch erzählen, dass Elisabeth und Lieselotte es tatsächlich geschafft hatten, ihre Abfindung um ein weiteres Jahresgehalt zu erhöhen. Aber schon entglitten ihr ihre Gedanken und sie fühlte nur noch Roberts warmen Körper neben sich, an den sie sich eng anschmiegte. Sie spürte wie sie in ein traumloses, weiches Dunkel schwebte.

Am Vormittag frühstückten sie bei Charlottes Eltern, dann schlenderten sie durch Hamburg, gingen in Landungsbrücken an Bord der Fähre und stiegen in Blankenese wieder aus. Dort trennten sie sich. Robert wollte sich mit Freunden treffen, während sie endlich einmal die Leute ausfindig machen wollte, von denen ihr ihre Cousine erzählt hatte. Als sie in Blankenese ausgestiegen war, fing es an zu nieseln und während Charlotte die Treppen des Treppenviertels hinaufkletterte, fragte sie sich, was sie eigentlich von diesen fremden Menschen wollte. Oben angekommen, wandte sie sich zögerlich nach rechts „Am Kiekeberg". Inzwischen zweifelte sie endgültig an ihrem Vorhaben. Was wollte sie hier? Einen Moment blieb sie stehen. Sie atmete tief und blickte die regennasse Straße entlang. Fünf- sechs Atemzüge konzentrierte sie sich auf ihr Herz. Etwas zog dort, zog sie vorwärts. Sie schloss die Augen, bat die Göttin um Weisung. War es eine Warnung, die ihr Herz ihr zukommen ließ?

„Nein", ging ihr der Gedanke durch den Kopf, „geh weiter. Dort, Nr. 43, klingele!" Charlotte sah sich noch einmal um. Der ewige Hamburger Wind trieb ihr den Nieselregen ins Gesicht und zerrte an ihrem Schal. Ein paar Blätter wirbelten durch die Luft, vorbei an den schön geschwungenen Straßenlaternen in diesem reichen, Blankeneser Viertel. Charlotte gab sich einen Ruck und ging die letzten 50 m ohne zu zögern. Die Gartentüre war verschlossen. Sie klingelte. Einen Moment später fragte eine Frauenstimme:

„Ja bitte?"

„Guten Tag Frau Niemöller, mein Name ist Charlotte Lesab. Ich habe ihre Adresse von meiner Cousine, Beata Lesab."

Sie spürte das Zögern. Dann klickte das Schloss der Gartentüre. Der Kies knirschte unter ihren Füssen. Die Türe wurde vorsichtig geöffnet. Eine rüstige Frau, wohl in den 70igern, blickte ihr entgegen.

„Wir haben aber gar keinen Termin ausgemacht..." es war mehr eine verwunderte Feststellung.

„Ja, natürlich, " sagte Charlotte, „ich bin auch gar keine Physiotherapeutin."

Es war als hätte Frau Niemöller sie gar nicht gehört.

„Meinem Mann geht es so schlecht, Physiotherapie kann er heute gar nicht machen. Aber kommen sie doch rein."

Charlotte betrat mit leicht schlechtem Gewissen das Haus. Es roch angenehm, nicht nach Alter oder Krankheit. Im Flur stand ein Gesteck mit getrockneten Rosen, die angenehm dufteten. Sicher hatte Frau Niemöller Rosenöl darauf geträufelt. Im Wohnzimmer wurde sie Herrn Niemöller vorgestellt und dann saßen sie sich gegenüber. Frau Niemöller runzelte die Stirn:

„Aber was wollen sie denn hier, wenn sie keine Physiotherapeutin sind?"

Charlotte holte tief Luft: „Ich muss mich entschuldigen. Aber Beata hat mir erzählt, dass sie meinen Großvater gekannt haben, Herr Niemöller. Und ich weiß fast gar nichts über ihn. Wenn ich meinen Vater frage, ist er gleich so von Gefühlen überwältigt, dass er nicht weitersprechen kann. Warum weiß ich auch nicht. Und ich würde gerne.... Ich meine, vielleicht könnten sie mir von ihm erzählen?"

Einen Augenblick herrschte tiefstes Schweigen. Das Ehepaar tauschte Blicke über den Wohnzimmertisch hinweg. Sie schienen einen Dialog zu führen und dann spürte Charlotte die Ablehnung der Bitte. Ohne zu überlegen, hastig, die Worte sich überschlagend, sprudelte es aus ihr heraus:

„Wissen sie, meine Familie ist so zerstreut und entfremdet. Ich selbst fühle mich oft so wurzellos. Ich würde gerne mehr über meine Familie erfahren. Und mein Vater hat sich zeitlebens geweigert, über seinen Vater zu erzählen. Ich weiß nur, dass mein Großvater sehr früh gestorben ist, angeblich an einem Herzinfarkt. Es tut mir leid, wenn ich sie damit belästige... Ich dachte, vielleicht könnten sie mir einen kleinen Anhaltspunkt geben."

Der alte Niemöller blickte aus dem Fenster, sinnend, schon schien ihn die Vergangenheit gefangen zu nehmen. Seine Frau seufzte tief. Dann sagte sie:

„Ich mache uns erst mal einen Tee bei dem Schietwetter. Unglaublich, man sollte nicht glaube, dass wir August haben."

Während sie in der Küche kramte, versuchte Charlotte sich etwas zu entspannen. Sie lehnte sich im bequemen Sofa zurück und betrachtete Niemöller. Er atmete schwer, ein leichtes Rasseln begleitete jeden seiner Atemzüge. Seine Gelenke waren geschwollen, das Gesicht leicht aufgedunsen. Aber seine Züge wirkten sympathisch. Seine Augen waren klar, gütig aber zurückhaltend. Wie jemand, der Leid erlebt und überwunden hatte.

„Nun?" fragte er plötzlich, „was sehen sie?"

Charlotte schluckte. Sie fühlte sich ertappt, entschied sich dann für Offenheit.

„Ich sehe, dass sie krank sind, dass sie Atem- und Gelenkbeschwerden haben. Dass sie sehr offene, klare, gütige Augen haben."

Frau Niemöller war hereingekommen und hatte die Worte gehört. Sie sog überrascht die Luft ein und blieb mit dem Tablett in der Hand stehen.

Herr Niemöller lächelte und fragte: „Sind sie Ärztin?"

„Nein", antwortete Charlotte und stand auf, um Frau Niemöller das Tablett abzunehmen. „Ich bin Heilerin."

Darauf sagte niemand etwas und die nächsten Minuten waren mit Tee einschenken und Gebäck verteilen gefüllt. Nachdem alle an ihrem heißen, duftenden Jasmin-Tee genippt hatten, fragte Herr Niemöller:

„Was wollen sie denn wissen?"

„Wie sie meinen Großvater erlebt haben. Wie er als Lehrer war. Und warum er von dem Wittelsbach - Gymnasium an das Heereserholungsheim versetzt wurde."

Niemöller zögerte. „Nun, er war sehr, sehr streng. Und sein Jähzorn war gefürchtet. Deswegen musste er dann wohl auch die Schule verlassen."

„Aber Herr Niemöller", widersprach Charlotte „es waren Kriegszeiten. Und damals wurde jeder Lehrer, der nicht an der Front war, gebraucht. In den 30iger Jahren war man doch nicht zimperlich. Nur weil einer mal zu arg zu den Kindern war, wurde er doch nicht vom Schuldienst suspendiert."

Frau Niemöller nickte, als hätte sie sich das auch schon überlegt. Dann sagte sie leise: „Vielleicht hat sie ein Recht, es zu wissen. Vielleicht kann nur so die Wiederholung der Geschichte gestoppt werden."

Niemöller seufzte. „Also gut. Allerdings müssen sie bedenken, ich war damals erst 14 Jahre. Als 14jähriger sieht man die Welt mit einem engen Blick der Leidenschaft und ungeduldigen Erklärungen. Und nun bin ich 84, sehe vieles mit Abstand, bilde mir ein, weise zu sein, aber meine Frau denkt, ich sei einfach nur töricht."

Die beiden lächelten sich mit tiefem gegenseitigem Verständnis zu. Charlotte zuckte der Gedanke durch den Kopf, ob sie und Robert, wenn sie einmal so alt waren, auch zu einem so tiefen Verstehen gefunden haben würden.

„Ihr Großvater war eigentlich gar nicht jähzornig. Er hatte hohe Ideale, die versuchte er uns zu vermitteln. Er suchte

Kontakt zu uns Knaben über den Unterricht hinaus. Er verbrachte viel Zeit mit uns, gab uns extra Unterricht. Und überschritt alle Grenzen."

Charlotte schaute ihn völlig verständnislos an.

Niemöller seufzte: „Er liebte Knaben."

Charlotte öffnete überrascht den Mund, sagte aber nichts. Eine Weile war Schweigen im Raum. Dann fragte Charlotte ratlos: „Er liebte Knaben?"

„Ja. Er kämpfte dagegen an. Ohne wirklich zu verstehen, spürten wir Knaben die Macht, die wir über ihn hatten und provozierten ihn. Forderten ihn heraus. Lockten ihn, um unsere Macht zu spüren. Das machte ihn zornig, hilflos. Dann wurde er übermäßig streng und hart."

„Ist denn etwas passiert?" fragte Charlotte verwirrt.

Niemöller antwortete nicht. Er blickte sie an, sie sah plötzlich den Schmerz in seinen Augen, meinte plötzlich zu verstehen, was dieser Schmerz in den klaren Augen mit dem Schmerz in den Gelenken zu tun hatte.

„Oh Göttin", dachte sie „Familiengeschichte." Ihre Gedanken rasten weiter. Ob er wohl seine Söhne damals auch...? Erklärte das die völlige Unfähigkeit ihres eigenen Vaters mit den Erinnerungen an seinen geliebten Vater und dessen frühen Tod umzugehen? Und jetzt über 60 Jahre später saß hier ein Mann vor ihr und litt immer noch darunter.

Und dann, als würde er ihre Frage beantworten, fuhr Niemöller fort: „Der Rektor vom Wittelsbacher Gymnasium war mit ihm befreundet. Ich glaube, er wollte ihm helfen. Er verbreitete die Geschichte mit dem „zu streng" und „zu hart". Und dass er deswegen als Leiter des Heereserholungsheims geeignet sei. Wahrscheinlich dachte der Rektor, dort sei ihr Großvater sicher, sicher vor dem KZ."

Charlotte fühlte eine dunkle Welle in sich aufsteigen. So war es also von ihrem Großvater, auf ihren Vater auf sie....Sie versuchte ihre wirren Gedanken zu ordnen. So hatte sie es von zwei Seiten. Ihre Großmutter mütterlicherseits, wahrscheinlich auch ihre eigene Mutter waren Missbrauchsopfer. Ihr Großvater, ihr Vater, Täter und Opfer. Einen Moment fühlte sie Unglauben.

„Aber woher wissen sie das denn alles?"

Niemöller lächelte. Es war als hätte er darauf gewartet, als hätte er ihren Zweifel schon kommen sehen.

„Ich habe Fragen gestellt, damals als ich krank wurde. Habe gesucht. Und gefunden. Der alte Rektor lebte noch, als ich mich auf die Suche machte."

Charlotte schloss einen Moment die Augen. Sie griff nach ihrer Teetasse, aber ihre Hand zitterte zu sehr für das dünne Porzellan. Frau Niemöller stand wortlos auf, holte einen großen, dickwandigen Becher und goss frischen Tee hinein. Sie lächelte Charlotte an:

„Der Tee in der Tasse ist längst kalt."

Charlotte griff dankbar mit beiden Händen nach dem Becher und wärmte sich daran.

„Haben sie denn nie meinem Vater Günther kontaktiert? Oder versucht von ihm Informationen zu bekommen?"

Herr Niemöller nickte. „Doch, auch das habe ich versucht. Aber er reagierte zum einen sehr emotional. Sobald man ihn auf seinen Vater ansprach, traten ihm Tränen in die Augen, obwohl sein Vater damals schon dreißig Jahre tot war. Und gleichzeitig versicherte er mir immer wieder, er könne sich nur noch an ganz wenig erinnern. Sein Vater sei ein hervorragender Lehrer gewesen. Mit hohen, moralischen und ethischen Prinzipien. Immer 100%ig korrekt. Mehr Information war nicht zu bekommen."

Charlotte nippte vorsichtig an dem heißen Tee. Sie fühlte, wie die heiße Flüssigkeit ihre Kehle hinunter ran und ihren flauen Magen wärmte. Nach einer langen Weile sagte sie leise:

„Sie haben sich beide sehr viel mit diesem Thema auseinandergesetzt."

Es war mehr eine Feststellung als eine Frage. Niemöllers nickten ganz unmerklich.

„Sie sind auch betroffen, nicht wahr?" fragte Frau Niemöller.

Charlotte nickte stumm und Herr Niemöller fügte hinzu: „Es ist doch eine Frage des Überlebens. Sich damit zu beschäftigen, meine ich."

Charlotte nickte wieder. Dann sagte sie leise: „Sie sind wirklich sehr weise."

Und als er erstaunt aufsah, schaute sie zu Frau Niemöller: „Und sie auch. Sie beide. Ich habe noch nie zwei Menschen getroffen, die so weise mit diesem Thema umgehen. Schon gar nicht Menschen ihrer Generation."

Nun lachten die Beiden. „Oh, die Jugend hält sich immer für klüger." rief Frau Niemöller. „Aber in diesem Fall stimmt das vielleicht sogar."

Nun war die Spannung verflogen und Charlotte spürte eine unendliche Müdigkeit in sich aufsteigen.

„Ich möchte ihnen sehr, sehr danken. Sie wissen gar nicht, wie viel mir das bedeutet. Ich glaube, wenn ich Großeltern gehabt hätte, oder älteren Menschen begegnet wäre, die so viel Lebensweisheit wie sie besitzen, dann wäre mir sehr viel erspart geblieben."

Frau Niemöller lächelte: „Das ist eine tragische und oft übersehene Folge des Krieges. Es fehlt einfach die Generation der weisen Alten. Es gibt niemanden, an den sich die Jungen mit Fragen wenden können, weil die Großeltern und die Eltern, Tanten und Onkel fast durchweg schwer traumatisiert sind. Aber das ist ein sehr weites Thema. Und ich glaube, sie sind jetzt sehr, sehr müde."

Charlotte nickte dankbar und erhob sich. Stumm reichte sie Niemöller die Hand, der im Sessel sitzen blieb. An der Tür fragte Frau Niemöller:

„Sie sagten doch, sie seien Heilerin?"

Charlotte nickte.

„Würden sie noch einmal wiederkommen und meinen Mann behandeln?"

Wieder nickte Charlotte. Sie kramte in ihrer Tasche nach ihrer Karte.

„Aber fragen sie ihren Mann, ob er es wirklich möchte. Ich würde sehr gerne versuchen, ihm zu helfen."

Sie vereinbarten, dass Charlotte am Sonntag noch einmal vorbeikommen würde, wenn Frau Niemöller nicht anrufen und absagen würde.

Vor dem Abendessen versuchte Charlotte mit ihrem Vater zu sprechen. Sie erzählte, dass sie bei Niemöllers gewesen war. Allerdings flunkerte sie etwas und gab vor, sie hätte Beate vertreten. Sie merkte, dass ihr Vater wieder einmal nur mit halbem Ohr zu hörte. Erst als Charlotte berichtete, Herr Niemöller hätte ihren Großvater gekannt und von ihm erzählt, horchte ihr Vater auf.

„Ach ja, was hat er erzählt?"

„Nicht viel, " sagte Charlotte, „Dass er bei ihm am Gymnasium unterrichtet hatte und dann plötzlich versetzt wurde."

Ihr Vater war erstaunt. „Ach ja?" sagte er wiederum. Er wirkte ratlos, so als könne er sich nicht erinnern.

„Aber du hast doch mit Niemöller einmal gesprochen?" fragte Charlotte.

„Ja", nickte ihr Vater. „Ja, das habe ich wohl, aber es ist lange her. Ich kann mich kaum erinnern."

Charlotte schwieg einen Moment. Warum konnte sich ihr Vater immer nicht erinnern? Sie zögerte. Dann gab sie sich einen Ruck.

„Wie war dein Vater? War er streng zu euch?"

Ihr Vater drückte seinen Oberkörper tief in den Sessel, als versuche er, mehr Abstand von ihr zu bekommen. Seine Augen füllten sich plötzlich mit Tränen. Dann schüttelte er stumm den Kopf, stand auf und ging aus dem Zimmer. Charlotte blieb sitzen. So war es immer gewesen. Jede Frage nach dem Großvater blieb unbeantwortet. Nicht, dass sie oft gefragt hatte. Das letzte Mal, dass sie gewagt hatte zu fragen, war sicher schon 15 Jahre her.

Sonntag besuchte Charlotte nochmals die Niemöllers und sie konnte ihm tatsächlich Erleichterung in seinen schmerzenden Gelenken verschaffen. Sie hatte Robert mitgenommen, der in der Zeit mit Frau Niemöller durch den Garten ging und über Kräuter diskutierte. Sie verabschiedeten sich herzlich und Charlotte und Robert versprachen, Gerhard zu Rate zu ziehen und Kräuter zu schicken, um Herrn Niemöllers Schmerzen zu lindern oder sogar etwas Heilung zu bewirken. Dann gingen Robert und Charlotte zur Bahn. Die Heimfahrt war gemütlich und entspannt. Beide freuten sich, noch etwas Ruhe zu haben, vor der nächsten ereignisreichen Woche, die vor ihnen lag.

Als Robert und Charlotte am folgenden Wochenende bei Gerhard waren, erzählte Charlotte von den Niemöllers und was sie von ihnen über ihren Großvater erfahren hatte. Gerhard seufzte und sagte nachdenklich:

„Es ist wirklich immer wieder erschütternd, wie tief und weitgreifend die Folgen des Krieges in fast allen Familien heute noch sind. Nicht nur dass der Krieg, oder eigentlich müsste ich sagen, dass die Kriege unzählige Menschen traumatisiert haben. Sie haben auch bewirkt, dass zwischen den Generationen keine Zeit für Heilung blieb."

Eine Weile schwiegen sie alle. Dann schüttelte Gerhard sich und sagte:

„Kommt, gehen wir ein wenig spazieren. Das wird uns allen gut tun."

Nach einem ausgiebigen Spaziergang durch den sonnigen Wald, in dem sich schon die erste Laubfärbung ankündigte, saßen sie beim Tee zusammen um den alten Holztisch im Garten. Charlotte und Robert erzählten beide abwechselnd begeistert von ihrer Woche. Und obwohl Gerhard sich mit ihnen freute, entging Charlotte doch nicht der nachdenkliche Blick, den Gerhard ihnen ab und zu zuwarf. Er sagte jedoch nichts. Erst später, als Robert unten am Bach die Brombeeren mit der Motorsense etwas zurückdrängte und Charlotte im Garten die Kräuterbeete von Unkraut befreite, kam Gerhard und setzte sich neben sie auf die kleine Steinbank, die jetzt von der Sonne angenehm warm war. Unvermittelt fragte er Charlotte:

„Woher hat Richter gewusst, dass dir gekündigt worden war?"

Charlotte richtete sich auf und sah ihn an. Sie blickten sich in die Augen und wie so oft verstanden sie sich wortlos. Es war wie ein stummes Gespräch fern aller Worte, als würden sich die Gedankenströme vermischen und miteinander austauschen. Nach einer langen Weile sagte Charlotte:

„Meinst du, ich sollte nicht auf SynEquus arbeiten? Ich sollte dort kündigen?"

Wieder verharrten beide stumm, nachdenkend, um Antworten ringend. Schließlich schüttelte Gerhard langsam den Kopf.

„Nein, diese Arbeit mit den Pferden ist gut für dich. Aber bleib wachsam!"

Später versuchte Charlotte, Robert von ihrem Dialog, der hauptsächlich in stummem Gedankenaustausch stattgefunden hatte, zu erzählen. Aber sie fühlte, er wollte es nicht hören. Er war unkonzentriert, ungeduldig, verstand nicht. In Gedanken war er wohl schon bei seiner nächsten Reise, bei der nächsten Woche auf SynAqua. Und als Charlotte abbrach und den Versuch, sich verständlich zu machen, aufgab, fragte er nicht nach.

Roberts nächste Woche war wiederum ausgefüllt. Er bekam viel Anerkennung innerhalb und außerhalb der Firma, die ihn zu immer neuen Höhenflügen anspornte. Nichts schien ihm zu viel, er spürte keine der früheren Ängste, wenn er wieder mal von heute auf morgen einen Vortragstermin oder eine Schulung am anderen Ende der Welt übernahm. Nur wenn er auf SynAqua war und merkte, dass einer oder mehrere der Delphine krank waren, spürte er plötzlich, wie ihn alle Energie verließ. Auch Charlotte hatte das schon bemerkt und so bot sie diese Woche an, nach SynAqua zu kommen und nach den Delphinen zu schauen. Robert hatte ohne darüber nachzudenken zugestimmt, der Sekretärin die gewünschten Flugzeiten durchgegeben und schon am nächsten Tag stand Charlotte neben ihm an den Becken. Erst als jetzt Markus wie zufällig angeschlendert kam, wurde Robert siedend heiß bewusst, dass er mit Charlotte immer noch nicht über die Fütterungsversuche gesprochen hatte.

Charlotte begrüßte Markus herzlich und fragte:

„Na, habt ihr immer noch keine Idee, was die Delphine immer wieder so aus der Bahn wirft?"

Markus warf Robert einen zuerst erstaunten, dann dankbaren Blick zu und zuckte nur bedauernd mit den Schultern. Als Charlotte zu den Delphinen ins Becken sprang, legte er Robert eine Hand auf die Schulter und in seiner Stimme klang Anerkennung:

„Danke dir, Robert. Ich weiß aus eigener Erfahrung, wie schwer das ist. Umso mehr, weiß ich es zu schätzen. Du bist mir eine wirkliche Stütze hier auf der Insel."

Damit drückte er ihm noch einmal herzlich und dankbar die Schulter und ging wieder zurück ins Büro. Robert fühlte sich plötzlich hundemüde und ihm war leicht schlecht. Am liebsten hätte er sich in seinem Bett verkrochen. Charlotte hatte derweil Freude mit den Delphinen. Drei Tiere schwammen um sie herum und als sie eine halbe Stunde später wieder aus dem Wasser kam, war sie überglücklich:

„Puh, hat das gut getan! Und ich glaube nicht, dass eines der Tiere krank ist. Sie machen alle einen total fitten, lebensfrohen Eindruck."

Charlotte hielt inne und betrachtete Robert besorgt: „Was ist denn los? Warum bist du so bedrückt?"

Robert seufzte. Er fasste gerade den Entschluss, mit Charlotte zu reden, da kam Markus zurück.

„Hey, ihr Beiden. Wir machen eine Spritztour aufs Meer hinaus, wir wollen mal sehen, ob die Delphine auch im offenen Meer Kontakt zu uns aufnehmen. Kommt ihr mit? Lunch haben wir dabei!"

Natürlich wollten sie, und Robert dachte wieder einmal, dann würde er eben später mit Charlotte alles besprechen.

Es wurde ein wunderschöner Nachmittag. Markus hatte eine Freundin dabei und alle vier genossen das tolle Wetter, das Meer und ein leckeres Mittagessen aus Salat, belegten Broten mit frischem Fisch und einer Schokoladencreme zum Nachtisch. Schon bald sahen sie einige Delphine, allerdings waren es keine Tiere von SynAqua. Charlotte machte den Versuch, mit ihnen Kontakt aufzunehmen, aber die Tiere hielten sich fern. Als Charlotte und Robert daraufhin ins Wasser gingen, kamen die Tiere neugierig näher. Ein Delphin schwamm eine ganze Weile um Charlotte und Robert herum, dann zog die Gruppe weiter. Alle waren ganz begeistert von diesem Erlebnis. Eine Weile suchten sie noch nach „ihren" Delphinen, begegneten aber keinen bekannten Tieren. Charlotte versuchte, telepathische Verbindung aufzubauen, aber es gelang ihr nicht so recht. Sie hatte irgendwie das Gefühl, die Kommunikation zwischen ihr und Robert war gestört und das beeinflusste sie derart, dass sie es nicht schaffte zu den Tieren eine Verbindung aufzunehmen. Trotzdem war es ein schöner Nachmittag und sie kamen alle sehr erfüllt abends wieder auf SynAqua an.

Am Montag war Charlotte spät im Stall. Seit klar war, dass sie morgens nicht mehr mit füttern konnte, kam sie immer etwas später, ohne das noch einmal mit Mühlhausen besprochen zu haben. Meist saß Mühlhausen dann beim Frühstück. Sie setzte sich kurz dazu, trank einen Kaffee mit ihm und sie besprachen den Tagesplan. So auch heute. Mühlhausen fühlte sich nicht gut. Eine heftige Erkältung hatte ihn im Griff. So bat er Charlotte, Urbino zu übernehmen. Charlotte nickte, das machte sie gerne. Urbino, der fünfjährige Friesenhengst war immer wieder eine Herausforderung. Er hatte ein sehr lebhaftes, verspieltes Temperament, war dabei aber großmütig und zuverlässig. Allerdings stand er nun voll in seiner Kraft, testete immer wieder die Grenzen aus und brauchte regelmäßiges, forderndes Training. Da seine Halbstarken-Allüren mit Gutmütigkeit gepaart waren, war er das ideale Pferd im Managertraining. Er war eine wirkliche Herausforderung bei der Bodenarbeit, gleichzeitig wurde es aber nie wirklich gefährlich.

Charlotte beschloss, heute die Bodenarbeit mit ihm zu vertiefen und ihn so auf das Managertraining am Wochenende vorzubereiten. Sie freute sich auf die Arbeit und nachdem Mühlhausen versprochen hatte nachzukommen, ging sie in den Stall. Urbino hatte seinen Hafer schon gefressen und sah ihr erwartungsvoll entgegen. Sie zog ihm das Halfter über und Urbino konnte es nicht lassen, zuerst einmal in das weiche Leder zu beißen und spielerisch die Riemen festzuhalten. Erst nach einer ernsten Ermahnung durch Charlotte, ließ er sich das Halfter überstreifen. Charlotte führte ihn zum Putzplatz, wobei sie genau darauf achtete, nicht am Führstrick zu ziehen, sondern Urbino allein durch ihre Körpersprache und -haltung zu führen. Urbino folgte ihr eifrig und schien dann das Putzen zu genießen. Allerdings war er so voller Bewegungsdrang, dass es ihm schwer fiel, still zu stehen. Und da sein Fell sowieso schon in der Sonne glänzte, beschloss Charlotte, seine Geduld nicht länger zu strapazieren. Sie führte ihn in den Roundpen, klinkte den Führstrick los und forderte ihn erst einmal auf, sich ordentlich zu bewegen. Sie feuerte ihn an, indem sie mit ihrem Körperschwerpunkt hinter seiner Körperachse blieb. Urbino lief ausgelassen, bockte und freute sich offensichtlich am Leben. Er bog den Hals, tänzelte im Kreis um sie herum, schnaubte und zeigte alle seine Kraft und Schönheit. Nach ein paar Minuten ging Charlotte quer durch die Zirkelmitte so dass sie nun in seinem Gesichtsfeld vor ihm war und forderte ihn zum Drehen auf. Sofort reagierte er und stoppte aus einem starken Trab, drehte und galoppierte nun in leichtem Gang auf der anderen Hand. Charlotte ließ ihn ca. 20 Minuten relativ frei laufen, dann begann sie mit der Gymnastik. Sie führte ihn durch gezielte Bewegungen ihres Körpers, ihrer Arme, ihrer Augen in Achten, ließ ihn aus vollem Galopp halten, übte die Übergänge von Schritt zu Trab, zu Galopp, wieder zum Schritt. Sie ließ ihn Volten verkleinern, bis er schließlich die volle Biegung der Wirbelsäule und Durchlässigkeit der Hinterhand zeigte. Urbino war voll konzentriert und freudig bei der Arbeit. Charlotte war so vertieft, dass sie nicht bemerkte, dass sowohl Mühlhausen an den Zirkel gekommen war, wie auch Richter aus einiger Entfernung zuschaute. Da Urbino heute so bei der Sache war und so konzentriert mitarbeitete, entschloss sich Charlotte die Hinterhandswendung und das anschließende Hereintreten des Pferdes in die Mitte des Zirkels mit ihm zu üben. Dabei ließ sie ihn aus dem Schritt eine halbe Kehrtwende auf der Hinterhand bei gleichmäßig tretenden Hinterbeinen machen. War er dann mit dem Kopf in die Mitte des Zirkels ausgerichtet, gab sie ihm das Signal aus der gleichmäßig tretenden Hinterhand anzutraben, um dann direkt vor ihr zu halten. Die Übung erforderte sehr viel Konzentration und noch vor kurzem hatte sich Urbino hier immer verweigert. Bisher hatte er zwar jedes Mal mit der Hinterhandswendung begonnen, doch schon nach wenigen Schritten brach er ab, indem er mit dem Kopf schlagend ausbrach, oder einfach los bockte, um einmal quer durch den Zirkel zu preschen. Charlotte und auch Mühlhausen hatten das oft und oft mit ihm geübt. Auf seine Ausbruchsversuche erfolgte dann immer ein Rückwärtsrichten, um durch dieses versammelnde Rückwärtsschreiten wieder die Kontrolle über das Pferd zu erlangen. Heute klappte die Übung auf Anhieb. Charlotte hatte Urbino auf der rechten Hand in ruhigem Schritt gehen lassen, ihn dann in die Hinterhandswendung geführt und als er mit dem Kopf in ihre Richtung schaute, das Signal zum Vorwärtsschreiten gegeben. Urbino trabte sofort an und hielt dann direkt vor ihr. Charlotte lobte ihn, gab ihm eine Karotte und streichelte ihm den Hals. Dabei spürte sie plötzlich ein leichtes Unbehagen. Obwohl Urbino nun schon gut durchgearbeitet war, schien er plötzlich unter großer Anspannung zu stehen. Fast so wie ein Pferd, dass bei zu viel Kraftfutter und zu wenig Bewegung vom Reiter in sehr kontrollierte, versammelte Gangarten und Übungen gezwungen wird. Charlotte war einen Moment ratlos, dann ließ sie ihn erneut antraben, einige Volten, zweimal halten. Urbino schien wieder locker wie zuvor. So beschloss sie, die Hinterhandswendung auf der anderen Hand zu üben, um dann das Training abzuschließen und Urbino auf die Koppel zu bringen. Es war wichtig, dass die Pferde nach so konzentriertem Training genug Zeit auf der Koppel hatten. Als Charlotte nun die Hinterhandswendung durch eine Drehung ihres Körpers und ein gezieltes Führen des Armes mit ausgestreckter Hand einleitete, spürte sie plötzlich wieder die Spannung durch das Pferd gehen. Sie überlegte gerade, wie sie die Übung auslaufen lassen konnte, um das Pferd nicht zu überfordern, da fühlte sie, wie Urbino sie direkt ansah. In seinen Augen stand plötzlich etwas für Charlotte völlig Undefinierbares. War es Panik, oder war es Aggression? Noch bevor sie überlegen konnte, preschte Urbino plötzlich mit vorgestrecktem Kopf und angelegten Ohren auf sie zu, bremste vor ihr ab, ging auf die Hinterbeine, drehte dann aber ab und galoppierte auf die Bande zu, nicht ohne einmal gezielt nach hinten auszukeilen, nur haarscharf an Charlottes Kopf vorbei. Charlotte stand Bruchteile von Sekunden wie erstarrt. Dann griff sie blitzschnell die Longe und als Urbino nun gewendet hatte und erneut einen Angriff startete, sprang sie ihm brüllend entgegen und schleuderte die Longe gegen seinen Kopf. Dabei achtete sie instinktiv darauf, knapp neben seine Ziellinie zu springen. Als die Longe Urbino um den Kopf knallte, schien plötzlich alle Aggression aus ihm zu weichen. Er fiel regelrecht in sich zusammen, stand plötzlich pumpend und mit hängendem Kopf mitten im Zirkel und wirkte so, als wüsste er gar nicht wie er dort hingekommen war. Charlotte fühlte, wie alle Kraft aus ihr wich und sie ging mit zitternden Knien zur Bande und lehnte sich dagegen. Inzwischen waren Mühlhausen und Richter an die Bande gesprungen. Beide waren sprachlos. Charlotte wunderte sich nicht einmal mehr, was Richter da machte. Sie blickte Mühlhausen hilflos an:

„Was war denn das jetzt? Wie kommt er denn dazu…?"

Mühlhausen war ebenso verwirrt, schaute schweigend von ihr zu dem Pferd.

„Hast du gesehen, ob ich irgendetwas falsch gemacht habe?"

Mühlhausen schüttelte den Kopf.

„Nein, es war alles perfekt, ich hatte gerade gedacht, so gut war Urbino noch nie. In dem Moment als ich das dachte, ging er zum Angriff über."

„Vielleicht habe ich ihn überfordert?"

Charlotte zitterte noch immer. Ein Pferd in vollem Angriff auf sich zukommen zu sehen, das hatte sie noch nie erlebt. Und das wollte sie auch nicht so schnell wieder erleben.

„Nein", meinte Mühlhausen, „das glaube ich nicht. Es war gutes, forderndes Training. Er war weit genug und er hat willig und freudig mitgearbeitet."

Charlotte schaute zu Urbino, suchte nach Antworten. Das Pferd stand schweißüberströmt immer noch dort, wo er plötzlich wieder zu sich gekommen war. Oder was immer mit ihm passiert war. Sie murmelte:

„Am besten ich führe ihn jetzt trocken und dann bring ich ihn erst mal in den Stall. Nicht dass er sich in dem kühlen Wind noch erkältet."

Jetzt schaltete sich Richter ein: „Ich denke es ist am besten, Mühlhausen kümmert sich jetzt um das Pferd. Sie haben phänomenal reagiert, Frau Lesab. Wirklich erstaunlich, es hätte leicht zu einem Unfall kommen können. Jetzt ruhen sie sich erst einmal aus, am besten gehen sie nach Hause, nehmen sie sich den Rest des Tages frei."

Richter war ruhig und beherrscht wie immer. Aber auch aus seiner Stimme war Unsicherheit zu hören, das erste Mal seit Charlotte ihn kannte. Richter drehte sich zum Gehen, wandte sich aber nochmals um:

„Ach, Mühlhausen, wenn sie das Pferd versorgt haben, kommen sie doch bitte in mein Büro."

Damit ging er. Charlotte und Mühlhausen schauten sich ratlos an. Charlotte war wieder einmal verwundert, wie unterkühlt Richter war.

„Ach", grunzte Charlotte, „nach all dem schickt er mich mal wieder nach Hause. Was soll das denn?"

Mühlhausen zuckte die Schultern: „Richter halt. So ist er eben."

Charlotte drehte sich wieder zu Urbino. Er stand wie verloren mitten im Roundpen, schaute nun aber zu ihnen hinüber. Charlotte ging zu ihm hin, streichelte ihm den Hals und die Flanken, gab ihm ein Stück Karotte. Murmelte beruhigende Worte. Unauffällig legte sie ihm die Hände auf den Rücken, auf die Nieren, auf die Herzgegend. Aber alles fühlte sich völlig normal an, vielleicht ein wenig so, als hätte das Pferd gerade eine große Anstrengung hinter sich. Aber nichts Außergewöhnliches oder Auffälliges. Mühlhausen beobachtete sie und sie hatte das Gefühl, er wusste ganz genau, was sie machte. Er nickte nur und brummte dann:

„Na, nun belohnst du ihn auch noch."

Aber in seiner Stimme klang Anerkennung mit. Als Pferdemensch war ihm genauso wie Charlotte klar, dass was auch immer eben passiert war, nichts mit Ungehorsam oder Herausforderung zu tun hatte. Deswegen wäre es auch sinnlos gewesen, Urbino zu bestrafen. Es schien, als sei bei ihm plötzlich ein Hebel im Gehirn umgelegt worden, irgendetwas war durchgedreht, übergeschnappt. Im Moment war es einfach wichtig, wieder Kontakt zu dem Pferd zu bekommen, herauszufinden, was passiert war und dann nach Lösungen zu suchen. Charlotte hatte nun begonnen, Urbino hinter den Ohren und am Atlaswirbel, genau da, wo Pferde sich so oft verspannten und versteiften, zu massieren. Und dann legte sie unauffällig die Hände rechts und links an seinen Kopf, stellte sich vor, sie hielte sein Gehirn in den Händen. Einen Moment schlossen sie beide die Augen, Pferd und Frau standen einen Augenblick bewegungslos und Charlotte visualisierte mit aller Konzentration, die ihr möglich war, wie Liebe, Ruhe und Heilung durch ihr Kronenchakra in sie hinein floss, durch ihre Arme und Hände in das Pferd vor ihr strömte. Einen kleinen Moment verharrten beide in absoluter Stille, dann ging ein Ruck durch Urbino und er stieß einen tiefen Seufzer aus. Charlotte klopfte ihm noch einmal den Hals. Urbino wandte sich nun ab und ging nach einigen spärlichen grünen Halmen suchend den Roundpen ab. Charlotte spürte Mühlhausens Blick. Sie war erstaunt, dass er sie nicht unterbrochen hatte, nicht versucht hatte, seinerseits Urbino zu übernehmen. Wieder einmal wunderte sie sich über ihn. Er war eigentlich ein alter Haudegen, durch und durch Pferdemensch, der viel über Pferde wusste. Er war eine absolute Autorität, nicht nur bei anderen Pferdekennern sondern auch bei den Pferden. Es gab selten ein Pferd oder eine Situation, bei der seine Anweisungen in Frage gestellt wurden. Als er Charlotte nun beobachtete, stand ein großes Fragezeichen in seinen Augen. Er sagte aber nichts. Er hatte die positive Wirkung gesehen, die sie auf das Pferd hatte. Das war das, was für ihn zählte.

Mühlhausen nahm Urbino nun am Halfter und zu dritt gingen sie in Richtung Stall. Was sie nicht wussten, war, dass Richter verborgen hinter den Gardinen seines Bürofensters sie die ganze Zeit beobachtet hatte. Nun ging er mit schnellen Schritten zum Telefon. Kurze Zeit später fuhr der schwarze Mercedes des Tierarztes in den Hof. Mühlhausen sah, wie er direkt zu Urbino in den Stall ging, ihm dort eine Blutprobe abnahm und dann wieder verschwand. Charlotte war inzwischen schon auf dem Weg nach Hause. Sie fühlte sich tatsächlich so neben der Spur, dass sie Richters Rat (oder war es ein Befehl gewesen?) annahm und nach Hause ging. Sie konnte allerdings nicht aufhören, über Urbinos unerklärliches Verhalten nachzudenken. So etwas hatte sie noch nie erlebt, oder auch nur davon gehört. Es war völlig unerklärlich, dass ein sonst charakterlich einwandfreies Pferd ohne ersichtlichen Grund und ohne Vorwarnung zum Angriff überging.

Als sie zu Hause ankam, ließ sie als erstes heißes Wasser in die Badewanne. Sie streute reichlich von dem Badesalz aus dem Himalaya ein, das sie von Barbara bekommen hatte. Sie brauchte jetzt etwas, dass gleichzeitig reinigte und beruhigte. Als sie später aus dem Bad kam, fühlte sie sich ruhiger. Sie hatte vor dem inneren Auge alles noch einmal Revue passieren lassen. Nein, es hatte nicht daran gelegen, dass sie einen Fehler gemacht hatte.

Sie setzte sich auf ihr Meditationskissen und versuchte, alle Gedanken und Überlegungen loszulassen. Sie versuchte, ihren Geist ruhig werden zu lassen. Nicht mehr über SynEquus, die Pferde, Mühlhausen, Richter nachzudenken. Immer wieder kreisten die Gedanken, immer wieder kehrte sie gedanklich zurück in den Stall. Aber schließlich war ein Moment Ruhe. Und aus dieser Ruhe wusste sie jenseits allen Denkens, dass sie sich Hilfe holen musste. Nachdem sie die Meditation beendet hatte, stand sie auf, kochte sich einen Tee und griff dann zum Telefon. In San Francisco sollte es jetzt ungefähr acht Uhr morgens sein, sie würde also mit etwas Glück Frankia gerade beim Frühstück erwischen. Und tatsächlich, Frankia nahm kauend den Hörer ab:

„Oh, it is you, Charlotte! This is such a nice surprise! "

Frankia hörte sich Charlottes Bericht mit der für sie so typischen Ruhe an, unterbrach nur hier und da mit ein paar Fragen. Als Charlotte geendet hatte, schwieg Frankia. Charlotte wurde unsicher:

„Bist du noch dran?"

„Ja, ja, klar. Ich denke nach."

„Habe ich irgendetwas falsch gemacht?"

„Nun, ich war zwar nicht dabei, aber es hört sich nicht so an. Irgendetwas ist ganz komisch. Kann es sein das Urbino einen Hirntumor hat?"

„Hirntumor?"

„Ja, das ist das einzige, was mir dazu einfällt. Irgendetwas, was plötzlich auf ganz zentrale Nervenbahnen im Hirn drückt und eine momentane Aggressivität verursacht."

Wieder schwiegen sie einen Moment.

„Kannst du nicht mal den Tierarzt holen und ihn dazu befragen? Habt ihr einen guten Tierarzt?"

„Das weiß ich nicht. Ich weiß, dass der Tierarzt regelmäßig im Stall ist, aber ich war noch nie dabei. Aber das werde ich machen. Sag mal, wie geht es dir überhaupt?"

Frankia lachte: „Oh, ich bin total aufgekratzt. Ich darf nach Europa fliegen, soll dort drei unserer jungen Pferde eingewöhnen. Weißt du, einer von ihnen ist Diamant, den du auch noch kennst. Sie werden alle an ein Gestüt verkauft werden. Einerseits fällt es mir natürlich mal wieder schwer, mich von meinen Schützlingen zu trennen. Aber andererseits ist das natürlich toll für mich. Ich bin schon völlig aufgeregt. Und natürlich total stolz, dass DIE DEUTSCHEN meine Lieblingen wollen. Und noch zu einem phänomenalen Preis!"

„Wow! Wann kommst du denn? Und wohin?"

„Ich soll in sechs Wochen fliegen. Wohin? Oh, irgendwo Norddeutschland. Irgendeine berühmte Pferdestadt. Cell? Oder irgendwie so?"

„Ah Celle! Weißt du was, wenn ich es irgendwie schaffe, komme ich nach Celle. Ich würde dich so gerne wieder sehen! Vielleicht kannst du noch etwas länger bleiben und uns in Basel, oder besser noch im Schwarzwald, besuchen?"

Frankia war von der Idee begeistert, sie würde versuchen, vom Gestüt dafür frei zu bekommen. Dann könnte sie sich auch gleich SynEquus einmal anschauen. Charlotte war es zu unangenehm zu sagen, dass sie gar nicht wisse, ob Frankia der Besuch auf SynEquus erlaubt sei. Gleichzeitig wunderte sie sich selber über ihre Gedanken. Wieso sollte sie einer Freundin und Kollegin nicht den Stall zeigen dürfen, indem sie arbeitete? Bevor sie auflegten sagte Frankia plötzlich:

„Du, die Geschichte mit dem anderen Hafer geht mir nicht aus dem Kopf. Schicken kannst du ihn nicht, das gilt als Agrarprodukt und Lebensmittel etc. Das geht nicht durch den Zoll von wegen Schädlingen und Krankheiten, die einführt werden könnten. Aber wenn ich bei euch bin, dann nehme ich ihn mit und schmuggle ihn durch den Zoll. Ich habe hier ein Labor, das kann untersuchen, was es damit auf sich hat."

Am nächsten Tag ging Charlotte bewusst früher als sonst in den Stall. Sie würde sich um einige Regeln nicht mehr kümmern und sollte Richter sie deswegen raus schmeißen, so würde sie sich eben einen anderen Job suchen müssen. Mühlhausen schien nicht einmal erstaunt, dass sie zum Füttern kam. Charlotte übernahm wie selbstverständlich wieder ihre morgendlichen Aufgaben im Stall und Mühlhausen sagte nichts weiter dazu. Als sie später beim morgendlichen Kaffee saßen, sagte Mühlhausen wie nebenbei:

„Wir nehmen Urbino aus dem Managertraining heraus. Wenn er einen der Manager so angreift, wie er dich angegriffen hat, dann gibt es Tote. Es ist unwahrscheinlich, dass sie so schnell und so gut reagieren wie du. Und selbst wenn nichts passiert, es würde den ganzen Trainingseffekt zunichtemachen. Immerhin widerspricht das allem, was wir in den Trainings versuchen zu vermitteln."

Charlotte nickte. „Ist dir denn noch eine Idee gekommen, warum Urbino plötzlich so aggressiv wurde?"

Mühlhausen schüttelte den Kopf. Doch Charlotte hatte das Gefühl, er hatte sehr wohl eine Idee. Sie gab sich einen Ruck:

„Ich habe eine Freundin in San Francisco, Frankia. Sie ist sehr, sehr erfahren mit Pferden. Ich habe mit ihr telefoniert. Sie meint, die einzige Erklärung, die ihr einfällt, wäre ein Hirntumor oder etwas Ähnliches. Irgendetwas, was plötzlich auf die Nerven drückt und ihn ausrasten lässt."

Mühlhausen schüttelte den Kopf: „ Der Tierarzt war gestern schon da."

„Und?"

„Er hat eine Blutprobe genommen, wir müssen das Ergebnis abwarten."

„Aber auf was will er den untersuchen?"

„Das weiß ich auch nicht. Richter hat ihn bestellt. Ich habe nur den Wagen des Tierarztes in den Hof fahren sehen, bin in den Stall gegangen und kam gerade noch dazu, wie er die Blutprobe nahm und wieder davon fuhr. Nicht sehr kommunikativ dieser Tierarzt."

„Wie komisch. Eigentlich sollte er doch mit dir sprechen wollen, um eingrenzen zu können, was es überhaupt sein könnte."

Mühlhausen nickte. „Ja, sollte er eigentlich."

Die nächsten Wochen verliefen arbeitsreich aber ohne besondere Vorkommnisse. Die Quadrille mit den Stuten wurde von Woche zu Woche perfekter. Richter hatte beschlossen aus der ersten Vorführung der Quadrille ein Show-Event zu machen, wo der Vorstand von SynAtlantis aber auch viele der Manager eingeladen werden sollten. Mühlhausen und Charlotte hatten anfangs jeweils zu zweit mit allen Stuten die Quadrille geübt. Nun hatten sie begonnen, mit den anderen Reiterinnen und Reitern zu üben. Die Quadrille war bald reif zur Vorstellung.

Charlotte war aufgeregt vor dem großen Tag, besonders da Frankia gerade an diesem Wochenende in Basel sein würde und Richter zugestimmt hatte, dass Frankia bei der Vorstellung und sogar bei dem anschließenden Managertraining dabei sein durfte. Es war ein öffentliches

Training mit den Hengsten geplant, dann die Stutenquadrille und das anschließende Training mit der Herde. Charlotte hatte zwei Wochen lang Urbino außerhalb ihrer Arbeitszeiten noch zusätzlich trainiert. Anfangs hatte sie Mühlhausen gebeten, dabei zu sein. Dann hatte sie ihm nur noch Bescheid gesagt und vereinbart, dass sie sich alle halbe Stunde per SMS kurz meldete, so dass er wusste, dass alles in Ordnung war. Sie hatte dieses Vorgehen nicht mit Richter abgesprochen und wunderte sich umso mehr, als am Ende des Monats diese Überstunden als bezahlte Stunden abgerechnet wurden. Urbino war wie gewohnt aktiv, begeistert und konzentriert dabei. Nichts erinnerte mehr an seinen Aussetzer. Nach zwei Wochen täglicher Arbeit entschied Charlotte sich, Mühlhausen zu fragen, ob sie Urbino nicht wieder in das reguläre Programm mit aufnehmen wollten. Mühlhausen fragte kurz bei Richter nach und zu Charlottes Überraschung gab es keine weiteren Einwände. Fast schien es ihr, als hätten sowohl Mühlhausen wie auch Richter darauf gewartet, dass sie das vorschlug. Beide schienen sich sehr sicher zu sein, dass Urbino nicht wieder aggressiv werden würde. So war die Anzahl der Pferde nun wieder komplett und alles schien bestens zu laufen. Bis zu dem großen Tag gab es noch unendlich viel zu tun und die Tage vergingen wie im Fluge. Es wurden viele Gäste von auswärts erwartet und neben dem kleinen Showprogramm sollte zum ersten Mal ein Managertraining vor Publikum abgehalten werden.

So waren Charlottes Tage ausgefüllt. Auch Robert war sehr viel unterwegs. Er flog von Vortrag zu Vortrag und zwischendurch war er bei SynAqua. Inzwischen war noch ein weiterer Trainer für die Delphine angestellt worden, allerdings war er längst nicht so erfahren und auch nicht so begabt wie Robert. So blieb Robert unangefochtener Chef. Zwischen dem neuen Trainer Mike und Robert entwickelte sich eine Lehrling - Meister Beziehung. Robert blühte regelrecht auf. Er versuchte nicht mehr über Joe und alles was damit zusammenhing nachzudenken und meistens gelang ihm das auch. Er hatte mit den anderen Delphinen großen Erfolg. Nur wenn er Pat sah, der nun einsam seine Runden schwamm, beschlich ihn ein ungutes Gefühl. Hin und wieder war Charlotte auf SynAqua. Sie schaute nach den Tieren und Robert bat sie mehrmals zu kommen, wenn eines der Tiere aus den hinteren Becken nicht ganz gesund schien. Er hatte mehr und mehr die Geschichte über die Aminosäuren im Futter verdrängt und es tat den kranken Tieren sichtlich gut, wenn Charlotte ihnen Energie zuführte. Charlotte sagte immer wieder, dass sie nicht verstehe, was da vor sich ging. Die Tiere fühlten sich energetisch genauso an wie damals Joe, als sie krank war. Meist ging es den Tieren nach Charlottes Besuch deutlich besser, aber Charlotte hatte immer das Gefühl, es hatte eigentlich nichts mit ihr zu tun. Es schien ihr, als würde sie gerade dann eintreffen, wenn die Tiere gerade wieder auf dem Weg der Besserung waren. Sie redete mit Frankia und auch mit Barb darüber. Alle meinten übereinstimmend, dass sei vielleicht einfach bei Delphinen ein besonders schnell eintretender Heilungseffekt. Schließlich sei es ja bekannt, dass Delphine extrem sensibel auf Umwelteinflüsse reagierten. Und so sei es doch verständlich, dass sie auch sehr sensibel auf Heilenergie reagierten. Vielleicht sei dieser sehr schnelle Heileffekt einfach so ungewohnt für Charlotte, dass es sich für sie nicht so anfühle, als hätte sie das bewirkt.

Nur Gerhard reagierte nachdenklich. Als Charlotte mal wieder auf SynAqua gewesen war, erzählte sie Gerhard, dass dieses Mal Pat krank gewesen war. Und dass es sich fast genauso schlimm angefühlte habe wie damals bei Joe. Aber schon nach einem Tag war er wieder ganz der alte gewesen, fast so munter wie zu Lebzeiten Joes. Es schien auch, als habe Pat jetzt Anschluss an eine Gruppe junger

Delphine gefunden und interessiere sich für ein junges Weibchen. Zumindest schwamm er nicht mehr ganz alleine seine Runden im Becken. Die Gruppe schwamm sogar oft zusammen hinaus ins Meer, wahrscheinlich um gemeinsam zu jagen. Gerhard hatte ihr zugehört und plötzlich hatten sich wie schon so oft ihre Blicke gekreuzt. Stumm standen sich Charlotte und Gerhard gegenüber, die Blicke ineinander versunken. Gedanken gingen hin und her. Beide bemerkten nicht, dass Robert hereingekommen war und auch nicht, wie unbehaglich ihm zumute war, als er sie so versunken sah. Zwei, drei, vier Minuten standen sie so da. Dann fragte Gerhard plötzlich:

„Wie war das damals bei Joe mit dem Futter?"

Wieder standen die beiden völlig versunken da. Und während sich Robert noch fragte, was sie da eigentlich machten, rasten plötzlich seine Gedanken los. Futter? Joe? Satzfetzen stiegen plötzlich in ihm auf und hallten in seinem Kopf wieder: „Wieso ist denn diese Aminosäure überhaupt in der Stärkekartoffeln.....Ach, nur weil ihr nicht präzise arbeiten könnt, müssen hier Delphine sterben...Was ist das überhaupt für eine Holzhammer-Technik..."

Plötzlich merkte er, dass sowohl Gerhard wie auch Charlotte ihn ansahen. Es war plötzlich, als sei er in ihr stummes Zwiegespräch einbezogen. Und dann fiel es ihm wie Schuppen von den Augen. Joe war gestorben, weil sie gentechnisch verändertes Futter bekam. Und auch die anderen Delphine waren genau deswegen krank. Wenn Charlotte kam, wurde einfach die Fütterung umgestellt und deswegen ging es ihnen dann wieder besser. Einen Moment schien sich Robert mit seinem Blick an Charlotte und Gerhard fest zu halten. Er konnte nicht mal sagen, wem er eigentlich in die Augen schaute, es war einfach nur als wären sie alle drei plötzlich eins, ein Gedankenstrom. Nach einer Weile bemerkte Robert, das Charlotte zutiefst enttäuscht und verletzt war. Mit heftigem Schrecken wurde ihm bewusst, dass er immer noch nichts von dem Gespräch mit dem Vorstand auf SynAqua erzählt hatte, dass sie noch mehrmals auf SynAqua gewesen war und versucht hatte, den Delphinen zu helfen, ohne dass sie wusste, was er mitgehört hatte.

Es schien, als breche der ganze Stress der letzten Wochen über Robert zusammen. Ihm schwindelte. Als er Charlottes Enttäuschung und Verletzung sah, wurde ihm schwarz vor Augen und er klappte zusammen. Charlotte und Gerhard stürzten auf Robert zu und konnten ihn gerade noch auffangen. Sie legten ihn auf das dicke Schaffell vor dem Kamin. Gerhard holte Rescue - Tropfen. Charlotte legte Robert die Hand auf. Doch sie war selber so verwirrt, das sie sich nicht wirklich konzentrieren konnte. Gerhard schob sie sanft zur Seite und begann nun selbst, Robert abwechselnd die Tropfen einzuflößen und ihm die Hände aufzulegen. Schon nach kurzer Zeit kam Robert wieder zu sich. Er schaute suchend um sich:

„Charlotte, bitte, ich....."

Er sah immer noch die Verletzung und Enttäuschung in ihren Augen und am liebsten hätte er sich wieder in das angenehm warme Dunkel der Ohnmacht zurückgeflüchtet. Aber Gerhard schüttelte ihn sanft:

„Hey, nicht wieder abhauen. Das müssen wir jetzt klären, dann kannst du dich ausruhen."

Robert nickte. Ja, da musste er jetzt durch. Er musste jetzt erzählen. Das war er beiden, vor allem aber Charlotte schuldig. Er begann stockend, erzählte von seinem allerersten Verdacht, als er mit Francois über die Fütterung der Delphine gesprochen hatte. Und wie Francois jedes Gespräch abgeblockt hatte. Er sprach von seiner Verwunderung, dass die kranken Delphine sich immer wieder so gut erholten. Zuerst war er einfach nur sehr stolz auf Charlotte gewesen. Er hatte sich über ihre Heilerfolge gefreut. Aber als Charlotte einmal den Anschlussflug verpasst hatte und einen Tag später auf SynAqua eintraf, war ihm aufgefallen, dass die kranken Delphine schon vor ihrer Ankunft Besserung zeigten. Das hatte er mit Charlotte besprochen.

Charlotte nickte, daran konnte sie sich erinnern. Und das hatte sie in ihrem Gefühl bestätigt, dass es nicht eigentlich sie war, die die Heilung bei den Delphinen in Gang setzte.

„Und dann" sprach Robert weiter „ hatte Christiane ja die Idee mit dem Futter. Und ich hatte versprochen zu versuchen, etwas rauszukriegen. Ich habe mich auch tatsächlich eines Abends zu den Futteraquarien geschlichen. Aber ich konnte nichts Auffälliges entdecken. Ich verstehe ja auch nichts von den Fischen, die als Futter gezogen werden, sie sahen für mich ganz normal aus. Und kaum stand ich dort bei den Aquarien, als Marco, der neue Futtermeister, schon neben mir auftauchte. Ich verwickelte ihn in ein Gespräch über die Fütterung. Fragte nach, ob er nicht Ideen hätte, ob man den Delphinen mehr Spurenelemente oder Vitamine zukommen lassen solle, damit ihre häufigen Krankheitsperioden weniger würden. Aber Marco schüttelte den Kopf. Er meinte, er füttere doch eigentlich nur Beifutter. Das Hauptfutter holten sich die Tiere draußen im Meer. Sein Verdacht sei eher, dass dort draußen irgendwas nicht in Ordnung sei. Vielleicht gäbe es dort irgendeine vergiftete Bucht, wo nur bestimmte Tiere jagen gingen. Aber, und damit zuckte Marco wieder mit den Schultern, die Tiere würden ja ständig untersucht. Und wenn der Tierarzt nichts finden würde, was solle er dann dazu sagen? Er sei nur einfacher Tierpfleger. Da musste ich ihm Recht geben. Wir schlenderten zurück zur Kantine und ließen uns noch ein Bier aus dem Automaten. Marco ist viel zugänglicher als Francois. Er erzählte, wo er schon überall gewesen war. In vielen großen Aquarien, in

Vergnügungsparks, bei Zoos. Irgendwann senkte er die Stimme:

„Das hier, das ist ein komischer Laden. Zuerst dachte ich, es ist das Paradies. Die Leute sind so nett. Selbst mich kleinen Tierpfleger behandeln sie ausgesprochen zuvorkommend. Ich dachte, da nehme ich die Einsamkeit hier gerne in Kauf, weil es den Tieren so super geht. Freiheit und trotzdem versorgt sein. Welches Tier hat das schon? Aber dann - die Tiere sind ja trotzdem krank. Und irgendwas stimmt hier nicht. Das sage ich dir. Ich rieche so etwas auf Kilometer gegen den Wind. Und das habe ich gleich gemerkt. Will auch gar nicht rauskriegen, was hier nicht stimmt. Geht mich ja auch nichts an. Aber lange bleibe ich hier nicht. Ist irgendwie unheimlich, so auf einer Insel und irgendwas stimmt nicht." Ich habe gelacht damals und zu Marco gesagt, er schaue einfach zu viele Krimis."

Einen Moment schwieg Robert, dann fuhr er fort: „Das Gespräch mit Marco brachte mich dann irgendwie von dieser Futtergeschichte ab. Ich war ja auch so beschäftigt, ständig unterwegs, immer nur kurz auf SynAqua. Ich war auch kaum noch mit den Tieren allein. Eine Weile habe ich dann gar nicht mehr darüber nachgedacht. Bis dann ein zweites Tier starb. Es war einer von den Delphinen aus dem hinteren Becken. Als ich am nächsten Tag sah, wie fast der gesamte Vorstand, oder zumindest die Leute, die ich davon kenne, zusammen mit allen drei Tierärzten zu den Becken hinüber gingen, habe ich mich unauffällig unter die Gruppe gemischt."

Robert gab kurz das Gespräch wieder, das er mit angehört hatte. Als er zu Ende gesprochen hatte, schwiegen sie alle drei. Charlotte kämpfte mit ihren Gefühlen. Sie schloss die Augen. Einerseits fühlte sie sich zutiefst gekränkt. Wie konnte Robert sie mehrmals nach SynAqua kommen lassen, ohne ihr von dem allem zu erzählen! Aber dann konzentrierte sie sich bewusst auf Mitgefühl und

Verständnis. Und sie sah plötzlich, wie er einfach nicht hatte wahr haben wollen. Denn die Konsequenz war ja, das er entweder diese Fütterungsversuche mit den Delphinen akzeptierte, oder dass er in Konfrontation ging. Und was das bedeuten würde, wagte Charlotte gar nicht zu denken. Auf jeden Fall würde er seinen Job verlieren. Sie seufzte. Als sie die Augen öffnete, sah sie, wie Robert sie verzweifelt und bittend ansah. Das machte es irgendwie noch schlimmer. Sie lächelte und seufzte nochmals.

„Es ist o.k., Robert. Ich glaube, ich kann verstehen, warum du es verdrängt hast. Es ist mir ja auch nichts Schlimmes passiert. Im Grunde habe ich von Anfang an gewusst, dass nicht ich die Delphine heile und bin trotzdem immer hin gefahren."

„Ja, " sagte Gerhard jetzt leise, „du hast es von Anfang gesagt und wir haben dir nicht geglaubt."

„Ich habe mir selber nicht geglaubt. Und wenn ich mir geglaubt habe, dann habe ich die Konsequenz daraus nicht gezogen."

Eine Weile war es still. Dann sagte Gerhard:

„Lasst uns ein wenig rausgehen. Die Abendsonne scheint gerade noch so schön und verzaubert alles."

Sie nickten. Draußen gingen sie schweigend und wie in stiller Übereinkunft lenkten sie ihre Schritte in Richtung von Diabolos Grab. Als sie vor dem Grab standen, schluckte Robert plötzlich.

„Diabolo", flüsterte er kaum hörbar. „ich habe dich so verurteilt. Und nun merke ich, wie schwer es ist, gegen Unrecht anzugehen."

Robert war plötzlich in sich zusammen gesunken. Sein Selbstbewusstsein schien völlig verpufft zu sein. Das war nicht mehr der Energie geladene, euphorische Robert, dem vor wenigen Tagen noch keine Aufgabe zu groß war, der freudig jede neue Herausforderung anging.

„Ich glaube, ich hatte ganz einfach Angst. Aus Angst habe ich die Augen zu gemacht. Und dabei ging es bei mir doch nur um den Job!"

Gerhard drehte sich um und hob sanft aber sehr bestimmt die Hände.

„Stopp, Robert. Stopp. Es ist o.k. wenn man Angst hat und wir machen alle Fehler. Aber das was Diabolo getan hat und was du nicht getan hast, das sind völlig unterschiedliche Kategorien. Ja, du hast vielleicht eine Weile weg geschaut. Aber hier ging es um Tierversuche. Du hast nicht aktiv Menschen verfolgt, gefoltert und getötet."

Eine Weile schwieg Robert. Dann sagte er leise:

„Ich kenne jetzt das Gefühl, wie es ist, wenn man wegschaut. Wenn man eigentlich im Grunde seines Herzens weiß, dass Unrecht geschieht und es lieber nicht sehen will."

„Gut, dann hast du etwas dazu gelernt. Das ist positiv und nun kannst du immer auf dieses Gefühl achten, wenn es wieder kommt. Das ist der erste Schritt, dass dir das nicht wieder passiert."

Sie wandten sich um und gingen aus dem Garten in Richtung Wald. Als sie die Gartenpfote erreicht hatten, hörten sie hinter sich den Falken schreien. Sie drehten sich alle drei gleichzeitig um und sahen gerade noch, wie der Falke hinab stieß, ganz kurz über dem Grab rüttelte und dann mit einem weiteren Schrei in einem eleganten Bogen davon glitt. Gerhard lächelte und gleichzeitig lief ihm eine Träne über die Wange.

„Ich vermisse ihn noch immer, jeden Tag aufs Neue."

Charlotte nahm seine Hand und drückte sie sanft. Gemeinsam gingen sie nun in Richtung Wald. Sie sprachen nicht mehr viel. Auch das Abendessen war sehr schweigsam. Erst nachdem sie den Tisch abgeräumt hatten und im Wohnzimmer zusammen saßen, fragte Charlotte:

„Aber was sind denn die Konsequenzen?"

Robert zuckte zusammen. Hilflos blickte er von einem zum anderen. Gerhard hob beschwichtigend die Hände:

„Langsam, langsam. Nichts überstürzen. Darüber sollten wir alle gründlich nachdenken. Vor allem natürlich ihr. Ich kann euch nur beraten. Und, " jetzt wandte er sich an Charlotte, „ihr habt doch eure Show nächste Woche. Das würde ich auf jeden Fall abwarten. Nicht, dass durch die ganze Aufregung die Show vermasselt wird. Schließlich musst du dich konzentrieren können."

Charlotte nickte: „Und Robert hat nächste Woche sowieso Urlaub. Das heißt, wir haben alle einfach Zeit, wir können gemeinsam überlegen."

Robert atmete tief durch. Er fühlte plötzlich tiefe Wärme in sich aufsteigen. Er war nicht allein. Charlotte und Gerhard. Sie beide würden zu ihm stehen. Sie beide würden ihm helfen, da irgendwie herauszufinden.

Die nächste Woche war für Charlotte und Mühlhausen von morgens bis abends ausgefüllt. Die Pferde brauchten das letzte Training und mussten gut bewegt werden vor dem Wochenende, damit sie ausgeglichen und ruhig waren. Sattelzeug musste überprüft und auf Hochglanz gebracht werden. Die Quadrille wurde mit allen Reitern und Reiterinnen wieder und wieder geübt. Es lag eine freudige Aufgeregtheit im Stall und Charlotte genoss es auch, mal wieder in eine Gruppe von Reiterinnen und Reitern eingebunden zu sein. Von den anderen ReiterInnen kamen vier aus dem nahe gelegenen Reitverein. Zwei weitere Reiterinnen und ein Reiter waren Verwandte des Vorstands und eine Nichte von Mühlhausen war noch angereist. Sie alle verbrachten mehr oder weniger die Woche als Reiturlaub auf SynEquus und sie waren bald eine eingeschworene Gemeinde. Am Donnerstag vor dem Wochenende kam Frankia dazu. Zuerst war sie nur Zuschauerin. Dann jedoch fiel Martina, eine der

Reiterinnen aus dem Reitverein wegen heftiger Grippe aus. Frankia übernahm ohne zu zögern am Freitagmorgen ihre Stute und nach einer halben Stunde lösender Arbeit konnte sie die Quadrille mit nur kleinen Fehlern mit reiten. Charlotte strahlte sie bewundernd an. Sie war sehr stolz auf ihre Freundin und Mühlhausen neckte sie deswegen. Es war das erste Mal, das Mühlhausen mit herumalberte und das zeigte Charlotte, wie auch er diese Woche genoss. Am Samstag klappte die Quadrille fehlerfrei. Charlotte bemerkte für sich selber erstaunt, dass sie sich selber nicht mehr mit den Anderen verglich. Früher hätte sie sich zerknirscht vorgerechnet, dass sie die Quadrille nicht so schnell mit einem fremden Pferd hätte reiten können. Dass sie nicht so gut, so professionell wie Frankia war. Heute merkte sie, wie sie sich einfach bedingungslos an dem Können und der Professionalität der Gruppe und vor allem an Frankias Leistung freuen konnte. Das Herz ging ihr auf, wenn sie die Harmonie zwischen Frankia und der jungen Stute sah. Am Samstagabend saßen sie alle bei einem Bier in der Melkstube und besprachen die letzten Details. Es war ein Gemisch aus Englisch und Deutsch und immer wieder musste Charlotte übersetzen. Alle waren sehr von dem Managertraining mit der Stutenherde beeindruckt. Mühlhausen hatte entgegen Richters Anordnung die Mitreiter der Quadrille bei dem Training zu schauen lassen, damit sie es wenigstens einmal schon mit Zuschauern durchgeführt hatten. Das Training hatte reibungslos geklappt.

Und dann war der Sonntag da. Charlotte und Frankia waren um sechs Uhr morgens im Stall. Fütterten, ließen die Stuten noch zwei Stunden auf die Koppel, putzten und longierten die beiden Hengste, Tasso und Urbino. Auch Mühlhausen war da und Charlotte staunte über seine Ruhe. Um 9 Uhr kam der Vorstand zum Sektempfang. Um halb zehn wurden alle ReiterInnen aus dem Stall gerufen und dem Vorstand vorgestellt. Charlotte konzentrierte sich allerdings nicht auf die Gesichter, schüttelte etwas mechanisch die Hände und versuchte ganz bei sich zu bleiben. Es war jetzt wichtig, sich nicht ablenken zu lassen. Und im Grunde war ihr der Vorstand völlig egal. Im Hinausgehen schubste Frankia sie an:

„Na, die waren aber sehr interessiert an dir."

Charlotte schaute sie fragend an.

„Ja, du hast das natürlich gar nicht mitgekriegt. Aber vor allem der Oberguru hat dich die ganze Zeit beobachtet."

„Ach was, das glaube ich nicht."

Frankia grinst nur. „Ich bin ja nicht blind. Im Gegensatz zu dir. Du bist da ja fast schlafgewandelt. Dich haben diese hohen Tiere wohl überhaupt nicht interessiert. Aber genau deswegen, warst du für sie vielleicht so interessant."

Jetzt waren sie beim Stall angekommen und es blieb keine Zeit mehr für weitere Gespräche. Die Stuten wurden gesattelt und in die kleine Halle geführt, wo sie sie mit lösender Arbeit aufwärmten. Dann ritten sie hinüber in die große Halle, wo die Vorführung stattfand. Die große Tür ging auf. Charlotte sah, dass die Tribüne voll war. In dem Moment als sie in die Halle einritten, erklang die Musik. Richter hatte wirklich die Musik so perfekt auf diese Gruppe von Pferden und Reitern abgestimmt, als wäre er selber täglich mit bei dem Training dabei gewesen. Charlotte musste aufpassen, dass sie nicht ins Träumen geriet, so harmonisch ergaben sich die Bewegungen ihrer Stute unter ihr in die Musik. Die Quadrille klappte perfekt. Die Pferde waren gelöst und schwungvoll, freudig dabei und schienen schließlich bei den versammelnden Lektionen richtig zu tanzen. Nur Awrina schien Charlotte angespannt und sie sagte sich wieder, dass es doch besser gewesen wäre, wenn Mühlhausen sie geritten hätte. Irgendwie schien die Stute etwas neben sich zu stehen und wenn ihre Reiterin Sabine das auch sehr gut ausglich, so dass nur wirklich absoluten Pferdekennern die Angespanntheit der Stute auffallen würde, sorgte Charlotte sich doch etwas um das anschließende Managertraining. Zum Finale schwebten alle zehn Stuten diagonal versetzt im starken Trab wechselnd durch die ganze Bahn, dann trafen sie sich auf der Mittellinie wieder zu Paaren und marschierten auf. Eigentlich war vereinbart, dass nun einer nach dem anderen absitzen und sie die Stuten für die Bodenarbeit absatteln würden. Charlotte sollte danach die einleitende Bodenarbeit mit den Stuten beginnen, bevor einer der Manager übernehmen würde. Als Charlotte nun neben Mühlhausen aufmarschierte, flüsterte sie ihm zu:

„Mit Awrina stimmt etwas nicht!"

Mühlhausen nickte. Auch er hatte das bemerkt.

„Erst die Hengste?" fragte Charlotte.

Mühlhausen verstand sofort. Er richtete sich im Sattel auf, sie grüßten einer nach dem anderen und während die Zuschauer applaudierten, gab Mühlhausen an Charlotte das Kommando:

„Nicht absitzen. Auf Handzeichen Abteilung rechts brecht ab, im starken Trab durch die Länge der Bahn die Halle verlassen."

Charlotte gab das Kommando weiter. Sie registrierte mit Erleichterung wie professionell die Gruppe war. Alle schalteten sofort um und als wäre es so geplant, schwebten sie im starken Trab aus der Halle. Nur Awrina legte in letzter Sekunde noch einen Bocksprung ein, aber das ging im allgemeinen Applaus unter. Sabine, Awrinas Reiterin, kam sofort zu Charlotte.

„Mensch, was ist denn mit der Stute los?"

„Keine Ahnung, aber bring sie doch bitte sofort hinten in die Abreitehalle."

Mühlhausen übernahm das Kommando:

„Alle bitte herhören. Bitte die Stuten alle in die Abreitehalle. Charlotte, bitte kümmere dich um Awrina. Frankia, bitte geh mit und übernimm Awrina, wenn Charlotte später Urbino vorführt. Ich werde jetzt die S-Dressur mit Tasso reiten. Tom, bitte lauf rüber zu Richter und sag ihm, dass die Musikreihenfolge sich ändert: erst kommt jetzt Tasso. Dann kommt die Bodenarbeit von Charlotte mit Urbino. In der Zeit übernimmt Frankia die Stuten, bis ich Tasso abgegeben habe. Sabine, bitte mach August bereit. Und Frank, nimm mir dann hinterher Tasso ab, sobald ich aus der Halle komme."

Und damit war Mühlhausen auch schon im Stall verschwunden. Alles wuselte jetzt durcheinander. Als Charlotte in die Abreitehalle kam, waren die Stuten schon abgesattelt und kurz übergebürstet. Charlotte schickte alle Reiter bis auf Frankia fort und schloss die Hallentür. Frankia setzte sich still oben auf die Bande. Charlotte begann mit der Bodenarbeit und bemühte sich, möglichst Ruhe hineinzubringen. Sie ließ die Stuten immer wieder Schritt gehen und auch mehrmals rückwärts treten. Währenddessen ging sie zweimal zu Awrina und legte ihr die Hände auf. Awrina entspannte sich jetzt sichtlich, schnaubte ein, zweimal und war schließlich ganz ruhig. Jetzt übernahm Frankia. Nachdem Charlotte ein paar Minuten zugeschaut hatte und sah, dass Frankia bestens klar kam, ging sie, um Sabina Urbino abzunehmen. Die beiden waren im Roundpen. Sabina führte Urbino, der ruhig und entspannt neben ihr herging. Charlotte übernahm, begann mit leichter Bodenarbeit bis Urbino einigermaßen warm war. Dann kam auch schon Mühlhausen, um sie zu holen. Urbino war so gelöst und entspannt, dass Charlotte es sogar wagte, den Führstrick vor der Halle abzunehmen. So schritt Urbino frei neben ihr in die Halle.

In der Halle wurde es still, als sie mit dem Hengst die Mittellinie entlang schritt. Charlotte gab Richter ein Zeichen und die Musik begann mit einem wilden Trommelwirbel. Beim Erklingen der aufwirbelnden vibrierenden Musik richtete sich Urbino stolz auf und schritt majestätisch und aufmerksam neben Charlotte her. Charlotte spürte ein warmes Glück durch ihren Körper pulsieren. Dieses wunderschöne Pferd hatte absolutes Vertrauen zu ihr. Einfach unglaublich. Nun wechselte die Musik zu einem ruhigen aber starken Takt und Charlotte ließ Urbino antraben. Die Beiden schienen nun zu der Musik zu tanzen. Als die Musik sich zu einem wilden Crescendo steigerte, tobte Urbino mit einer solchen Kraft durch die Halle, dass alle den Atem anhielten. Wenige Minuten später stand er dann schon wieder still wie eine Statue und trat anschließend gehorsam einige Schritte rückwärts. Alles klappte, die Hinterhandswendung, die Kehrtwende aus dem Galopp, die Übergänge, die Volten und Achten, die Stopps. Das Ganze wirkte wie ein Tanz, abgestimmt auf die Musik oder die Musik abgestimmt auf Pferd und Frau dort in der Halle. Zum Schluss wagte Charlotte sogar, Urbino direkt vor ihr aus vollem Galopp halten zu lassen, dann schritten sie beide zur Halle hinaus. Es herrschte tiefes Schweigen in der Halle, als sie durch das Tor hinaus schritt und erst als sie draußen war, tobte der Applaus los.

Draußen standen schon die anderen mit den Stuten bereit. Charlotte nahm Awrina am Führstrick und wartete bis sich der Applaus gelegt hatte. Mühlhausen war zu Richter gegangen und der ließ nun ruhige Musik anspielen. Erst jetzt führte Charlotte Awrina in die Halle. Die anderen Stuten folgten frei ohne Halfter ihrer Leitstute. In der Mitte der Halle nahm Charlotte Awrina das Halfter ab und Awrina trabte auf ihr Zeichen ruhig an. Charlotte begann mit genau dem gleichen Programm wie in der Abreitehalle, allerdings merkte sie, wie sich Awrina wieder mehr und mehr anspannte. Die vielen Menschen und die aufgeregte Spannung in der Halle schien sie nicht zu vertragen. Awrinas Unruhe übertrug sich natürlich sofort auf die Herde und Charlotte hatte zunehmend Mühe die Stuten unter Kontrolle zu halten. Zweimal brach ihr die Herde in wildem Galopp aus. Zwar war das für die Demonstration eigentlich sogar gut, denn Charlotte konnte nun demonstrieren, wie sie die Stuten stoppte und sie rückwärts treten ließ, um sie wieder unter ihre Kontrolle zu bekommen. Mühlhausen hatte das Mikrophon übernommen und kommentierte nun, was in der Bahn geschah. Charlotte bekam die Herde beide Male in den Griff, aber während sie Awrina kurz und möglichst unauffällig die Hände auflegte, spürte sie, dass die Stute ganz eigenartig angespannt bis überdreht war. Charlotte ließ die Herde im starken Trab durch die Halle fegen, wagte sogar einen Galopp, aber Awrina schien sich nicht zu entspannen. Schließlich ließ Charlotte die Herde halten und Awrina in die Mitte treten. Sie lobte die Stute ausführlich und spürte wieder ganz deutlich diese eigentümliche Anspannung.

Eigentlich war verabredet, dass nun Meier-Hansen die Stuten übernehmen sollte. Meier-Hansen war aus der unteren Vorstandsebene, also aus der zweiten Reihe des Vorstandes. Er war damit dem gesamten Betrieb inklusive des Vorstandes und dem Aufsichtsrat gut bekannt. Er hatte schon zweimal auf SynEquus ein Training durchlaufen, einmal auch mit Awrina und der Stutenherde. Charlotte drehte sich zu Mühlhausen um und sah, dass er sie aufmerksam beobachtete. Auch er hatte gemerkt, dass Awrina nicht wie sonst war. Charlotte schüttelte ganz leicht, fast unmerklich den Kopf. Mühlhausen nickte darauf und sagte etwas zu Richter. Aber Richter machte energische, ablehnende Bewegungen und kurz darauf kam

Meier-Hansen in die Bahn. Charlotte war unschlüssig. Aber Richter gab ihr mit einer eindeutigen Geste zu verstehen, sie solle auf die Tribüne kommen. Es blieb ihr nichts anderes übrig. Zögernd verließ sie die Bahn, blieb aber direkt hinter der Bandentüre stehen. Meier-Hansen hatte sehr sicher und ruhig angefangen, die Stuten anzuleiten. Awrina und mit ihr die Stuten folgten ihm willig. Zwar passierte mehrmals ein Durcheinander, so bockten die Stuten zweimal quer durch die Halle, hielten nicht an oder galoppierten, statt zu traben. Aber im Ganzen ging es ganz gut und gerade weil man den Unterschied zu der vorigen Bodenarbeit mit Charlotte sehen konnte, war die Vorstellung interessant. Vor allem wurde jetzt deutlich wie viel Temperament, Charakter und eigenen Willen diese Stuten hatten. Mühlhausen kommentierte die Gesten, Bewegungen und Kommandos und auch die Fehler von Meier-Hansen. Und nur Charlotte und Mühlhausen sahen, wie Awrina sich immer mehr anspannte. Charlotte versuchte Mühlhausens Blick einzufangen, damit er die Vorführung beendete. Gerade schaute Mühlhausen zu ihr hinüber und sie wollte ihm ein Zeichen geben, da sah sie aus dem Augenwinkel eine schnelle Bewegung. Sie schaute zu Awrina und sah, wie die Stute plötzlich herumgewirbelt war. Meier-Hansen war im Laufe der Vorstellung immer sicherer geworden und hatte gerade den Versuch gewagt, die Herde in kleinen Volten zu arbeiten. Dabei hatte er missverständliche Kommandos gegeben. Einen Moment war Awrina verwirrt stehen geblieben. Als Meier-Hansen nun heftigere, aber wieder nicht eindeutige Kommandos gab, wirbelte sie plötzlich herum. Einen Moment sah sie Meier-Hansen an, der nun seinerseits verwirrt stehen blieb. Da legte die Stute plötzlich die Ohren an und Charlotte sah den gleichen irren Ausdruck in ihren Augen wie damals bei Urbino. Und im selben Moment sprang die Stute in vollem Angriff los. Obwohl Meier-Hansen völlig überrascht war, versuchte er geistesgegenwärtig auszuweichen. Doch die Stute war zu schnell für ihn. Sie ging direkt vor ihm auf die Hinterbeine und schlug mit den Vorderhufen krachend auf ihn runter. Was Meier-Hansen rettete, war sein regelmäßiges Karate-Training. Er reagierte reflexartig, warf sich mit einer Rolle blitzschnell zur Seite, so dass der linke Vorderhuf nur seine Schulter und nicht seinen Kopf traf. Ein hässliches Knirschen war zu hören und Meier-Hansen ging zu Boden. Awrina galoppierte im Bogen zu den anderen Stuten zurück. Charlotte und Mühlhausen waren gleichzeitig in der Bahn. Charlotte sprang zwischen die Stuten und Meier-Hansen und als sie sah, dass Mühlhausen sich um Meier-Hansen kümmerte, versuchte sie, die Stuten unter Kontrolle zu bringen. Irgendwie hatte sie plötzlich das Halfter in der Hand. Awrina stand zitternd in einer Ecke, die anderen Stuten scharten sich völlig verwirrt um sie. Charlotte schaffte es, durch die Stuten hindurch zu Awrina zu gehen. Die Stute ließ sich widerstandslos halftern und Charlotte führte die Herde aus der Halle. In ihrem Kopf rasten die Gedanken. Die Stute hatte den gleichen irren Ausdruck in den Augen gehabt wie damals Urbino. Was war mit den Pferden los?

Charlotte führte Awrina direkt in die Box. Sie bestrafte die Stute nicht. Ihr Verhalten hatte nichts mit Ungehorsam zu tun. Sie legte ihr einige Möhren in die Futterkrippe und sah Haferreste in den Ecken der Krippe kleben. Mechanisch fuhr sie mit dem Finger die Rillen entlang und sammelte die Körner in ihrer Hand. Nachdenklich betrachtete sie. Der Hafer hatte diese eigentümlich längliche Form, fast nicht wahrnehmbar aber eben doch leicht anders als der Hafer, den sie sonst kannten. Plötzlich stand Frankia neben ihr. Sie hielt die Hand auf und Charlotte ließ die Haferkörner hineinfallen. Frankia sah sich die Körner an.

„Der veränderte Hafer!" rief Frankia. „Wer zum Teufel füttert das den Pferden vor einem Auftritt?"

Charlotte schluckte. „Das würde ich auch gerne wissen."

Sie schauten sich stumm an. Dann schauten sie auf Awrina, die die Möhren nicht angerührt hatte und nun einen seltsam erschöpften Eindruck machte. Sie sah aus, als wäre plötzlich alle Energie aus ihr herausgepumpt, wie nach einer ungewöhnlich großen Anstrengung.

„Genau wie damals Urbino." Charlotte trat zu Awrina und begann ihr den Kopf zu massieren. Sie legte ihr die Hände auf Genick, Widerrist, entlang des Rückens und dann auf die Nieren. Irgendwann hörten sie das Martinshorn des Krankenwagens. Frankia ging hinüber in die Halle und als sie zurückkam, berichtete sie, dass Meier-Hansen wohl eine gebrochene Schulter hatte, sonst aber in Ordnung sei.

„Er hat Glück gehabt, das hätte verdammt viel schlimmer enden können!"

Awrina entspannte sich jetzt mehr und mehr und begann nach einer Weile die Möhren zu fressen. Plötzlich stand der Tierarzt in der Box dicht gefolgt von Richter. Während der Tierarzt Awrina Blut abnahm, wandte sich Charlotte an Richter:

„Warum wurde Awrina vor der Vorstellung der veränderte Hafer gefüttert? Ich bin mir ziemlich sicher, dass das auch bei Urbino der Auslöser für sein verändertes Verhalten damals war."

Richter drehte sich abrupt zu ihr um. Er verlor tatsächlich einen Moment die Fassung, sah überhaupt sehr erschüttert aus. Jetzt mischte sich Frankia ein:

„Das war verdammt knapp. Hätte Meier-Hansen nicht so schnell reagiert, hätten wir jetzt einen Toten."

Richter wurde bleich. „Ich war mir ganz sicher, dass es nicht an dem Hafer lag. Das wollte ich beweisen."

Dann, als wäre ihm plötzlich bewusst, dass er zu viel gesagt hatte, richtete er sich auf. Sein Gesicht nahm den üblichen distanziert - überlegenen Ausdruck an.

„Herr Franz, sobald sie die Blutwerte haben, rufen sie mich bitte auf meiner Privatnummer an. Und sie, Frau Lesab, kommen doch bitte in mein Büro, sobald sie hier mit den Pferden fertig sind."

Damit drehte er sich um und ging. Charlotte drehte sich zu Franz:

„Was ist mit dem Hafer? Warum reagieren die Pferde so darauf?"

Franz zögerte. Er schien mit sich zu kämpfen. Dann sagte er:

„Ich dürfte ihnen das eigentlich nicht sagen, aber ich habe sie mit den Pferden arbeiten sehen. Nicht nur heute in der Vorstellung, das war phänomenal, auch im Training habe ich sie oft beobachtet. Und.... Nun, ich bin sehr beeindruckt und ich denke, sie sollten es wissen. Schon deswegen, damit sie sich in Zukunft schützen können. Dieser Hafer ist gentechnisch verändert. Er trägt ein Gen, das ein Protein produziert, welches ihn Herbizid resistent macht. Also ganz ähnlich wie wir das vom Mais schon lange kennen. Ich bin mir inzwischen ziemlich sicher, dass dieser Hafer bei den Pferden im Gehirn unter Stress einen Schalter umlegt. Wir wissen noch nicht, welche Substanz genau dies bewirkt. Es ist mit Sicherheit nicht dieselbe Aminosäure, die die Delphine so krank macht, das haben wir getestet. Wenn wir diese Aminosäure den Pferden direkt spritzen oder sie ihnen über das Futter zu führen, dann reagieren die Pferde gar nicht. Zumindest nicht, das wir es erkennen können. Es muss irgendein anderer Stoff sein, wahrscheinlich irgendein Protein, das leicht verändert ist, und das bei Pferden ein Verhalten auslöst, als wären sie absolut in die Ecke gedrängt und sie gleichzeitig aggressiv macht. Ich habe mir das Video von Urbino wieder und wieder angesehen. Und jetzt Awrina. Die Pferde reagieren als wären sie in höchster Gefahr, höchste Alarmstufe ohne Fluchtmöglichkeit. Und ein Pferd in höchster Alarmstufe

ohne Fluchtmöglichkeit greift an. Das Seltsame ist, dass die Pferde nicht immer so reagieren. Wir haben wieder und wieder Pferde unter extremem Stress versetzt und es ist nichts passiert. Deswegen war Richter sich wohl so sicher."
Er zuckte die Schultern.

„Ich darf Ihnen das nicht sagen, aber ich möchte keine Toten oder Verletzten auf dem Gewissen haben. Sprechen sie mit Mühlhausen. Wann immer dieser Hafer gefüttert wird, weigern sie sich, die Tiere zu trainieren."
Damit drehte er sich abrupt um und ging. In der Stallgasse blieb er nochmals stehen:

„Wenn sie mir einen Gefallen tun wollen, dann sagen sie nichts zu Richter. Ich habe seit zehn Jahren einen Gerichtsprozess am Hals und bin von SynAtlantis abhängig. Einen zweiten Prozess kann ich mir nicht leisten, dann bin ich geliefert. Schon gar nicht gegen einen solchen Giganten. Niemand," und er betonte dieses Wort und schaute Charlotte direkt in die Augen, "niemand kann sich einen Prozess gegen SynAtlantis leisten. Ich wollte sie einfach nur warnen, nicht die Pferde zu trainieren, wenn sie diesen Hafer bekommen."
Damit hob er grüßend die Hand und verschwand. Bevor Charlotte noch irgendwie reagieren konnte, trat aus dem Dunkel der zurzeit leeren Box gegenüber von Awrina ein Mann mit Kamera und ein Blitzlichtgewitter ging auf sie nieder. Awrina scheute und sprang panikartig zurück. Charlotte und Frankia konnten gerade noch in die andere Richtung springen. Der Mann fotografierte das steigende Pferd.

„Was zum Teufel....Spinnen sie eigentlich?"
Charlotte fuhr wütend auf den Mann los. Der grinste nur breit.

„Darf ich mich vorstellen, Itzenheimer, Redaktion Spiegel. Sehr interessant, was ich da eben gehört habe. Wie war noch der Name der Praxis von dem Herrn, mit dem sie eben sprachen?"

Charlotte lehnte sich gegen die Boxenwand und schloss die Augen. Frankia dagegen machte einen Versuch, die Kamera zu greifen. Itzenheimer war allerdings schneller. Er lachte nur und war in wenigen Sätzen die Stallgasse hinunter gelaufen. Im Laufen rief er noch über die Schulter:

„Na, das bekomme ich auch so raus. Vielen Dank für die Story."

Charlotte standen plötzlich die Tränen in den Augen, das war wirklich alles zu viel. In diesem Moment kam Mühlhausen die Stallgasse entlang. Verdutzt schaute er dem davon laufenden Itzenheimer nach. Mühlhausen wirkte wie ein alter Mann. Stumm sah er Charlotte an. Charlotte schluckte die Tränen runter und atmete tief durch.

„Haben sie Awrina den anderen Hafer gefüttert?"

Mühlhausen nickte stumm.

„Aber…Vor der Vorstellung?" fragte Charlotte ungläubig.

„Es war eine strikte Anweisung von Richter. Und ehrlich gesagt, ich habe nicht daran geglaubt, dass es an dem Hafer liegen könnte. Ich habe den Hafer schon sehr oft gefüttert und es war nie etwas passiert."

„Aber Urbino?"

„Als Urbino ausfällig wurde, hatte ich ihn ganz normal gefüttert. D.h. nicht normal, sondern nur halbe Haferration. Auch das auf Anordnung von Richter."

„Nun, dann hat ihm jemand anders den anderen Hafer gefüttert. Franz hat mir eben bestätigt, dass es am Hafer liegt."

Und nun erzählte sie Mühlhausen, was Franz soeben erzählt hatte. Sie erzählte auch, was sie über die Delphine wusste. Inzwischen war auch Robert in den Stall gekommen und hörte stumm zu. Als Charlotte dann noch von Itzenheimer berichtete, stöhnten beide, sowohl Robert wie Mühlhausen, auf. Dann standen sie alle stumm und schauten Awrina zu, die inzwischen begonnen hatte, ihr Heu zu fressen. Frankia strich ihr leicht über den Hals und fragte dann:

„Wie haben die Zuschauer es aufgenommen?"

Mühlhausen schüttelte nur resigniert den Kopf. „Katastrophal. Zuerst waren alle geschockt. Dann, als sie sahen, dass Meier-Hansen nicht lebensgefährlich verletzt war, war es natürlich die Sensation. Wir haben sie kaum aus der Halle bekommen, alle wollten gerne noch eins trinken und dabei das Geschehene ausführlich diskutieren."

Charlotte gab sich einen Ruck. „Ich muss jetzt zu Richter. Er hat mich zu sich bestellt, bevor ich gehe. Robert, wartest Du?"

Robert nickte: „Wir können ja dein Auto hier stehen lassen. Dann fahren wir gemeinsam heim. Montag habe ich noch frei, da kann ich dich herbringen."

Charlotte nickte dankbar und machte sich auf den Weg zu Richters Büro. Sie ahnte Ungutes. Als sie Richters Büro betrat, saß er am Schreibtisch. Er war wieder ganz der Alte, sicher und distanziert. Er bot ihr einen Stuhl an und fragte, ob sie sich von dem Schreck etwas erholt habe.

Charlotte nickte: „Nun, da wir wissen woran es liegt, können wir uns ja darüber freuen, dass beide Male nichts schlimmeres passiert ist. Und sobald die Fütterung wieder umgestellt ist, sollten die Pferde ja wieder ganz normal reagieren."

Richter sah sie fragend an: „Wovon sprechen sie?"

„Nun", sagte Charlotte und ihr Magen zog sich in dumpfer Vorahnung zusammen „von dem gentechnisch veränderten Hafer, der bei den Pferden in Stresssituation diese unvorhergesehenen, aggressiven Reaktionen auslöst."

Richters Gesicht spiegelte völligen Unglauben wieder: „Gentechnisch veränderter Hafer? Wovon sprechen sie?" Er beugte sich vor, seine Haltung, sein Gesicht drückte jetzt Wohlwollen aus.

„Frau Lesab, wir beide haben einen Fehler gemacht. Ich habe sie und ihr Können nach den ersten Berichten von Mühlhausen völlig überschätzt. Und sie haben sich in leichtsinniger Weise an Pferde herangewagt, für die sie einfach nicht die Ausbildung haben und die sie völlig überfordern."

Charlotte schaute ihn völlig ungläubig an.

„Na, nun seien sie doch mal ehrlich mit sich selbst. Sie haben sich völlig übernommen. Sie haben sich an Aufgaben und Pferde herangewagt, denen sie einfach nicht gewachsen sind. Und Pferde verzeihen so etwas nicht. Genau dann passieren die Unfälle. Schlecht ausgebildete Pferde reagieren in Stresssituationen aggressiv, das weiß man ja."

Charlotte war sprachlos über so viel Unverfrorenheit. Sie sagte einfach gar nichts.

„Nun, ich denke wir beide wissen ja, dass sie keinerlei abgeschlossene Ausbildung mit Pferden vorweisen können. Von daher war es in gewisser Weise auch unsere Verantwortung. Wir geben Menschen gerne eine Chance, für uns zählen nur Leistung und nicht Titel. Aber, " und nun seufzte er, als würde er eine große Last heroisch tragen, „damit macht man dann natürlich manchmal auch Fehler. Und wir wollten ihnen natürlich eine Chance geben, nach ihrem Scheitern bei Synergia."

Charlotte schwirrte der Kopf, aber sie schwieg weiterhin. Ihr Scheitern bei Synergia? Ihr Schweigen schien Richter zu irritieren.

„Auf jeden Fall, " und nun gab er sich väterlich großzügig, „sehen wir von SynAtlantis deswegen von einer Anklage ab, allerdings natürlich nur, wenn sie sich ruhig verhalten. "

Charlotte sagte immer noch nichts. Ihr ging durch den Kopf, dass wohl gerade in diesem Moment der Spiegel-Artikel schon geschrieben wurde. Aber sie sagte davon nichts. Sie stand einfach auf und ging. Sie schloss die Tür hinter sich und verabschiedete sich auch nicht. Im Gang draußen stand Mühlhausen. Sie blieb stehen und gab kurz das Gespräch mit Richter wieder. Es war ihr gleichgültig, ob Richter das hören konnte oder nicht. Sie gab Mühlhausen die Telefonnummer vom Mönchshof und bat ihn sie anzurufen. Bei dem Gedanken daran, dass sie vielleicht Awrina und die Stuten, und auch Urbino, Tasso und die Junghengste nie wieder sehen, geschweige denn reiten würde, musste sie schlucken. Sie merkte, dass ihr alles zu viel wurde. Die Anspannung der letzten Tage, die Geschehnisse des heutigen Abends. Sie entschuldigte sich bei Mühlhausen und lief davon. Der Hof lag völlig im Dunkeln. Neben ihrem Auto standen Robert und Frankia. Robert schloss sie in die Arme, er sah sofort, wie ihr zumute war. Beide fragten sie nicht. Frankia übernahm wortlos die Autoschlüssel und Robert setzte sich mit Charlotte auf die Rückbank und hielt sie während der Fahrt in den Armen. Charlotte vergrub ihr Gesicht in seinem Pullover. Nichts mehr sehen, nichts mehr hören, möglichst an nichts denken. Sie mochte nicht einmal weinen. Irgendwann wunderte sie sich, dass die Fahrt so lange dauerte, aber es war ihr gerade recht. Sie konzentrierte sich nur auf das Gefühl, sich an Robert zu schmiegen und sich in seinem Pullover zu vergraben. Als das Auto irgendwann stillstand, hob sie langsam den Kopf. Sie standen vor dem Mönchshof. Sie musste unwillkürlich lächeln. Ja, das war jetzt gut. Robert und Frankia mussten das vereinbart haben, als sie bei Richter war. Und Gerhard schien auch schon bescheid zu wissen. Kurze Zeit später saßen sie alle vor dem Kamin und Gerhard servierte ihnen eine heiße, scharfe, sehr wärmende Suppe. Nachdem sie gegessen hatten, war es Gerhard der fragte:

„Charlotte, magst du erzählen?"

Charlotte nickte. Sie erzählte, wie gut zu Beginn der Vorführung alles geklappt hatte, aber dass Awrina irgendwie neben sich stand und Richter trotzdem darauf bestanden hatte, dass das Managertraining stattfand. Als sie den Angriff der Stute schilderte, zitterte ihre Stimme und jetzt konnte sie endlich weinen. Sie durchlebte noch einmal ihren eigenen Schock, als Urbino sie damals angegriffen hatte und sie hatte Angst um die Stute. Sie hatte Angst, sie würden Awrina einschläfern oder zum Schlachter bringen.

Frankia sagte: „Vielleicht können wir sie kaufen. Wir haben sehr gut verkauft hier in Europa, und wenn ich mich verbürge für die Stute, könnte ich mir vorstellen, dass unser Gestüt sie nimmt. Sie wäre jetzt preiswert und ich würde sie liebend gerne nehmen."

Robert seufzte und schüttelte den Kopf. „Ich fürchte, nach der Vorgeschichte geben sie sie nicht her. Wenn sie bei euch einwandfreies Verhalten zeigt, wäre das ja ein weiterer Beweis, dass es am Futter lag."

Gerhard wandte sich an Charlotte: „Aber was hat denn Richter nun noch von dir gewollt?"

Charlottes Stimme war sehr leise und stockend, als sie das Gespräch wieder gab. Robert wurde blass und Frankia fluchte:

„Diese Teufel, diese verdammten, perversen Teufel."

Gerhard schüttelte den Kopf: „Schhh, schhh, schhh…" Es schien, als wolle er sie beruhigen. „Wenn man mit einer solchen Großmacht wie SynAtlantis konfrontiert wird, hilft kein Fluchen. Jetzt müssen wir einen klaren Kopf behalten.

Frankia, Charlotte sagte, du hast den Hafer eingesteckt. Hast du ihn noch?"

Frankia schaute ihn mit großen Augen an. Dann griff sie langsam in ihre Hosentasche.

„Ja. Ja klar."

Sie holte die Körner heraus. Sorgsam schälte sie jedes einzelne Korn aus dem Stoff der Hosentasche und legte sie auf den Tisch. Gerhard zählte sie. Es waren einundzwanzig Körner.

„Gut, ich würde folgendes vorschlagen: Sieben Körner verstecken wir hier auf dem Hof, irgendwo gut verschlossen gegen Mäuse und wo sie niemand finden kann. Sieben Körner nimmt Frankia mit, wenn sie morgen zurückfliegt und lässt sie in den USA analysieren. Die letzten sieben Körner bringe ich noch heute Abend zu Itzenheim. Ich erzähle ihm von „meinem" Verdacht und dass wir zwei Zeugen hätten, die notfalls vor Gericht aussagen könnten, aber im Moment nicht in der Presse erwähnt werden wollen. Er kann die Körner dann analysieren lassen, falls er es nachprüfen will. Die Geschichte dazu hat er ja schon."

Alle schauten Gerhard sprachlos an. Frankia sagte: „Wow, das nenne ich schnell entschlossen mit klarem Kopf einen Plan entwickeln."

Gerhard lächelte traurig. „Das fühlt sich fast an, wie in alten Zeiten."

Frankia schaute verständnislos, Robert und Charlotte betroffen.

„Nein, nein", beruhigte Gerhard sie, „dass hier ist zumindest für mich nur halb so schlimm. Wir sind hier im 21. Jahrhundert in Europa. Sie werden sich nicht trauen mit gewalttätigen Methoden zu kommen. Und wir besitzen immer noch eine halbwegs freie Presse."

Alle schwiegen einen Moment. Dann erinnerte sich Charlotte daran, dass sie ja auch noch einen kleinen Vorrat dieses anderen Hafers in ihrer Wohnung gespeichert hätte.

Gerhard nickte: „Sehr gut. Dann haben wir den noch als Reserve im Hintergrund. Vielleicht werden für die jeweiligen Analysen mehr als sieben Körner gebraucht."

Damit stand er auf: „Robert, kannst du mich fahren? Und kannst du vorher im Internet schauen, ob wir die Telefonnummer von diesem Itzenheimer finden, damit wir einen Treffpunkt mit ihm vereinbaren können."

Robert fand sehr schnell die Telefonnummer. Sie riefen von Frankias Handy an, dass Frankia sich nur für ihre Reise in Europa zugelegt hatte, und ließen sich einen Treffpunkt und eine Wegbeschreibung geben. Dann brachen sie auf.

Charlotte war beunruhigt. „Aber seid ja vorsichtig!"

Robert nahm sie in die Arme: „Na klar doch. Und sie wissen ja auch gar nicht, dass wir von dem Hafer etwas haben! Und von Itzenheimer sollten sie eigentlich auch noch nichts wissen. Es sei denn, sie haben sogar im Stall Überwachungskameras."

Als sie fort waren, legte Frankia nochmals Holz im Kamin nach und kochte einen Tee. Charlotte kuschelte sich in einen der großen Sessel und wurde schläfrig. Cleo sprang auf ihren Schoss und rollte sich schnurrend ein. Gerade spürte Charlotte, wie sie weg zu dämmern begann, als sie draußen ein Auto vorfuhren hörten. Der Kies knirschte unter den Autoreifen. Charlotte war sofort hellwach. Sie spürte Angst in sich aufsteigen. Cleo sprang von ihrem Schoss, fauchte in Richtung Tür und flitzte aus dem Zimmer die Treppe hinauf nach oben. Robert, Gerhard und sie hatten in letzter Zeit davon gesprochen, was für ein gefährlicher Gegner die Agrarlobby war. Sie hatten darüber diskutiert, dass in dem Milliardengeschäft mit der Gentechnik jede Methode skrupellos angewendet wurde, um die Interessen der Firmen durchzusetzen. Sollten sie jetzt…?

„Wer ist denn das, jetzt nachts um halb elf?" fragte Charlotte nervös.

Frankia reagierte schnell und geschickt. Sie machte in der Küche das Licht an und löschte es im Wohnzimmer, wo sie saßen. Dann stellte sie schnell den Glasschirm vor den Kamin und hängte eine Decke davor. Auf diese Weise waren sie selbst im Dunkeln und für jeden von draußen hereinschauenden unsichtbar, während aus der Küche genügend Licht in den Hof fiel, so dass sie sehen konnten, was dort vor sich ging.

„Kennst du das Auto?" fragte Frankia.

Charlotte schüttelte den Kopf. „ Das ist weder Mühlhausen noch Richter noch sonst jemand von SynEquus, den ich kenne."

Ein älterer Mann stieg aus, grauhaarig, Halbglatze.

„Hm…, " meinte Frankia leicht ironisch. „Der sieht irgendwie nicht sehr gefährlich aus."

Der Mann schaute sich unsicher um. Dann ging er langsam und zögernd auf die Haustüre zu. Als er in den Lichtpegel der Fenster trat, erkannte Charlotte ihn:

„Das ist Peter, Roberts Vater! Was will der denn mitten in der Nacht hier?"

Peter klingelte und Charlotte machte ihm die Türe auf. Peter schaute sie völlig verdutzt an. Er schien im ersten Moment nicht recht zu wissen, wer sie war. Doch dann erinnerte er sich:

„Ach ja, Charlotte! Entschuldige bitte, dass ich sie nicht gleich erkannt habe. Ich habe natürlich erwartet, dass Gerhard die Türe aufmacht. Er ist doch sonst immer alleine hier."

Charlotte dachte bei sich, dass das „immer" wohl ziemlich übertrieben war, schließlich besuchte Peter Gerhard nur alle paar Jahre einmal. Aber sie sagte freundlich:

„Gerhard ist im Moment nicht hier, aber kommen sie doch herein, wenn sie den langen Weg schon gefahren sind."

Peter war sichtlich etwas ratlos, kam aber herein und Charlotte stellte Frankia als eine Freundin aus den USA vor. Jetzt war Peter erst recht verwirrt.

„Ja aber, wo ist Gerhard denn? Wird er heute Abend noch zurückkommen?"

Charlotte hatte auf diese Frage gewartet und hatte sich blitzschnell für eine Notlüge entschieden.

„Ja, wir wissen aber nicht, wann er kommt. Er wurde zu einem Freund in Basel gerufen, der plötzlich krank wurde. Gerhard will versuchen, ob er mit Heilkräutern helfen kann. Und Robert hat ihn begleitet, weil Gerhard nicht mehr gerne lange Strecken selber das Auto fährt, schon gar nicht nachts."

Peter seufzte und sah sich ratlos um. „Oh je,…"

„Ja, es kann später werden. Wollen sie nicht vielleicht die nächsten Tage wieder kommen?"

„Nein", Peter schüttelte energisch den Kopf. „Ich möchte ihn unbedingt heute Abend noch sprechen. Ich werde warten."

Charlotte hatte aus dem Augenwinkel gesehen, wie Frankia unauffällig die Haferkörner vom Tisch gewischt hatte und nun in die Küche trug. Dann kam sie mit einem Becher Tee und bot ihn Peter an. Peter nahm dankend an. Charlotte fragte, ob er denn schon zu Abend gegessen hätte, was er verneinte. Kurze Zeit später saßen sie alle vor dem Kamin, tranken Tee und Peter aß zufrieden Suppe. Sie unterhielten sich nun auf Englisch, da sich herausstellte, dass Peter hervorragend Englisch sprach und so konnte Frankia leichter folgen. Peter fragte Charlotte nach ihrer Arbeit bei

SynEquus. Charlotte zögerte. Sollte sie von den Ereignissen des heutigen Tages berichten? Sie sah ihn prüfend an. Plötzlich hatte sie eine Eingebung:

„Peter, wie viel wissen sie von dem, was heute vorgefallen ist?"

Peter stutzte, dann seufzte er. „Nun, sie haben natürlich das richtige Gespür. Richter hat mich vorhin angerufen. Deswegen bin ich hier."

Nun war Charlotte sehr erstaunt: „Hier? Bei Gerhard?"

Peter seufzte wieder. „Nun, Richter dachte wohl, Gerhard kennt doch Robert und sie sehr gut."

Charlotte lehnte sich zurück. Zuerst fand sie das alles völlig unverständlich. Doch dann fügten sich die Puzzleteile zusammen. Robert hatte ihr letztens berichtet, dass sein Vater zusammen mit Richter im Aufsichtsrat von irgendeiner großen Firma saß, deren Namen sie schon wieder vergessen hatte. Und nun nutzte Richter seine Kontakte zu Peter, um sie zu beeinflussen. Noch viel erstaunlicher fand sie, dass Richter wusste, dass Robert und sie ein sehr enges Verhältnis zu Gerhard hatten.

„Also ehrlich gesagt, in diesem Fall…. in diesem Fall möchte ich abwarten, bis Robert und Gerhard wieder hier sind, bevor ich aus meiner Sicht von den heutigen Ereignissen erzähle."

Peter nickte. Damit war nun das Warten ungemütlich geworden, niemand wusste so recht, wie sie das Gespräch weiter aufrecht halten konnten. Charlotte mochte sich auch nicht um small-talk bemühen. Der Tag war lang gewesen, sehr lang.

Sie stand auf. „Ich werde noch ein paar Schritte vor die Tür machen." Frankia stand ebenfalls auf.

Peter antwortete: „Ich bleibe hier vor dem Kamin."

Frankia und Charlotte zogen sich eine Jacke über und als sie im Hof standen, sahen sie, wie Peter von seinem Handy aus telefonierte.

Charlotte schüttelte sich: „Und ich habe gedacht, hier wären wir vor denen sicher!"

Frankia zog ihre Jacke enger um die Schultern: „Puh… langsam wird mir das auch unheimlich."

Charlotte versuchte zu witzeln: „Nicht dass sie dich am Montag am Flughafen aufhalten."

Aber so richtig lustig fanden sie das beide nicht. Charlotte führte Frankia zu ihrer großen Eiche. Sie lehnten sich mit dem Rücken gegen die schroffe Rinde des Baumes und versanken schweigend in der Stille des Waldes. Und wie immer, wenn Charlotte so im dunklen Wald stand, wunderte sie sich wieder, wie zuerst tiefstes Schweigen und Dunkel um sie herum war und dann plötzlich die Geräusche des Waldes nach und nach wieder auflebten. Es war wirklich erstaunlich, was da so um sie herum zu hören war. Rascheln, Knistern, Flattern, herunterfallende Äste, Nüsse. Charlotte fühlte, wie die Eiche ihr Kraft und den Willen zum Durchhalten gab.

Nach einer langen Weile fragte Frankia: „Warum sagte Gerhard vorhin, heute Abend fühle es sich fast an wie in alten Zeiten?"

Charlotte erzählte ihr von Gerhards Arbeit im Widerstand gegen die Nazis, kurz erwähnte sie auch Roberts Großvater, die Beziehung der beiden und Diabolos Geschichte.

Frankia schüttelte fassungslos den Kopf: „Nicht, dass ich in dieser Kürze die Geschichte wirklich verstehen kann. Aber ich bekomme eine Ahnung, warum der Besuch von Peter heute Abend für ihn so dringend ist."

„Wieso, was hat das damit zu tun?"

„Nun, ihr sagtet doch, Peter habe eine hohe Stellung in seiner Firma. Wahrscheinlich versuchen sie ihn mit der Vergangenheit seines Vaters unter Druck zu setzen. Wenn er euch nicht dazu bringt zu schweigen, können sie ihm ganz schön Unannehmlichkeiten bereiten…".

Charlotte fand, dass das jetzt etwas zu sehr nach Verschwörungstheorie klang. Frankia bat, Diabolos Grab zu sehen und sie gingen schweigend durch den Wald. Sie nahmen die Abkürzung, so dass sie von hinten an den Garten und die Grabstelle kamen. Als sie aus dem Wald traten, sahen sie, dass jemand am Grab stand. Peter stand mit gesenktem Kopf vor dem Grab. Er hatte sie nicht kommen hören, und auch als sie nun über die Wiese näher traten, bemerkte er sie nicht. Er stand mit geballten Fäusten und murmelte etwas vor sich hin. Sie hörten nicht, was er sagte, aber es klang wütend, zornig und bitter. Charlotte gab Frankia ein Zeichen, aber es war gar nicht nötig gewesen. Frankia hatte sich schon abgewendet und sie gingen leise den Weg zurück, den sie gekommen waren. Als sie dann vom Wald her auf den Hof zugingen, kam ihnen auch Peter entgegen. Er war wieder ganz der Alte, jovial, gelassen, freundlich:

„Ach, da seid ihr ja. Ich hatte es mir dann doch anders überlegt und wollte auch noch einmal frische Luft schnappen. Zu schön der Sternenhimmel."

Charlotte und Frankia nickten, sagten aber nichts. In diesem Moment hörten sie unten im Tal ein Auto und sie waren noch nicht ganz im Haus, da fuhr Robert auch schon vor. Robert sprang aus dem Auto und als er Charlotte in der Türe stehen sah, rief er auch schon:

„Wahnsinn! Itzenheimer hat uns die Körner fast aus der Hand gerissen. Sie sind jetzt gerade schon in der Analyse."

Charlotte hatte ihm ein Zeichen gemacht, aber Robert hatte es nicht gesehen. Erst als sie auf ihn zuging, merkte er, dass sie ihm etwas mitteilen wollte und verstummte. In dem Moment sah er auch schon seinen Vater, der hinter Charlotte auftauchte.

Robert war maßlos erstaunt: „Was machst du denn hier?"

Aber sein Vater ging gar nicht darauf ein, er begrüßte ihn und Gerhard, als sei es ganz normal, dass er mitten in der Nacht auf dem Mönchshof auftauchte. Gerhard schien nicht einmal sonderlich überrascht.

Charlotte sagte schnell: „Gerhard, geht es deinem Freund wieder besser? Haben die Kräuter gegen die Herzschwäche geholfen?"

Gerhard nickte: „Ja, ich denke er ist auf dem Weg der Besserung. Vorsichtshalber haben wir ihn aber doch ins Krankenhaus gebracht. Ich kenne Itzenheimer sehr gut, er wird die Blutanalysen sicher gut machen und morgen hat Stefan dann Gewissheit."

Charlotte lächelte. Unglaublich, wie schnell Gerhard reagierte und die Story aufgegriffen und Roberts Ausplaudern wieder ausgeglichen hatte. Sie wussten ja noch gar nicht, ob es nötig war, dass alles vor Peter zu verbergen, aber es war auf jeden Fall erst einmal sicherer. Peter schien sich für das alles aber gar nicht sonderlich zu interessieren. Ihm war jetzt sichtlich etwas unbehaglich und als sie alle kurze Zeit später vor dem Kamin saßen, schien er sich schwer zu tun, einen Anfang zu finden. Gerhard wollte es ihm einfacher machen und fragte freundlich:

„Nun Peter, was führt dich denn zu uns? Nicht, dass wir uns nicht sehr über deinen Besuch freuen, aber sicherlich hast du so mitten in der Nacht ein Anliegen?"

Peter seufzte wieder tief. Dann sagte er: „Richter hat mich vorhin angerufen. Er hat mir von den großen Erfolgen mit dem gentechnisch veränderten Hafer erzählt, und dass sie kurz vor der Marktreife stünden. Um ganz sicher zu gehen, dass der Hafer keine Schäden verursache, hätten sie über drei Jahre Fütterungsexperimente mit Delphinen und Pferden gemacht. Ziel der Untersuchungen war die Prüfung, wie sich der Hafer in der Nahrungskette verhält. Und in 99% der Fälle hatten sie keinerlei Effekte gefunden. Nun... ich denke die Fälle, wo sie Effekte gefunden haben, kennt ihr."

Peter schwieg und blickte in die knisternden Flammen. Charlotte runzelte die Stirn:

„Ja, aber warum ruft er damit sie an?"

Peter blickte weiterhin in die Flammen: „Nun, ich schulde ihm noch einen Gefallen. So ist das mit der Favour-Bank. Er hat vor Jahren für mich die Kartoffeln aus dem Feuer geholt. Jetzt bin ich dran."

Robert schüttelte ungeduldig den Kopf: „Aber was sollst du denn da machen?"

Jetzt lächelte Peter: „Richter hat mich gebeten zuerst mit Gerhard und dann mit Gerhard zusammen mit euch zu sprechen."

Robert zog die Luft durch die Zähne. „Unglaublich."

Peter schüttelte den Kopf. „Nein, er weiß dass wir... Nun ja, sagen wir mal, er weiß, dass du und ich ein distanziertes Verhältnis haben. Trotzdem bat er mich, es zu versuchen."

Nun schauten alle, inklusive Frankia, die nicht alles verstanden hatte, Peter mit großen Augen an.

„Nun ja", meinte er leicht verlegen. „Es ist doch so, durch den Fortschritt, den wir mit der grünen Gentechnik erzielen, können wir den Hunger in der dritten Welt bekämpfen. Inzwischen soll es sogar gentechnisch verändertem Reis mit zusätzlichem Vitamin A geben. Dadurch wird vielen, vielen Menschen das Augenlicht gerettet werden."

Peter beugte sich leicht vor und schaute zuerst Robert, dann Charlotte an: „Menschen werden vor Blindheit bewahrt!"

Charlotte war nun vor Ärger die Röte ins Gesicht geschossen: „Was hat das mit diesem gentechnisch veränderten Hafer zu tun, der auf SynEquus an die Pferde verfüttert wurde und auf SynAqua an Fische, die wiederum den Delphinen gefüttert wurden? Wie wir inzwischen wissen, ist der Hafer resistent gegen Herbizide. Das heißt, er wird wohl nie in der dritten Welt eingesetzt, denn dort können sich die Menschen weder den Hafer noch die Herbizide leisten. Das heißt weiterhin, er wird hier bei uns eingesetzt werden, damit man mehr Herbizide gegen Unkräuter spritzen kann, ohne den Hafer zu schädigen. Damit werden noch mehr Gifte in die Umwelt gesprüht, nur damit SynAtlantis doppelt verdienen kann: an dem Monopol für den Hafer und an den Herbiziden. Und wenn der Hafer wirklich einmal in der dritten Welt eingesetzt werden sollte, dann von Großgrundbesitzern, die vorher das Land der pleite gegangenen Subsistenzbauern gekauft haben.“

Charlotte holte tief Luft, um sich zu beruhigen.

„Entschuldigen sie, aber das ist doch Irrsinn. Heute wäre fast ein Mensch gestorben, weil SynAtlantis mit Lebensmitteln herumexperimentiert und es überhaupt nicht im Griff hat. Abgesehen davon, “ und nun packte sie wieder der Ärger, „ist das ja wohl eine absolute Frechheit von Richter, sie heute Abend hierher zu schicken, nachdem wie er mit mir umgesprungen ist.“

Und dann erzählte sie Peter von ihrem Gespräch mit Richter. Während sie erzählte, wurde Peter sehr nachdenklich, sein Gesicht wurde immer besorgter. Dann sagte er:

„Nun, das hat Richter mir natürlich nicht erzählt. Wenn ich das gewusst hätte….Mein Problem ist….“

Er verstummte. Einen Moment schwiegen alle. Dann vollendete Gerhard seinen Satz:

„Dein Problem ist der Gefallen, den er dir damals getan hat."

Peter sagte nichts darauf. Gerhard fragte ihn:

„Dürfen wir wissen, was für ein Gefallen es war?"

Peter vergrub sein Gesicht in den Händen. Dann blickte er Gerhard an:

„Wie viel wissen Charlotte und Robert von der Vergangenheit?"

Gerhard sagte ruhig: „Alles."

Peter sackte in sich zusammen. Es schien als wollte er sich in dem großen Sessel, in dem er saß, verkriechen. Dann sagte er leise:

„Vor zehn Jahren, als ich gerade in die Geschäftsleitung aufgestiegen war, hat mein damals stärkster Konkurrent, Schmidt, angefangen, in meiner Vergangenheit herumzuschnüffeln. Erinnerst du dich Gerhard, damals hast du plötzlich so ominöse Besuche bekommen, von einem Herrn Wagner, der angeblich deine Heilkunst in Anspruch nehmen wollte. Du riefst mich damals an, weil er dich ganz offensichtlich über meinen Vater ausfragen wollte. Aufgrund von Unterlagen, die ich im Büro von Schmidt fand, war er schon ziemlich weit gekommen mit seiner Recherche. Er plante wohl, mir einen kleinen Skandal anzuhängen, damit ich aus der Geschäftsleitung zurücktreten würde. Seine Story sollte wohl ungefähr so an die Presse gehen: Schwerverbrecher unter den Nazis wurden nie wirklich bestraft. Und ihre Söhne sitzen heute wieder ganz oben in den Geschäftsleitungen mit drin."

Peter schwieg eine Weile. Sein Gesicht war grau geworden. War es die Vergangenheit, war es die Erinnerung, oder war es wirklich die Furcht, dass diese Vergangenheit an die Öffentlichkeit kommen könnte, die ihm so zusetzte? Wieder war Peters Stimme sehr leise als er fortfuhr:

„Damals hat mir Richter geholfen. Ich weiß nicht, was er unternommen hat, aber SynAtlantis hat hervorragende Anwälte, sie sind berühmt und berüchtigt. Je nachdem auf welcher Seite man steht. Es reichte, dass einer dieser Anwälte einmal bei Schmidt auftauchte und die Sache war vergessen. Im Gegenteil, danach schien Schmidt mich eher zu unterstützten, als zu bekämpfen."

Gerhard lehnte sich nachdenklich zurück. „Das heißt also, wenn du es nicht schaffst, Robert und Charlotte zurück zu halten, dann könnte Richter mit Diabolos Nazi Vergangenheit gegen dich zu Felde ziehen."

Peter schüttelte müde den Kopf. „Ich glaube nicht, dass Richter das tun würde. Aber das Wissen darum ist natürlich bei SynAtlantis hinterlegt. Da mache ich mir nichts vor."

Robert schüttelte ungläubig den Kopf: „Aber zum Teufel noch mal. Weder du noch ich können irgendetwas dafür, was Diabolo gemacht oder nicht gemacht hat. Was wollen die uns denn?"

Peter stöhnte gequält auf: „Ja, aber stell dir doch mal vor, die Presse würde einen Verriss unserer Familiengeschichte bringen. Und Gerhard würde durch den Schmutz gezerrt."

Auch Gerhard hatte nun das Gesicht in den Händen vergraben. Dann sagte er: „Vor zehn Jahren war ich bereit den Kampf aufzunehmen. Das habe ich dir ja auch gesagt, damals. Aber jetzt, " und nun wurde seine Stimme leise „bin ich müde, so unglaublich müde."

Alle schwiegen jetzt. Frankia hatte Fragezeichen im Gesicht stehen, aber sie merkte, dass sie im Moment nicht nachfragen konnte. Gerhard wandte sich wieder an Peter:

„Bevor Robert und Charlotte im letzten Jahr zu mir kamen, hatte ich eigentlich schon mit dem Leben abgeschlossen. Ich war bereit zu gehen. Ich wusste, Diabolo wartete dort drüben auf mich. Aber dann kamen Robert und Charlotte."

Und jetzt wandte er sich an die Beiden: „Ich habe es nie gesagt, aber ihr beide habt mir so viel Lebensfreude wieder gegeben. Es war, als könnte ich durch das Weitergeben meiner und Diabolos Geschichte ein Stück der Vergangenheit heilen. Und gleichzeitig fiel auch eine große Last von mir ab. Und nun, " und dabei rollten Tränen seine gefurchten Wangen hinunter „und nun holt uns die Vergangenheit wieder ein?"

Es war ein betroffenes, trauriges Schweigen, das sie nun alle einhüllte. Eine lange Zeit war es still. Aber dann ergriff Frankia das Wort:

„Ich weiß zwar nicht, was hier vor sich geht. Ich habe nur die Hälfte verstanden und deswegen ahne ich es nur. Aber so geht es jetzt nicht weiter. Es ist jetzt zwei Uhr morgens und wir sind alle hundemüde. Ich würde vorschlagen, wir gehen jetzt ins Bett und morgen nach dem Frühstück sortieren wir das alles, was immer es auch ist, auseinander. Was hier gerade vor sich geht, scheint absolut nicht heilsam zu sein. Ich schlafe heute Nacht hier vor dem Kamin auf den Schaffellen, dass wollte ich schon immer mal, es ist so romantisch. Peter kann in dem Gästezimmer schlafen, das für mich vorgesehen war. Und Charlotte, hole doch bitte deine Räuchersachen. Wir sollten nicht ins Bett gehen, bevor wir uns nicht alle gegenseitig gesegnet haben, sonst wird das ja eine fürchterliche Nacht."

Gerhard war so erstaunt, dass ihm ein Moment der Mund offen stehen blieb. Dann musste er plötzlich lachen: „Oh Frankia, du bist wundervoll. Und entschuldige, dass wir dir nicht übersetzt haben."

Frankia winkte ab: „Nein, das war nicht möglich. Ich denke, das musstet ihr in eurer Muttersprache klären."

Charlotte stand auf und holte ihre Kräuter. Als der Duft von Salbei, Königskerze, Beifuß und Wermut durch den Raum zog, fühlten sich alle schon ein klein wenig besser. Sie standen auf und Charlotte segnete und reinigte sie mit dem Rauch der Kräuter. Peter schaute mehr erstaunt als skeptisch, schloss dann aber die Augen und plötzlich huschte ein fast schon glückliches, wehmütiges Lächeln über sein Gesicht. Zum Schluss übergab Charlotte die Kräuter an Frankia und Frankia reinigte und segnete Charlotte. Dann löschte Frankia die Kräuterglut und schickte alle ins Bett:

„Und bis morgen wird über all das nicht mehr nachgedacht, oder falls das nicht möglich ist, zumindest nicht mehr darüber gesprochen. So sind die Spielregeln, bis morgen nach dem Frühstück. Dann sprecht ihr alles durch und gemeinsam wird dann schon eine Lösung gefunden werden."

Beim Frühstück trafen sich alle wieder. Charlotte fasste kurz für Frankia zusammen, was sie nicht verstanden hatte. Peter kam als letzter an den Tisch. Als sie ihn zum Frühstück riefen, kam er aus dem Garten und war offensichtlich am Grab gewesen. Er sah verfroren aus, so als hätte er dort sehr lange gesessen und man sah, dass er geweint hatte. Sein Gesicht zeigte die Erschöpfung aber auch die Entspannung eines Menschen, der ein lange mit sich herum getragenes Leid endlich los gelassen hat.

Robert sprach beim Frühstück als Erster. Er sagte, er würde gerne noch heute Itzenheimer von dem anderen Teil der Geschichte, nämlich den Fütterungsversuchen mit den Delphinen berichten. Aber er würde dies nur tun, wenn sowohl Gerhard wie auch Peter zustimmten. Gerhard sah fragend zu Peter. Peter nickte, müde aber zustimmend.

„Ja, ich denke das ist das Beste. Sonst sieht es so aus, als würden wir etwas verheimlichen. Als steckten wir mit SynAtlantis unter einer Decke, das macht alles nur noch Schlimmer."

Gerhard wirkte erleichtert als er sagte. „Dann schlage ich vor, wir versuchen heute einen ruhigen Tag zu verbringen. Ich koche eine stärkende Suppe. Sie wird den ganzen Tag über auf dem Herde stehen, jeder der Hunger hat oder Kraft braucht, kann sich davon nehmen. Und ich stelle für jeden von euch Kräutertees zusammen, was ich gerade so denke, was ihr braucht. Und ansonsten, sollten wir alle heute so viel Zeit in der Natur verbringen wie möglich. Peter, kannst du noch bleiben?"

Peter nickte: „Ich müsste ein paar Telefonate machen, aber dann… Ja, ich würde sehr gerne noch bleiben."

Und so verbrachten sie, ohne dass sie zunächst eine wirkliche Lösung gefunden hatten, einen ruhigen Sonntag mit ausgedehntem Spaziergängen, Kräuterbehandlungen, Mittagsschlaf und einigen Gesprächen. Nachdem Robert Itzenheimer angerufen hatte, gingen Peter und Robert zusammen spazieren. Peter erkundigte sich ausführlich nach allem, was auf SynAqua vorgefallen war. Zum ersten Mal in seinem Leben hatte Robert das Gefühl, das sich sein Vater wirklich für ihn und für seine Arbeit interessierte. Als sie wieder zum Klosterhof zurückkamen, sagte Peter zu Robert:

„Robert, ich bin sehr glücklich, dass wir wieder miteinander reden können. Wirklich, das macht mich sehr, sehr glücklich."

Robert lag auf der Zunge, dass es ja wohl bisher nicht an ihm gelegen hätte. Aber er schluckte es hinunter und lächelte stattdessen zustimmend, wenn auch ein wenig matt. Dann gingen sie gemeinsam Gerhards Suppe essen. Charlotte kam dazu und fragte:

„Was hat Itzenheimer denn gesagt?"

„Nun, er war begeistert. Er wollte noch heute einen Hubschrauber zu der Insel schicken und Fotos schießen."

Einen Moment schwieg Robert. „Angst habe ich ja schon, wie SynAtlantis reagieren wird."

Er sah Markus vor sich, wie er mit ihm auf SynAqua stand und Markus ihm anerkennend und dankbar die Hand auf die Schulter legte. Gerhard, der alles aus der Küche heraus gehört hatte, sagte:

„Nun, deinen Job bist du natürlich los, aber den hättest du ja wahrscheinlich sowieso nicht mehr machen wollen? Und ansonsten- nun da du alles, was du weißt, an die Presse gegeben hast, gibt es für SynAtlantis ja eigentlich keinen Grund mehr, dich zu bedrohen. Sie werden natürlich versuchen, dich unglaubwürdig zu machen. Ja, das werden sie bestimmt."

Robert seufzte. Charlotte legte ihm von hinten die Arme um die Schultern: „Es war die richtige Entscheidung. Das hätten wir nicht verschweigen dürfen. Ich finde, das geht die ganze Menschheit etwas an. Schau doch mal was das bedeutet. Gentechnisch veränderte Nahrungsmittel verhalten sich vollkommen unvorhersehbar in der Nahrungskette. Kein Mensch weiß, was diese Stoffe bei Mensch und Tier anrichten, das muss doch an die Öffentlichkeit."

Peter legte Robert nun die Hand auf die Schulter: „Ja, das finde ich auch. Ich habe das Gefühl, ich habe mein ganzes Leben lang geschwiegen. Immer war mir die Sicherheit meiner Familie, mein Ruf, meine Stellung wichtig. Und jetzt bricht mein Sohn dieses Schweigen. Ich bin stolz auf Dich. Und was immer ich kann, werde ich tun. Ich habe vorhin schon mit meinem obersten Chef telefoniert. Ich habe ihm sowohl von dem bevorstehenden Skandal bei SynAtlantis wie auch von deinem und Charlottes Rolle dabei und von meiner Sorge wegen unserer Familiengeschichte erzählt. Er hat sich bei mir dafür bedankt, dass ich ihn gleich informiert habe und hat mich eine Stunde später zurückgerufen. Er wird mich aus der vordersten Front der Geschäftsleitung herausnehmen, aber ohne mein Gehalt zu kürzen. Er sagt, er will mich nur aus der Schusslinie nehmen, so kann ich etwas im Hintergrund bleiben und habe keine öffentlichen Auftritte in nächster Zeit. Später könne ich wieder zurück in den Vorstand kommen. Und dann sagte er, ich solle mir wegen unserer Familiengeschichte keine allzu großen Sorgen machen. Er habe einen befreundeten Kollegen in hoher Stellung bei SynAtlantis angerufen, dessen Vater hatte noch viel mehr Dreck am Stecken. Und dieser Kollege habe ein großes Interesse daran, dass keine Alt-Nazi-Familiengeschichten in der Presse aufgerollt würden. Er hat sich sogar bedankt, dass ich ihn vorgewarnt habe. Er wird dafür sorgen, dass meine Akten bei SynAtlantis vernichtet werden."

Gerhard setzte sich an den Tisch, er war sichtlich erleichtert.

„Peter, ist es denn für dich in Ordnung, den Vorstand zu verlassen?"

Peter nickte nachdenklich. „Weißt du, als ich heute Morgen an Vaters Grab saß, wurde mir klar, wie schnell die Zeit vergeht. Dass mir nicht mehr viel Zeit bleibt, mir Gedanken zu machen, dich zu befragen. Das ich Zeit brauche, um meinen eigenen Sohn kennen zu lernen. Dass ich Zeit brauche, mich selber kennen zu lernen. Von daher ist es vielleicht sogar ein Segen, wenn ich etwas zurücktrete und damit auch nicht mehr ganz so viel Arbeit und Verantwortung habe. Und auch wenn mein Chef es nicht ernst meinen sollte, und mich nicht zurück in den Vorstand holt sobald der Wirbel vorbei ist: vielleicht möchte ich gar nicht mehr zurück. Vielleicht ist es jetzt genug nach all den Jahren."

„Warum tut dein Chef das?" fragte Robert. „Ich meine, warum versucht er, dich zu schützen?"

„Nun, zum einen geht es ihm sicherlich um den Ruf des Unternehmens. Und indem er mich schützt, schützt er die Firma. Zum anderen war sein Vater auch aktiver Nazi. Sein Vater war bei der SS. Das hat er mir damals erzählt, als Schmidt mich in die Pfanne hauen wollte."

Den restlichen Sonntag verbrachten sie ruhig, alle waren sehr müde und nachdenklich. Robert fühlte trotz der Nervosität und seiner Angst, wie SynAtlantis reagieren würde, ein ruhiges Glück in sich aufsteigen. Er lernte seinen Vater kennen. Er hatte wieder Kontakt zu seinem Vater. Nun gab es schon drei Menschen in seinem Leben, die ihm nahe standen: Charlotte, Gerhard und sein Vater. Für ihn, der schon seit langer Zeit das Gefühl hatte, keine Familie zu haben, bedeutete das unheimlich viel und ließ ein sehr heilsames Gefühl der Sicherheit in ihm aufsteigen.

Am Montag früh brachten Robert und Charlotte Frankia zum Flughafen nach Basel. Charlotte fiel der Abschied schwer. Ihr standen Tränen in den Augen, San Francisco war einfach soweit! Beim Abschied sagte Frankia:

„Wisst ihr, die Native Americans sagen immer, es dauert sieben Generationen bis ein Krieg verwunden ist. Jetzt verstehe ich es. Und jetzt sehe ich auch, wie viel Arbeit und Heilung ganz besonders hier in Europa noch passieren muss, bis dieser fürchterliche Krieg verwunden ist."

Dann umarmten sie sich und Frankia sagte:

„Kommt mich doch bitte besuchen. Es würde mich so freuen!"

Charlotte nickte, immer noch unter Tränen. Und auch Robert nickte: „Jetzt, da ich wieder Kontakt zu Pat habe, und ich mich auch auf der Dolphin School wieder sehen lassen kann, kann ich mir gut vorstellen, dass ich öfters mal in San Francisco bin."

„Apropos, Pat und Dolphin School…." sagte Charlotte jetzt erschrocken. „Wir sollten sie und Ken anrufen und vorwarnen, irgendwie könnte das auch sie betreffen."

„Wieso?" Robert schüttelte den Kopf. „Was hat das denn mit ihnen zu tun?"

Frankia wiegte den Kopf hin und her: „Hm… ich weiß nicht. Charlotte könnte Recht haben. Sobald ich zu Hause bin, werde ich mal bei Pat vorbeischauen und ihr alles erzählen. Besser ist besser."

Dann war es für Frankia endgültig Zeit zu gehen und sie verschwand durch die Sicherheitskontrolle. Robert und Charlotte fuhren zu ihrer Wohnung in Basel. Als sie dort ankamen, erwartete sie schon eine ganze Traube von Journalisten und Fotografen. Robert hielt 100 m vor ihrer Wohnung das Auto an und sagte erschrocken:

„Ach du Scheiße, was machen wir denn nun?"

„Das kann nur heißen, dass der Spiegel-Artikel schon draußen ist. Puh, Itzenheimer war wirklich schnell."

„Ja aber was machen wir denn nun?"

Roberts Stimme klang völlig panisch. Er sah aus, als wolle er umdrehen und fortfahren.

„Stopp, Robert, Stopp. Ganz ruhig. Wenn wir jetzt flüchten, werden sie uns folgen. Und wo sollen wir hin? Wir wollen doch diese Meute nicht zum Mönchshof schleppen. Komm, wir gehen jetzt dadurch. Lass mich einfach reden, achte du darauf, dass keiner es schafft, uns ins Haus oder gar in die Wohnung zu folgen."

Robert fuhr langsam weiter. Er konnte kaum bis zum Haus fahren, weil sich die Meute an Journalisten auf sie stürzte. Doch Robert parkte mit bewundernswerter Ruhe das Auto cm für cm ein, indem er die Journalisten mit dem Auto zur Seite drängte.

Charlotte ließ das Fenster einen cm hinunter: „Wenn sie nicht alle einen Meter vom Auto zurücktreten, steigen wir nicht aus."

Nichts passierte. Die Journalisten schrien Fragen durch den Fensterspalt. Charlotte gab Robert ein Zeichen und sie legten sich beide im Sitz zurück. Nach ungefähr einer Viertelstunde des Wartens sagte Charlotte noch einmal klar und deutlich durch den Fensterspalt:

„Wenn sie nicht mindestens einen Meter vom Auto zurücktreten, steigen wir nicht aus."

Dieses Mal traten die Journalisten wirklich zurück. Sie stiegen aus und Robert schloss das Auto ab. Beide hielten ihre Rucksäcke fest umklammert, damit niemand ihnen die Taschen wegreißen konnte. Kaum standen sie draußen, sprangen die Journalisten wieder vor, aber Charlotte spürte, sie hatte den ersten Sieg errungen. Sie machte eine Handbewegung. Tatsächlich trat Schweigen ein.

„Was wollen sie wissen?"

„Stimmt es, was der Spiegel schreibt?" schrie ein kleiner hagerer Mann.

„Das weiß ich nicht, wir haben den Spiegelartikel noch nicht gelesen."

„Ist es wahr, dass gentechnisch veränderte Lebensmittel tödliche Folgen für die Verbraucher haben und dass der Verzehr von gentechnisch veränderten Nahrungsmitteln unglaublich aggressiv macht?"

Charlotte fühlte ein Lachen in sich aufsteigen, dass eigentlich nicht zu der Situation passte. Am liebsten hätte sie geantwortet: „Ja, diese Lebensmittel sind sofort tödlich und bringen Menschen dazu, sich noch im nächsten Leben gegenseitig umzubringen."

Aber sie wusste, sie musste sich jetzt zusammenreißen. So sagte sie ganz ruhig:

„Wir wissen nur, dass in einem Fütterungsversuch mit gentechnisch veränderten Futtermitteln Delphine gestorben sind und Pferde aggressives Verhalten zeigten. Mehr wissen wir nicht. Bitte lassen sie uns jetzt durch."

Damit gingen sie und Robert entschlossen in Richtung Haustür. Die Journalisten wollten sie nicht durchlassen, sondern schrien weiter Fragen durcheinander. Doch in diesem Moment öffnete sich die Haustür und ein Rottweiler kam auf die Straße gestürzt. Er stoppte zwar vor der Meute, doch sein aufgestelltes Nackenfell, die gefletschten Zähne und ein tiefes Knurren gaben klar zu erkennen, dass er nicht freundlich gesinnt war. Die Journalisten wichen erschrocken zurück. Charlotte und Robert nutzten den Augenblick und gingen schnell durch den kleinen Vorgarten. Das war wirklich Glück, dass Karsten Bobbi rausgelassen hatte! Charlotte warf einen dankbaren Blick zu dem Fenster über ihr. Die Journalisten wollten hinter ihnen her, aber Bobbi hatte seine Rolle völlig richtig verstanden. Er ließ Robert und Charlotte durch, doch kaum setzte ein Journalist den Fuß in den kleinen Vorgarten, ging Bobbi mit wütendem Bellen auf ihn los. Robert und Charlotte konnten durch die geöffnete Haustür schlüpfen. Dahinter stand Karsten, der jetzt nach seinem Hund pfiff. Sofort kam Bobbi angesprungen und sie schlossen schnell die Türe hinter ihm.

„Karsten, das war die Rettung. Tausend, tausend Dank! Und auch dir Bobbi, du bist ja echt der Held, das wusste ich noch gar nicht!"

Charlotte beugte sich zu Bobbi und streichelte ihn anerkennend. Hund und Herrchen waren gleichermaßen stolz.

„Na, ich hab mir doch gedacht, dass die auf euch warten! Und den ganzen Vormittag nerven die uns schon." knurrte Karsten.

Dann warf er ihnen einen neugierigen Blick zu: „Aber ihr seid da auch in was reingeraten! Sabine von ganz oben hat mir den Spiegel gebracht. Mensch Meier, das ist ja ´ne Story!"

Charlotte seufzte. „Wir haben den Spiegel noch gar nicht gelesen. Dürfen wir ihn mal ausleihen? Und später erzählen wir dir gern, was wir wissen. Das habt ihr euch verdient. Überhaupt, magst du allen Bescheid geben im Haus, in zwei Stunden bei mir in der Wohnung, dann erzählen wir, was wir wissen. Schließlich müsst ihr ja alle drunter leiden, dann habt ihr auch ein Recht zu wissen, was hier abgeht."

Karsten nickte und holte den Spiegel aus seiner Wohnung. Nachdem er ihnen die Zeitschrift mit dem aufgeschlagenen Artikel in die Hand gedrückt hatte, machte er sich sichtlich stolz auf den Rundgang. Als er bei den nächsten Nachbarn klingelte, nutzten Robert und Charlotte die Gelegenheit und verschwanden in ihrer Wohnung. Der Spiegelartikel war zwar recht reißerisch und zum Teil überzogen, indem die Folgen der Fütterungsversuche direkt auf die Menschen extrapoliert wurden, aber im Großen und Ganzen waren die Ereignisse ziemlich klar und detailliert wiedergegeben. Es war klar, dass Itzenheimer schon bei der Show am Nachmittag auf SynEquus dabei gewesen sein musste. Wie er das geschafft hatte, blieb ein Rätsel. Und er musste noch eine Informationsquelle auf SynAqua gefunden haben. Marco? Francois? Zumindest wusste Itzenheimer viel mehr Details, als Robert ihm gegeben hatte. Robert wurde namentlich erwähnt, und natürlich auch Charlotte. Sonst wurde niemand als Informationsquelle angegeben. Über Mühlhausen wurde berichtet, aber es kam aus der Story klar heraus, dass er nur der Ausführende war und Richter die Anweisungen gegeben hatte. Franz, der Tierarzt wurde interessanter Weise gar nicht erwähnt. Das brachte Robert auf eine Idee: „Vielleicht hat Franz einen Deal mit Itzenheimer abgeschlossen. Er rückt Infos raus, dafür bleibt er aus der Story draußen? Ganz schön gewagt... aber immerhin, er hat ja die ganzen Daten. Puh... in seiner Haut möchte ich jetzt auch nicht stecken."

Und das erinnerte Robert daran, dass er sich in seiner eigenen Haut momentan auch gar nicht so gut fühlte. Unwillkürlich stöhnte er auf. Charlotte nahm ihn die Arme: „Robert, du bist nicht allein. Wir stehen das gemeinsam durch!"

„Ich sollte morgen nach SynAqua fliegen."

„Aber das kannst du doch absagen? Und wenn nicht, dann komme ich mit. Teile ihnen einfach mit, ohne Zeugen kommst du nicht."

„Ich kann doch nicht wie ein kleiner Junge, der nicht ohne Mami…"

„Robert, wir reden hier nicht von kleinen Jungen. Wir haben es hier mit einem Finanz-Giganten zu tun. Noch besser wäre es übrigens, du würdest gleich einen Anwalt mitnehmen."

Robert schwieg betroffen. Er drückte sich fest gegen Charlotte. In das Schweigen klingelte plötzlich das Telefon. Beide erschraken. Charlotte ging dran. Es war Markus. Ohne eine Begrüßung sagte er:

„Ich möchte Robert sprechen."

Charlotte hielt die Hand über den Telefonhörer und flüsterte Robert zu:

„Es ist Markus. Und denk dran, kündige gleich an, dass du nicht alleine kommst."

Robert nickte, er sah jetzt leichenblass aus. Als er das Telefon übernahm, sagte er eine ganze Weile gar nichts, sondern hörte nur zu. Dabei wurde er immer blasser.

„Gut" sagte er nach einer Weile. „Ich komme morgen nach Frankfurt. Aber nicht um 8 Uhr früh. Ich werde nicht allein kommen, deswegen kann ich nur etwas später kommen. Nachmittags um 15 Uhr. Das gibt mir auch Gelegenheit, die Pressemeute vor meiner Haustür abzuschütteln."

Als er auflegte, schüttelte er sich. „Markus war eiskalt. Nichts mehr von seiner super verständnisvollen Freundlichkeit. Nach SynAqua lassen sie mich natürlich nicht mehr. Ich soll morgen nach Frankfurt kommen. Um 8 Uhr! Die spinnen ja wohl. Damit ich auch ja keine Zeit habe mich vorzubereiten. Wen nehme ich denn bloß mit?"

„Hat er sofort geschluckt, dass du nicht alleine kommst?"

„Nein, natürlich nicht. Er hat versucht, mir zu drohen: Ich solle nicht noch mehr Ärger machen und die Geschäftsleitung hätte lange genug mit mir Geduld gehabt usw...."

Charlotte und Robert schauten sich ratlos an. Plötzlich sagte Robert: „Weißt du, ich sollte Pat anrufen. Sie muss das alles wissen. Ich habe das Gefühl, ich habe sie in diesen Schlamassel mit hineingezogen."

Robert hatte ein langes Gespräch mit Pat. Als er auflegte, wirkte er ruhiger. Charlotte war neugierig:

„Erzähl, was hat sie gesagt?"

„Pat ist wirklich erstaunlich. Sie war kaum überrascht. Natürlich hatte sie den Spiegelartikel nicht, sie könnte ihn ja auch gar nicht verstehen. Aber sie sagt, sie hat schon so etwas kommen sehen."

„Sie hat schon so etwas kommen sehen?"

„Ja, sie sagte, sie hat letzte Woche mehrmals versucht mich anzurufen. Aber da wir auf dem Mönchshof waren, hat sie mich nicht erreicht. Und eine Nachricht auf dem Anrufbeantworter wollte sie nicht hinterlassen."

„Aber was...?"

„Vor gut einer Woche waren plötzlich Vertreter von SynAtlantis bei der Dolphin School. Sie hatten sich nicht angemeldet. Sie gaben vor, gerade in der Gegend gewesen zu sein und bei der Gelegenheit wollten sie mal reinschauen und sehen, wie die Renovierung so voran geht. Pat sagte, sie war sofort misstrauisch und auch Ken war sofort auf höchster Alarmstufe. Und wirklich: nach allgemeinem Small Talk haben die SynAtlantis - Leute versucht, Pat über mich auszufragen. Dass ich doch keine offizielle Ausbildung zum Tiertrainer hätte. Dass ich damals Pat mit der Dolphin School im Stich gelassen hätte, und, und, und... Keine Ahnung, woher sie das wissen. Und mit den Fragen nach mir haben sie zwischendurch immer

Anfragen verknüpft, ob Pat und Ken nicht das Darlehen in Anspruch nehmen wollten. Die Beiden sind dann gar nicht groß auf die Fragen eingegangen. Ken hat ihnen erläutert, dass in den USA nicht irgendwelche Urkunden oder Bescheinigungen zählen, sondern Können und fachliches Wissen. Und in dieser Hinsicht sei ich ja wohl über jeden Zweifel erhaben. Als Pat dann noch hinzufügte, dass mein Ausscheiden aus der Dolphin School damals in beiderseitigem Einvernehmen stattgefunden hätte, war den SynAtlantis Leuten wohl etwas der Wind aus den Segeln genommen. Ken hat dann die Gesprächsführung übernommen, hat sich noch überschwänglich für die großzügige Spende vom letzten Herbst bedankt, die Wohltätigkeit von SynAtlantis gelobt und zu gleich betont, die Dolphin School bräuchte dank ihrer Großzügigkeit das Darlehen nicht in Anspruch zu nehmen. Daraufhin sind sie dann wieder abgezogen. Pat sagte, sie hätten sich zum Glück damals von einem Anwalt beraten lassen, als sie die Spende von SynAtlantis bekamen. Und dieser Anwalt hatte ihnen geraten, die Spende in der Öffentlichkeit an die große Glocke zu hängen. Sie hatten damals, kurz nach dem ich ihnen den Scheck übergeben hatte, einen Tag der offenen Tür, an dem sie mit großem Pomp die Spende bekannt gegeben haben. Eine Riesen-Show! So richtig amerikanisch eben. Es gibt mehrere Presseartikel darüber, wo immer wieder geschrieben wurde, dass die Spende rein zu Wohltätigkeitszwecken verwendet werden sollte. Ihr Anwalt meinte damals wohl, das würde vorbeugen, dass SynAtlantis nicht später mit irgendwelchen Forderungen nach sogenannten Gefälligkeiten kommen würde. Er hat ihnen damals übrigens auch dringend davon abgeraten, das Darlehen anzunehmen. Das würde sie zu abhängig machen."

Robert schwieg einen Moment. Plötzlich traten ihm die Tränen in die Augen:

„Weißt du, Pat und Ken wollen beide für mich öffentlich aussagen, dass ich ein sehr guter Trainer sei. Dass es keinen Zweifel daran geben könnte, dass ich keine Schuld an dem Tod der Delphine habe."

Er lächelte und die alten Schuldgefühle stiegen wieder in ihm hoch. „Wenn ich bedenke, dass ich sie damals wirklich im Stich gelassen habe."

Charlotte schüttelte energisch den Kopf. „Du hast sie nicht im Stich gelassen. Eure Beziehung war am Ende. Und so seid ihr doch beide viel glücklicher. Wärst du bei ihr geblieben, wäre sie heute viel unglücklicher."

Robert schluckte. So hatte er das noch nicht gesehen und ganz gefiel ihm diese Sicht der Dinge auch nicht. Aber es nahm ihm ein wenig die Schuldgefühle.

Sie hatten noch etwas Zeit, bevor die Nachbarn kamen. Charlotte machte einen Salat und kochte Tee. Dann setzten sie sich noch ein paar Minuten in das Meditationszimmer und baten um Unterstützung und innere Ruhe. Die Nachbarn kamen alle zusammen, für sie schien es ein großes Happening zu sein. Mit Verschwörer-Mienen versammelten sie sich im Wohnzimmer. Karsten hatte sogar Kuchen organisiert. Charlotte kochte Kaffee und Tee. Bald war eine fröhliche Unterhaltung im Gange und Charlotte dachte, wie seltsam es war, dass sich die Nachbarn noch nie zuvor getroffen hatten. Offensichtlich brauchte es erst einen solchen Anlass, damit sie alle zusammen kamen. Sie zögerte, die fröhliche und unbekümmerte Unterhaltung zu unterbrechen. Aber ein Blick aus dem Fenster zeigte ihr, dass draußen immer noch die Journalisten warteten. So rief sie alle im Wohnzimmer zusammen und erzählte kurz und möglichst nüchtern, was sie über SynAqua und SynEquus wussten und was sie dort erlebt hatten. Robert fügte noch hier und da etwas dazu und übernahm, wenn Charlottes Stimme zu zittern begann.

Es war Charlotte anzumerken, dass sie von allem sehr mitgenommen war.

Sabine meldete sich nach Charlottes Bericht als erste zu Wort. Sie war Anwältin und seit ca. einem Jahr bei der sich neu formierenden Gruppe der European Concerned Scientists engagiert. Diese Gruppe hatte sich als Tochterorganisation der American Concerned Scientists gebildet und hatte das Ziel, WissenschaftlerInnen mit ethischen, moralischen und humanitären Idealen zu unterstützen. Als Anwältin versuchte sie weniger, direkt Hilfe bei Rechtsstreitigkeiten zu bieten, als vielmehr im Vorfeld die WissenschaftlerInnen über die Rechtslage und vor allem über mögliche Gefahren, aber auch ihre jeweiligen Chancen und Möglichkeiten aufzuklären.

„Wir müssen uns bewusst sein, dass wir es mit SynAtlantis mit einem globalen Giganten zu tun haben, der die besten Anwälte der Welt mit einem fast unendlichen Finanzvolumen im Rücken hat. Völlig unabhängig davon, ob wir im Recht oder Unrecht sind, haben wir fast keine Chance, dagegen anzukommen. Nicht etwa, weil sie die deutschen Gerichte schmieren könnten, so weit sind wir noch nicht. Sondern weil sie es meist schaffen, im Vorfeld mit Mitteln aller Wahl die Rechtslage so zu drehen, dass die Beweislage dann auf ihrer Seite ist. So würde es mich zum Beispiel überhaupt nicht wundern, Robert, wenn sie dir am Dienstag erzählen würden, dass du dir ohne Ausbildung und mit gefälschtem Diplom und Mastertitel ihr Vertrauen erschlichen hast. Versuchst du dann, die nötigen Beweismittel zu besorgen und zu beweisen, dass dein Diplom nicht gefälscht ist, wirst du feststellen, dass an den Universitäten vor allem in den USA plötzlich niemand mehr zuständig ist für dich. Dass deine Unterlagen aus ominösen Gründen verschwunden sind, so als hätte es dich an diesen Universitäten nie gegeben."

Sabine schwieg einen Moment. Im Raum war tiefstes Schweigen. Alle schauten entsetzt auf Robert, der blass geworden war und betroffen schaute.

„Meistens" so fuhr jetzt Sabine fort, „setzen sie das nur als Drohmittel ein. Sie versuchen einfach, dich damit zum Schweigen oder sogar zum Mitspielen zu gewinnen. Wirklich an die Öffentlichkeit gehen sie in den wenigsten Fällen, weil die Gefahr zu groß ist, dass KommilitonInnen von dir, ehemalige LehrerInnen oder ProfessorInnen aufstehen und zu deiner Verteidigung aussagen. Allerdings ist es ungeschickt, diese im Voraus mit in den Kampf zu nehmen, denn dann hat SynAtlantis wiederum die Möglichkeit, mit ihnen das gleiche Spiel zu spielen wie mit dir. Einem Professor kann man zum Beispiel mit Leichtigkeit wissenschaftliches Fehlverhalten nachweisen, wenn man genug finanzielle Mittel im Hintergrund hat. Damit ist er dann für die nächsten 5 - 10 Jahre geliefert."

Wieder schwieg sie einen Moment. Sie blickte aus dem Fenster und sah die Journalisten. Sie schüttelte leicht den Kopf und seufzte. „Die beste Strategie ist immer, bevor es zu einer Auseinandersetzung kommt, sich mit dem Vorwand man habe seine gesamten Dokumente z.B. in einem Zimmerbrand verloren, von den entsprechenden Institutionen etc. beglaubigte Kopien der Zeugnisse ausstellen zu lassen. In diesem Fall können die Universitäten natürlich nicht wenige Wochen später behaupten, sie hätten keinerlei Unterlagen von Dir. Aber dazu ist es jetzt zu spät. Also würde ich vorschlagen, du nimmst morgen einen/ eine Zeugin mit. Das verhindert, dass sie dich psychisch zu sehr unter Druck setzten können. Auch machen sie dann meistens keine krummen Angebote. Und dann höre dir alles ganz ruhig an, krieg keine Panik, widersprich einfach ruhig und sachlich. Allzu große Sorgen musst du dir nicht machen. Wie gesagt, meist bluffen sie. Denk immer daran, dass die Gefahr viel zu groß ist für sie, wenn sie mit irgendwelchen Lügengeschichten an die Öffentlichkeit gehen. Lass dich nicht erschrecken. Und stell dich darauf ein: wenn es irgendeinen dunklen Fleck in deiner Vergangenheit gibt, dann haben sie den gefunden. Und werden versuchen ihn auszuspielen."

Nun brach ein allgemeines empörtes Durcheinander zwischen den Nachbarn aus. Alle regten sich über diese Machenschaften auf. Karsten war es schließlich, der alle zum Schweigen brachte, indem er fragte:

„Ja aber wer geht denn nun morgen mit Robert mit?"

Sofort schauten alle auf Sabine. Sabine schien sich sehr unbehaglich zu fühlen, unglücklich nickte sie:

„Ja klar mach ich das."

Aber nun griff Charlotte ein: „Nein, das kommt überhaupt nicht in Frage. Sabine, ich will dein Können nicht in Frage stellen, aber gegen die Anwälte von SynAtlantis hast du doch keine Chance. Und wenn du dich als junge Anwältin so exponierst, dann werden sie dafür sorgen, dass deine Karriere hiermit beendet ist. Nein, ich finde, das wäre ein unnötiges Opfer, denn es würde nicht viel bringen."

Sabine blickte sie dankbar an, sagte aber nichts.

„Aber wer sollte es denn dann tun?" fragte Karsten empört in die Runde. Man hatte fast das Gefühl, er würde eigentlich gerne mitgehen, am besten würde er gleich Bobbi mitbringen, der im Moment friedlich schnarchend zu seinen Füssen lag.

Charlotte lächelte: „Ich werde mitgehen. Ich habe schließlich auch viel mitbekommen und im Moment geht es ja hauptsächlich darum, Robert geistige, seelische, moralische Unterstützung zu geben, wenn ich Sabine richtig verstanden habe. Und" und damit lächelte sie etwas schelmisch: „ich bilde mir ein, das kann ich recht gut."

Alle akzeptierten das. Nun baten Charlotte und Sabine abwechselnd noch alle Nachbarn möglichst sachlich, nüchtern und kurz angebunden mit der Presse zu kommunizieren. Keinen Skandal heraufzubeschwören, sondern einfach immer wieder dieselbe Auskunft zu geben: Alles was sie wüssten war, dass durch gentechnisch verändertes Futter Delphine gestorben waren und Pferde aggressiv wurden. Nicht mehr und nicht weniger. Sie sollten möglichst solange immer wieder diese Aussage wiederholen, bis es der Presse zu langweilig wurde. Alle versprachen, sich daran zu halten und kurz darauf waren Robert und Charlotte alleine. Sie begannen nun, sich auf das morgige Gespräch und ihre Fahrt nach Frankfurt vorzubereiten. Sie spielten Situationen, Gespräche und Möglichkeiten durch. Bevor sie schließlich zu Bett gingen, räucherte Charlotte noch die Wohnung und auch Robert und sich selber. So konnten sie gut schlafen.

Die Fahrt nach Frankfurt verlief ruhig. Charlotte meditierte die meiste Zeit während der Fahrt. Sie versuchte, sich so gut wie möglich zu zentrieren, ihre Kraft und Energie zu bündeln und innerlich ruhig zu werden. Es war ihr klar, dass die bevorstehende Auseinandersetzung mit SynAtlantis Vertretern hauptsächlich ein Kräfte messen sein würde. Und wer immer ihnen bei SynAtlantis gegenüber treten würde, würde sich wohl ziemlich sicher sein, die Oberhand zu haben. „David gegen Goliath." dachte Charlotte und fühlte eine ruhige Sicherheit in sich aufsteigen. Keiner von SynAtlantis würde damit rechnen, dass sie ruhig und ausgeglichen den Raum betreten würden. Und sie war sich ziemlich sicher, dass keiner von ihnen eine Ahnung hatte, wie viel Macht in der Visualisierung von Liebe und Mitgefühl steckten. Charlotte wurde sich plötzlich bewusst, dass sie in dem Gespräch sehr gut abschneiden könnten, wenn sie beide zentriert und ruhig blieben und sich auf Liebe und Mitgefühl für alle Wesen konzentrierten. Sie war zuversichtlich, das zu schaffen, denn schließlich waren sie nicht körperlich und nicht durch körperliche Gewalt bedroht.

Am Hauptbahnhof Frankfurt wurden sie zu ihrer Überraschung von Markus und einem Chauffeur erwartet. Markus begrüßte beide freundlich aber distanziert und verabschiedete dann Charlotte. Charlotte lächelte und dachte: „Aha, da war also der erste Trick." Aber bevor sie noch reagieren konnte, sagte Robert bestimmt:

„Nein Markus, so funktioniert das nicht. Charlotte wird mich begleiten. Wenn ihr uns nicht beide im Auto mitnehmen wollt, fahren wir gerne mit der S-Bahn zur Taunusanlage. Wir waren sowieso darauf eingestellt, die S-Bahn zu nehmen."

Markus runzelte unwillig die Augenbrauen: „Ich weiß wirklich nicht, was Charlotte bei diesem Gespräch soll. Es geht um dein Fehlverhalten im Job. Ich habe noch nie gehört, dass jemand zu einem solchen Mitarbeitergespräch seine Frau mitgenommen hätte."

Bei den letzten Worten lächelte er etwas ironisch, unterstützt vom spöttischen Lachen des Chauffeurs.

Robert ließ sich nicht beirren: „Nun, sollen wir mit der S-Bahn fahren?"

Markus starrte ihn einen Moment schweigend an, dann blieb ihm nichts anderes übrig, als Charlotte die Autotür aufzuhalten. Charlotte stieg mit einem Lächeln in den Wagen. Während der Fahrt herrschte eisiges Schweigen. Markus saß vorne und schaute starr auf die Straße. Beim Firmensitz angekommen, führte Markus sie in ein kleines Sitzungszimmer. Eine Sekretärin bot ihnen Kaffee an, den sie dankend ablehnten. Nachdem sie eine halbe Stunde gewartet hatten, was Charlotte zunehmend als Frechheit empfand und auch Robert wütend machte, kam die Sekretärin und bat sie, ihr zu folgen. Auf dem Gang sagte Charlotte laut und deutlich zu Robert:

„Also, das mit der Warterei wie beim Zahnarzt ist ja wohl ein ziemlich plumpes Spiel. So eine primitive Kampfstrategie hätte ich bei einer Firma wie SynAtlantis nicht erwartet."

Die Sekretärin senkte etwas beschämt den Kopf. Dann zuckte sie hilflos mit den Schultern. Charlotte lächelte sie an, um zu zeigen, dass ihr klar war, dass sie als Sekretärin nichts dafür konnte. Sie betraten einen Raum, wo hinter einem großen schweren Schreibtisch drei Männer saßen. In der Mitte saß Markus, rechts und links zwei Anzugmänner, einer von ihnen wurde als der Personalchef Hansen, der Andere, Christiansen, als Angehöriger der Rechtsabteilung vorgestellt. Vor dem Schreibtisch stand ein tiefer Sessel. Hansen begrüßte Charlotte und Robert per Handschlag, führte dann Robert zu dem Sessel und sagte zu Charlotte:

„Frau Lesab, nehmen sie doch bitte dort hinten Platz, von dort können sie das Gespräch gut verfolgen, das ist ja wohl ihr Anliegen, wenn wir sie richtig verstehen."

Robert hatte sich in der ersten Überraschung zwar zu dem Sessel führen lassen, aber er setzte sich nicht. So standen sich Hansen und Robert nun gegenüber, Robert etwas ratlos, Hansen zögernd. Schließlich konnte er Robert nicht einfach in den Sessel hinunterdrücken, was er am liebsten wohl getan hätte. Charlotte fühlte sich durch die lange Meditation während der Bahnfahrt immer noch sehr ruhig und zentriert. Innerlich stieg ein Lachen in ihr auf. Sie lachte Hansen freundlich an:

„Also ne, das ist hier ja eine Gastfreundschaft. Da hätte ich von einer Firma wie SynAtlantis schon etwas mehr Stil erwartet. Offensichtlich verwenden sie nicht nur in der Gentechnik Holzhammermethoden. Robert, würdest du mir gerade mal helfen?"

Mit ihrem fröhlichen verbalen Angriff hatte sie Hansen dazu gebracht, einen Schritt zurück zu treten. Er stand jetzt seitlich neben dem großen Schreibtisch. Robert konnte sich nun von ihm lösen und kam zu Charlotte. Sie zeigte auf zwei an der Wand stehende Sitzungsstühle, die deutlich höher waren als der Sessel. Robert verstand sie sofort. Jeder von ihnen nahm einen Stuhl und sie stellten die Stühle nebeneinander vor den Sessel und setzten sich. Nun saßen sie auf gleicher Höhe den Herren am Schreibtisch gegenüber, fast so als würden sie alle um einen Sitzungstisch sitzen. Christiansen musste ein Grinsen unterdrücken. Hansen hatte sich mit unbeweglicher Miene gesetzt und nur Markus war seine Verärgerung deutlich anzumerken. Er begann nun das Gespräch und Charlotte wunderte sich über Sabines Prognosefähigkeit. Es ging tatsächlich genau in die von ihr vorhergesagte Richtung. Markus sprach von Verrat der Firma gegenüber, Vertrauensmissbrauch, Unvermögen und schlechten Leistungen. All dies hätte SynAtlantis dazu bewogen, Roberts Unterlagen einmal etwas kritischer unter die Lupe zu nehmen, die sie damals wohl in zu vertrauensseliger Gutgläubigkeit nicht kritisch genug geprüft hätten. Und tatsächlich, und hier drückte Markus gekonnt echte Verwunderung aus, wären sie darauf gestoßen, dass Roberts Zeugnisse sämtlich gefälscht waren. Nicht nur das Diplom in Deutschland, nein auch der Mastertitel in USA sei nicht echt.

Da Charlotte und Robert beide darauf vorbereitet waren, blieben sie ganz ruhig. Charlotte konzentrierte sich darauf, Liebe, Mitgefühl, Weisheit und Kraft in den Raum und vor allem zu Robert zu senden. Robert ließ Markus in aller Ruhe ausreden. Als Markus sich schließlich siegesgewiss und abwartend zurücklehnte, antwortete Robert:

„Markus, damit kommt ihr nicht durch. Ich habe damals auf der Abschlussfeier in den USA eine Rede gehalten. Selbst wenn ihr die Universitätsleitung gekauft habt, werden sich mit Leichtigkeit Studierende und Dozierende von damals finden lassen, die mir das bestätigen können.

Ich glaube sogar, es gibt Presseberichte inklusive eines Fotos mit mir. Es kann ja sein, dass ihr das in der Kürze der Zeit nicht recherchieren konntet, aber ihr werdet sicher schnell darauf stoßen. Und was mein Diplom in Deutschland betrifft: ich habe von damals einen Schrieb der amerikanischen Universität, dass sie mein Diplom als gleichwertig zum Bachelor in Biologie anerkennen und ich damit direkt in das Masterprogramm einsteigen kann ohne weitere Auflagen. Diesem Schrieb liegen zwei Gutachten von amerikanischen Dozenten bei. Keiner wird euch glauben, dass alle diese Schreiben gefälscht sind. Ganz abgesehen davon, dass die Dozenten noch leben."

Markus war zwar nun etwas weniger siegesgewiss, aber im Ganzen recht wenig beeindruckt. Es machte fast den Eindruck, als hätte er damit gerechnet, dass diese erste Attacke ihm nicht weiterhelfen würde. Er beugte sich nun mit wohlwollendem, vertrauenerweckendem Blick vor und sagte:

„Nun Robert, ich kann ja verstehen, dass du recht verzweifelt bist. Du hast eine traumatische Kindheit, eine schwierige Jugend gehabt. Dein Vater hat wohl von deinem Großvater recht harsche Erziehungsmethoden übernommen? Dein Großvater wurde Diabolo genannt, wenn ich recht informiert bin? Warum wurde er eigentlich so genannt?"

Robert und Charlotte sahen sich an. Ihre Blicke verbanden sich, nach ein paar Sekunden flossen die Gedankenströme hin und her. „Wie gut, dass Gerhard uns diese Vergangenheit erzählt hat....wie gut, dass es auf so heilsame Weise geschehen ist....wie gut, dass Diabolo Frieden gefunden hat.... Vielleicht können wir diesen Frieden jetzt hier weiterführen...."

Markus wurde es unheimlich. Mit seinem feinen Gespür wurde ihm bewusst, dass die Beiden sich irgendwie austauschten. Aber er verstand nicht wirklich, was dort vorging und warum sie nun sogar lächelten, war ihm ein absolutes Rätsel, machte das Ganze für ihn völlig surreal und noch unheimlicher. Er warf einen verstohlenen Blick auf Hansen und Christiansen. Beide schienen noch viel weniger zu verstehen, was dort ablief und Christiansen räusperte sich nun ungeduldig.

„Wenn ich bitten darf! Könnten wir vielleicht wieder zum Thema zurückkommen?"

Robert löste seinen Blick von Charlotte und spürte, wie viel Energie und Ruhe ihm dieser Austausch gegeben hatte. Er lächelte leicht und sagte ruhig und bestimmt:

„Markus, die Nazi – Vergangenheit meiner Familie kannst du nicht einsetzten, und auch die allerbesten Anwälte eurer Firma können das nicht ausschlachten." Damit nickte er leicht zu Christiansen hinüber. „Denn wie euch Herr Christiansen sicher bestätigen kann, haben die Väter einiger sehr hohen Herren von SynAtlantis noch viel heftigere Geschichten in dieser Hinsicht zu liefern. Sie werden alles tun, dass es keine Nazi-Väter-erfolgreiche-Söhne-Pressekampagne geben wird."

Markus war sichtlich geschockt. Hansen kreuzte die Arme vor der Brust, lehnte sich leicht zurück und betrachtete Robert und Charlotte mit wachsendem Interesse. Man sah ihm deutlich an, dass er zum ersten Mal in Betracht zog, es mit einem ernstzunehmenden Gegner zu tun zu haben. Christiansens Gesicht blieb völlig unbeweglich. Einen Moment war Stille. Markus wusste offensichtlich nicht weiter. Robert konnte sich nicht verkneifen, noch eins oben drauf zu setzten:

„O.k., das war Bluff Numero 2. Was hast du nun noch mitgebracht?"

Einen Moment weiteten sich Markus Pupillen, war es Schreck oder nun eher offene Feindschaft? Er setzte zu einer heftigen Antwort an, aber Hansen schnitt ihm mit einer energischen Handbewegung das Wort ab. Er beugte sich vor und sagte in einem freundlich nüchternen Ton:

„Nun, Herr Aichin, ich denke es ist an der Zeit, dass wir über ihre Abfindung verhandeln. An welche Höhe hatten sie denn gedacht?"

Nun hatten sie es doch geschafft, Robert aus dem Gleichgewicht zu bringen. Einen Moment war er ratlos. Gedanken rasten durch seinen Kopf. Sollte er versuchen, möglichst viel Geld raus zu schinden? Er und Charlotte würden in nächster Zeit arbeitslos sein. Wovon sollten sie leben? Die Gedanken rasten durch seinen Kopf und während er versuchte, sich darüber klar zu werden, wie viel Geld er verlangen könnte, wurde er immer unsicherer.

Plötzlich spürte Robert, wie seine rechte Seite, dort wo Charlotte saß, angenehm warm wurde und wie er plötzlich das Gefühl hatte, geliebt zu werden. Einen Moment dachte er, Charlotte hätte ihm die Hände aufgelegt, aber ein Blick zu ihr hinüber zeigte ihm, dass sie sich nicht bewegt hatte. Allerdings fing sie seinen Blick auf und lächelte ihm ruhig zu. Ja, sie hatte ihm Energie und Liebe geschickt. Und in dem Moment, indem er das begriff, beruhigten sich seine aufgeregten Gedanken und er wusste, was er antworten musste. Er wandte sich Hansen zu und sagte klar und bestimmt:

„Keinerlei Abfindung. Mir steht noch Gehalt bis Ende dieses Monats zu, da ich noch insgesamt drei Wochen Urlaub habe. Und die Reisespesenabrechnung des letzten Monats ist noch nicht ausgezahlt. Das ist alles."

Sein Ton ließ klar erkennen, dass damit das Thema für ihn erledigt war. Wieder war einen Moment schweigen. Hansen und Christiansen tauschten Blicke aus, schließlich nickte Hansen. Er übernahm wieder das Wort und sagte:

„Gut, dann sind wir uns wohl einig. In diesem Fall bedanke ich mich für das Gespräch und dass sie beide so kurzfristig nach Frankfurt kommen konnten."

Er stand auf und ging zur Tür. Auch Robert und Charlotte standen auf. Robert drehte sich einfach um und ging hinaus. Es war. als hätte er Markus vergessen. Charlotte zögerte einen Moment. Dann ging sie entschlossen auf Markus zu, streckte ihm die Hand hin und sagte:

„Schade. Ich wünsche dir trotzdem alles Gute."

Markus hatte reflexartig ihre Hand ergriffen. Er sagte nichts, setzte sich wieder und gab vor, sich in die Akten auf dem Schreibtisch zu vertiefen. Charlotte gab Christiansen die Hand und schaffte es sogar, sich von Hansen mit einem Lächeln zu verabschieden:

„Ich hoffe ja nicht, dass ihre Firma uns noch weiter bedrohen wird? Es würde auch nichts bringen, es wissen einfach zu viele Leute Bescheid und wenn uns etwas passieren sollte, dann gibt es Zehntausende, die nach uns kommen."

Hansen zog die Augenbrauen hoch: „Aber Frau Lesab, " sagte er ironisch, „sie schauen zu viele Krimis."

„Nein", antwortete Charlotte ganz ernst, „ich habe seit 10 Jahren keinen Fernseher mehr."

Das war das erste Mal, dass Hansen aus der Bahn geworfen schien. Offensichtlich wusste er nicht, ob das ein Scherz sein sollte oder wirklicher Ernst. Er entschied sich dafür, dass es als Scherz gemeint war und lachte. Das Lachen blieb ihm allerdings im Halse stecken, als Charlotte jetzt fortfuhr:

„Nein, einen Fernseher habe ich nicht. Aber ich habe kürzlich Berichte über Aktivitäten von SynAtlantis in Afrika, Südamerika und in osteuropäischen Ländern gelesen. Wenn nur ein Bruchteil von dem, was dort berichtet wurde wahr ist, dann kann einem Angst und Bange werden."

Sie wartete nicht ab, was Hansen antworten würde, sondern folgte Robert, der schon beim Fahrstuhl stand. Sie zog ihn vom Fahrstuhl weg und zur Treppe. Sie rannten fast die Treppe runter, so erleichtert waren sie, rauszukommen. Und so hörten sie auch nicht mehr, wie Hansen sich zu Markus umwandte und sagte:

„War es dir eigentlich nicht möglich, diese Hexe abzuschütteln? Die hat doch alles verbockt."

Draußen rannten Robert und Charlotte bis zum nächsten Häuserblock, dann fielen sie sich lachend und weinend in die Arme.

„Robert, du warst großartig."

Charlottes Stimme war unterbrochen von atemlosen Lachen, das zitternd an der Grenze zum Weinen stand.

„Wirklich?" fragte Robert unsicher.

„Ja, besser hätte man es doch gar nicht machen können!"

In diesem Moment klingelte Roberts Handy. Sabine war am Apparat und fragte, wie alles gelaufen war und ob sie juristische Hilfe bräuchten. Robert berichtete und am Schluss sagte Sabine, das höre sich alles sehr gut an, jetzt sei erst mal Abwarten angesagt. Sie würde auf jeden Fall alle Leute, die eventuell helfen könnten, informieren, damit sie vorbereitet seien, falls ein weiterer Angriff von SynAtlantis kommen sollte. Robert bedankte sich. Dann gingen sie wie in stiller Übereinkunft direkt zum Bahnhof. Sie wollten so schnell wie möglich raus aus Frankfurt, wollten zurück. Als sie spät abends in Basel ankamen, wollten sie eigentlich direkt zum Mönchshof, um dort einige Tage zu verbringen, sich vor den Kamin in die Sessel zu kuscheln, im Wald spazieren zu gehen, im Garten zu arbeiten und Gerhards beruhigende Gegenwart zu spüren. Aber da sie noch immer Charlottes Auto bei SynEquus stehen hatten, beschlossen sie, erst am nächsten Tag zum Mönchshof zu fahren, nachdem sie das Auto geholt hatten.

Als sie bei ihrer Wohnung ankamen, hing an ihrer Wohnungstür ein großes Plakat mit einem Aufruf zur Demonstration: „Bürger gegen Gentechnik" lautete in großen bunten Buchstaben der Aufruf. Und darunter war zu lesen: „Weder die Regierungen dieser Welt, noch die Gesundheitsbehörden, noch die Gerichte noch sonst irgendjemand wird uns vor dieser Gefahr schützen, wenn wir es nicht selber tun. Und uns selber schützen heißt, immer wieder dagegen zu demonstrieren, auf der Kennzeichnungspflicht gentechnisch veränderter Produkte zu bestehen, keine gentechnischen Produkte zu kaufen und Firmen grundsätzlich zu boykottieren, die gentechnisch veränderte Produkte in den Umlauf bringen." Dann folgte eine Aufforderung, an der Demonstration am morgigen Mittwochnachmittag in Basel teilzunehmen. Offensichtlich sollte sowohl bundesweit in Deutschland wie auch in einigen Städten in der Schweiz demonstriert werden. Sie standen noch vor ihrer Wohnungstür und studierten das Plakat, da kam Sabine von oben die Treppen herunter gelaufen:

„Hallo ihr Beiden. Herzlichen Glückwunsch, dass ihr so tapfer Stand gehalten habt! Und: sorry, dass ich euch jetzt noch damit überfalle, aber die European Concerned Scientist würden gerne ein Interview oder eine Rede von euch morgen live in alle Städte, in denen ebenfalls demonstriert wird, auf Großbildschirm übertragen. Meint ihr, ich meine, könntet ihr das tun?"

Robert seufzte auf, lehnte sich gegen die Wand des Treppenhauses und schüttelte den Kopf: „Muss das sein?"

„Na ja, " meinte Sabine verlegen, „Natürlich nicht. Wenn es zu viel für euch ist."

„Vielleicht können wir einfach kurz etwas sagen", sagte Charlotte nachdenklich. „Vielleicht wenn wir einfach so authentisch und so wahr wie möglich berichten, wie es uns mit dem allem geht?"

Robert nickte: „Ja, solange es keine geschliffene, politisch korrekte Rede sein muss?"

Sabine nickte begeistert: „Super, ich hole euch mittags um eins ab, dann können wir alles besprechen."

Abends rief Charlotte bei ihren Eltern an und versuchte, ihnen möglichst schonend zu erklären, was alles passiert war. Ihre Mutter war sichtlich ratlos, versicherte ihr immer wieder, sie könnten bei ihnen unterschlüpfen, bis alles vorbei war. Ihr Vater war voller Sorge. Mehrmals fragte er, ob das Ganze nicht ein völliges Missverständnis sei. Die Firma SynAtlantis sei doch für ihre hohen ethischen und umweltpolitischen Ziele bekannt. Eine solche Firma würde sich nie im Leben solche Fehler erlauben. Charlotte fühlte, wie eine altbekannte Wut in ihr aufstieg. Glaubte ihr Vater ihr etwa nicht? Glaubte er eher den plakativen, strategisch gezielt platzierten Marketing – Slogans von SynAtlantis? War er wirklich so blind, oder wollte er es einfach nicht wahr haben? Ihr Vater riet ihr, noch einmal ruhig und überlegt und möglichst ohne sich von Emotionen leiten zu lassen mit Vorstandsmitgliedern der Firma zu sprechen. Dann würden sich sicher alle Missverständnisse klären lassen. Als Charlotte auflegte, war sie so wütend, dass ihr Tränen in den Augen standen. Robert nahm sie in den Arm.

„Sei ihm nicht böse. Wenn er uns verstehen, unseren Blickwinkel einnehmen wollte, dann müsste er so vieles in seinem bisherigen Leben hinterfragen. Schließlich hat er SynAtlantis sehr oft in Marketing Strategien beraten und hat Manager-Seminare dort geleitet. Und nicht nur für SynAtlantis, für viele andere Firmen auch."

Die Demonstration am nächsten Tag war ein unglaublicher Erfolg. Menschen jeden Alters, jeder Schicht, jeder Berufssparte waren vertreten. Und offensichtlich war das in vielen anderen Städten auch so. Alte, Junge, Reiche, Arme, Konservative, Linke, Alternative skandierten in den Straßen: „Weg mit dem Gen-Dreck. Weg mit dem Gen-Dreck." Oder auch: „Wir haben Erfahrung mit natürlicher Nahrung, nimmt SynAtlantis sie uns weg, dann essen wir nur noch Dreck." Es wurden riesige Bilder mit Delphinen und Pferden geschwenkt, so dass das ganze zum Teil wie ein spiritueller Umzug à la New Age wirkte. Am Straßenrand wurden T-Shirts mit Delphinen und Pferden verkauft, zum Teil kam die Atmosphäre eines fröhlichen Sommerfestes auf. Irgendwann dann wurden Robert und Charlotte auf die Bühne geholt. Beide versuchten, so sachlich und nüchtern wie möglich wiederzugeben, was sie wussten. Allerdings war das den Veranstaltern gar nicht recht und so wurden sie ziemlich schnell wieder von der Bühne geschoben. Erleichtert fanden sie sich plötzlich in einem stillen unbeobachteten Winkel hinter der Bühne wieder und in stillschweigender Übereinkunft bogen sie in eine kleine Gasse und flohen zu ihrer Wohnung. Sie packten ihre Sachen für eine unbestimmte Zeit am Mönchshof und machten sich dann auf, Charlottes Auto zu holen.

Das große Schild „SynEquus" über der Toreinfahrt war abgenommen, stattdessen hing links am Torpfosten ein kleines, unauffälliges Schild: Manfred Mühlhausen. Mehr nicht. Nur der Name. Der Hof war leer, als sie aus dem Auto ausstiegen. Charlotte sah auf der Koppel unten am Bach die Stutenherde darunter auch Awrina. Ihr Herz zog sich zusammen, es fiel ihr ungeheuer schwer nicht hinunter zu laufen. Sie wünschte sich so sehr, ein letztes Mal zwischen die Stuten zu treten, Awrina zu streicheln, Alexis, der schönen Braunen die Hände durch ihre lange Mähne zu ziehen, Katinka, der Schimmelstute die Kruppe zu kraulen, was diese dann immer veranlasste vor Wonne den Hals nach oben durchzustrecken und mit dem Kopf hin und her zu schaukeln. Nein, sie wusste, sie durfte nicht auf die Koppeln gehen, wollte sie nicht eine Klage von SynAtlantis riskieren. Sie drehte sich abrupt um und wollte einfach nur möglichst schnell wegfahren. In dem Moment kam Mühlhausen über den Hof gelaufen. Einen Moment blieb er stumm vor ihnen stehen. Dann erzählte er stockend, dass er zu einer sehr günstigen Pacht den Hof übernommen habe. Einschließlich der Pferde. Die Pferde hatte SynAtlantis ihm überschrieben, das war seine Bedingung. Den Hof konnte er sich nicht leisten.

„Sie haben mir die Pferde gegen mein Stillschweigen überlassen. Dadurch dass ich Pächter bin, haben sie mich zumindest teilweise unter Kontrolle. Allerdings habe ich mir schriftlich geben lassen, dass ich in allen Bewirtschaftungsfragen die Hoheit hier habe. Fütterungsversuche wird es hier nicht mehr geben."

Einen Moment schwieg er. „Ich habe lange überlegt, aber die Story war ja sowieso schon draußen. Was sollte ich noch dazu sagen? Natürlich hätte ich Detailinformationen an die Presse geben können. Aber ich bin 58. Ich habe keinerlei Abschluss vorzulegen. Gegen eine Firma wie SynAtlantis komme ich nicht an. Ich würde wohl nicht mal mehr einen neuen Job bekommen. Vor allem keinen mit solchen Pferden. Und…. „ man merkte wie schwer es ihm fiel das zu sagen: „Wer soll sich denn um die Pferde kümmern. Awrina. Die Stuten. Urbino. Tasso!"

Charlotte nickte. Plötzlich spürte sie einen Kloß im Hals. Diese Pferde niemals mehr wieder sehen, niemals in den Stall gehen, nie mehr füttern, nie mehr mit Awrina und ihrer kleinen Herde arbeiten. Und es war immer ihr großer Wunsch gewesen, Tasso und Urbino zu reiten, auch das würden nun unerfüllte Wünsche bleiben. Sie seufzte und streckte Mühlhausen die Hand hin:

„Ich wünsche dir alles, alles Gute. Ich bin sehr froh, dass du das alles übernimmst. So weiß ich, die Pferde sind in guten Händen. Und Awrina, es wird ihr doch nichts geschehen?"

„Nein, das war das Gute an Itzenheimers Story. Nach dem, was er im Stall mitgehört hatte, konnte SynAtlantis Awrina nicht einfach als bösartige Stute aus dem Verkehr ziehen. Das hätte einen Aufschrei in der Bevölkerung gegeben.

Awrina war ja in Großformat abgebildet in verschiedenen Zeitungen. Einmal in ihrer ganzer Schönheit, wie sie durch die Halle schwebte und dann mit weit aufgerissenen Augen und zurückgeworfenem Kopf im Stall. Der Artikel lässt einen glauben, das eine Foto sei bevor und das andere nachdem der gentechnisch veränderte Hafer gefüttert wurde, gemacht worden. Es gehen jetzt noch täglich Anrufe ein, die sich nach der Stute erkundigen. Irgendwie ist sie zu einer Art Volksheldin geworden. Das Pferd, das sich gegen die Gen-Machenschaften eines Agrargiganten auflehnt und einen der Manager zusammenschlägt."

Nun musste Mühlhausen grinsen: „Wenn nicht alles so traurig wäre - das hat schon eine brutale Komik."

Auch Robert und Charlotte mussten lachen. Charlotte dachte: „Es ist das erste Mal in einer Woche, das wir wieder lachen." Sie gab Mühlhausen die Hand: „Lass mal von dir hören, Manfred. Ich wünsche dir alles erdenklich Gute mit dem Hof."

Von SynEquus fuhren sie, ohne es verabredet zu haben, wieder zum Mönchshof. Sie hatten auch nicht mehr die Kraft einzukaufen. Nur noch raus aus der Stadt. Charlotte sehnte sich danach, zu ihrer Eiche zu gehen. Einfach sich gegen den mächtigen Baum zu lehnen und tief durchzuatmen. Gerhard empfing sie mit offenen Armen. Irgendwie hatte er gewusst, dass sie kommen und auch, dass sie nicht mehr die Kraft haben würden, einzukaufen. Er hatte sich reichlich mit Lebensmitteln eingedeckt und auf dem Herd brodelte schon ein leckerer Eintopf. Charlotte und Robert brauchten sich nur noch vor dem Kamin in die Sessel fallen zu lassen und Gerhard versorgte sie. Nach einer Weile sagte Charlotte nachdenklich:

„Mühlhausen ist schon o.k. Ich kann verstehen, dass er auf den Handel eingegangen ist. Seltsam - es war das erste Mal heute, dass ich ihn mit Vornamen angesprochen habe.

Irgendwie war ich mir mit der Anrede immer unsicher, obwohl er mich schon seit längerer Zeit geduzt hat."

„Ich glaube, das hat ihn gefreut, das du ihn mit „Manfred" angesprochen hast" sagte Robert nachdenklich. „Wahrscheinlich hast du ihm damit gezeigt, dass du wirklich akzeptierst, was er tut."

„Meinst du, das ist ihm wichtig?"

„Aber hallo! Das hat man doch gemerkt. Ich glaube, er hatte Angst davor, von dir verurteilt zu werden."

Charlotte seufzte. „Ach, wenn wir, die wir doch auf einer Seite stehen, uns noch gegenseitig verurteilen, dann haben wir gar keine Chance mehr!"

Dann waren sie alle schweigsam und Gerhard fragte nichts. Er ließ sie einfach Kraft schöpfen. Charlotte ging nach dem Essen zu ihrer Eiche. Es war stockdunkel. Ihr wurde bewusst, dass sie nicht einmal mehr wusste, ob Neumond war oder ob einfach der Himmel bewölkt war, dass es so finster war. Als sie gegen den alten Baum gelehnt in den schwarzen Wald starrte, spürte sie das erste Mal überhaupt in diesem Wald Angst. Was, wenn SynAtlantis sie und Robert verfolgte? Was, wenn sie ihr hier im dunklen Wald auflauerten? Sie zwang sich, tief durchzuatmen und sprach das Gebet der Göttin.

Göttin, Mutter von allen Wesen,
die Du bist, in allem was ist,
lass mich Deine Kraft fühlen.
Lass mich erkennen,
dass ich teil der Natur bin,
verbunden mit allen Wesen.
Nähre mich mit Deinen Gaben,
reinige, stärke und heile mich.
Erfülle mein Herz mit Liebe, Licht und Freude,
nimm mir meine Angst,

und erlöse mich von Missgunst und Zerstörung.
Möge Deine Allgegenwart und Macht,
in mir und um mich
leuchten in alle Ewigkeit.
Amen.

Nachdem sie mehrmals das Gebet gesprochen hatte, fühlte sie sich ruhiger. Natürlich würde ihr hier niemand von SynAtlantis auflauern. Zumal sich ihr im stockdunkeln Wald sowieso niemand nähern konnte, ohne dass sie es hörte. Sie blieb noch eine ganze Weile, sprach noch mehrmals das Gebet und spürte wie die Kraft und Ausdauer der alten Eiche ihr wohl tat. Als sie wieder zurück zum Hof ging, fühlte sie sich besser. Als sie ins Wohnzimmer trat, blickte Robert auf und sie sah in seinen Augen, dass auch er sich Sorgen gemacht hatte.

„Du warst lange im Wald."

Sie lächelte. „Es hat mir sehr gut getan. Hast du dir Sorgen gemacht?"

Er nickte. Sie beugte sich von hinten über seinen Stuhl, umarmte ihn, schmiegte ihr Gesicht in seine Halsbeuge. „Ich glaube es wird alles gut. Mach dir keine Sorgen."

Er entspannte sich, lehnte sich zurück und wieder wurde ihm bewusst, wie wichtig Charlotte für ihn war.

Beim Frühstück am nächsten Morgen ergriff Gerhard das Wort.

„Kinders, ich will ja nicht die Gemütlichkeit stören, aber wenn ich das richtig sehe, seid ihr jetzt beide ohne Job."

Robert und Charlotte sahen sich an und nickten zögernd. Beide hatten schon daran gedacht, aber keiner hatte es aussprechen wollen.

„Nun", fuhr Gerhard fort. „Ich habe mir überlegt... Nun, ich meine....." er stoppte, schwieg und schaute auf seinen Teller.

Charlotte ließ Roberts Blick los und schaute Gerhard an. Er schien in sich zusammen gesunken und verunsichert.

„Gerhard, was ist los? Was hast du dir überlegt?"

„Nun, ich dachte, eure Wohnung in Basel ist doch so teuer."

Er stoppte wieder und holte tief Luft. Robert und Charlotte verstanden beide nicht und schauten ihn ratlos an. Das schien ihm den Mut zu nehmen, er schaute wieder auf seinen Teller.

„Gerhard", sagte nun auch Robert. „Was ist denn los? So kennen wir dich gar nicht. Nun spuck es schon aus."

Gerhard gab sich einen Ruck. „Nun, ich könnte in das Nebengebäude ziehen. Dort haben Diabolo und ich eine sehr schöne Wohnung eingebaut, ich habe sie euch noch nie gezeigt. Die Wohnung ist ebenerdig, denn schon damals dachten wir, sie als Alterswohnsitz irgendwann zu nutzen. Die Wohnung hat zwei Zimmer." Jetzt wurde seine Stimme leiser. „Ein Zimmer war für mich, eines für Diabolo gedacht. Wir hätten im Alter das Haupthaus vermieten können und von der Miete leben. Aber Diabolo hat gewusst, dass er dort nie einziehen wird. Er hat das eine Zimmer immer Behandlungszimmer genannt. Nun, ich könnte jetzt tatsächlich wieder behandeln. Das würde etwas Geld einbringen, oder Lebensmittel im Tausch."

Charlotte und Robert sahen ihn mit großen Augen an.

„Ihr müsst natürlich nicht, das war nur so eine Idee. Ich dachte ja nur, dann könntet ihr die Miete sparen!" fuhr Gerhard jetzt verzweifelt fort.

Jetzt endlich verstand Robert. „Du schlägst vor, dass wir hier bei dir einziehen!"

Gerhard machte eine hilflose Geste. „Nun, das war die einzige Idee, die mir die ganze Woche kam, wie ich euch finanziell unterstützen könnte. Ihr wisst ja, meine Rente gibt nicht viel her."

Charlotte und Robert sahen sich an. Und wieder spürten sie, wie der wortlose Gedankenaustausch zwischen ihnen funktionierte. Gedankenströme flossen hin und her und als Charlotte glücklich lächelte und sich an Gerhard wandte, wusste sie, sie konnte für beide sprechen:

„Gerhard, das ist eine wundervolle Idee. Und eine sehr großzügige noch dazu. Ich würde das Angebot wahnsinnig gerne annehmen, wenn du dir wirklich sicher bist? Robert?"

Robert nickte und legte Gerhard die Hand auf den Arm: „Danke, Gerhard. Du bist wirklich der Großvater, den ich nie gehabt habe."

Gerhard war nun fast ein wenig verlegen, als er brummelte: „So großzügig ist das eigentlich gar nicht. Es ist total eigennützig. Es ist das, was ich mir in diesem Leben noch wünsche, das ihr Beide hier einzieht."

Und dann ging plötzlich ein Strahlen über sein zerfurchtes Gesicht. Er klatschte in die Hände: „Ach Kinders, was macht ihr mich glücklich!"

Am Sonntagnachmittag kam Peter mit seiner Frau Waltraud. Peter hatte Waltraud endlich von seinen Eltern erzählen können, von seiner traurigen Kindheit und von seinem Sohn Robert. Natürlich hatte sie gewusst, dass es Robert gab, aber Peter hatte so wenig erzählt, dass sie eigentlich nur von seiner Existenz wusste und dass er in den USA war. Herzlich und mit viel Wärme begrüßte sie Gerhard, Robert und Charlotte.

„Ich bin ja so froh über diese Einladung. Ich bin auch so froh, dass Peter und ich über seine Familie sprechen konnten. Irgendwie war das immer wie eine dunkle leere Stelle in unserer Beziehung."

Gerhard bot Kaffee und Tee an und Charlotte hatte einen Apfelkuchen gebacken. Waltraud zögerte, es war ihr sichtlich unangenehm, doch dann sagte sie:

„Ich würde so gerne, dass wir alle zusammen zum Grab von Peters Vater gehen und dort ein Gebet sprechen. Aus irgendeinem Grund ist das für mich ein ganz wichtiges Anliegen und ich habe das Gefühl, wenn wir erst Kaffee trinken, dann traue ich mich nicht mehr, danach zu fragen."

Ihre Stimme war mit jedem Wort leiser geworden. Die letzten Worte musste Gerhard sich von Charlotte wiederholen lassen. Gerhard lächelte.

„Das ist eine wunderschöne Idee. Ja, lasst uns zusammen zum Grab gehen."

Draußen blies ein kühler Wind. Es war herbstlich geworden. Sie zogen sich alle ihre Jacken an. Waltraud und Peter holten ihre Jacken aus dem Auto und als Waltraud zurückkam, hatte sie einen großen Blumenstrauß in der Hand. Schweigend gingen sie zum Grab. Waltraud legte den Blumenstrauß auf das Grab. Peter sah ein wenig so aus, als wäre ihm das zu viel. Aber als Gerhard die Hände ausstreckte und rechts Peter und links Waltrauds Hand ergriff, streckte auch Peter seine Hand aus und nahm Charlottes Hand, die den Arm um Robert gelegt hatte. So standen sie gemeinsam einen Moment in Stille. Dann sprach Gerhard das Vater Unser, in das Peter und Waltraud leise einfielen. Anschließend sah Gerhard Charlotte fragend an und sie lächelte und sprach das Gebet der Göttin. Charlotte holte einen Kräuterstick aus ihrer Manteltasche, zündete ihn an und steckte ihn neben dem Blumenstrauß in das Grab. Sie standen noch einen Moment schweigend vor dem Grab. Der Kräuterduft hüllte sie ein. Der Wind zauste die Blumen auf dem Grab und

Herbstlaub schwebte über ihnen und fiel langsam auf das Grab. Gerhard sagte leise:

„Nun ist sehr, sehr viel Heilung geschehen. Ich bin dankbar dafür. Eigentlich," und nun lächelte er verschmitzt, „könnte ich nun gehen. Aber nun ist das Leben gerade wieder so schön geworden, nun möchte ich doch noch etwas bleiben. Diabolo, das musst du mir schon verzeihen, jetzt kann ich noch nicht kommen. Du musst dich noch etwas gedulden."

Hoch über ihnen hörten sie einen durchdringenden Schrei und als sie alle gemeinsam nach oben schauten, kreiste der Falke über ihnen. Gerhard lächelte glücklich. Dann sagte er:

„So, Kinders, können wir jetzt endlich den Apfelkuchen essen?"

Robert und Charlotte zogen schon im nächsten Monat auf den Mönchshof. Der Vermieter in Basel war ihnen sehr entgegen gekommen. Charlotte hatte den Verdacht, dass er aus Angst vor weiterem Presserummel froh war, sie möglichst bald aus der Wohnung zu haben. Sie hatten sich schnell eingerichtet im Mönchshof. Sowohl Gerhards Wohnung im Nebengebäude wie auch die meisten Zimmer im Haupthaus hatten sie frisch gestrichen. Küche und Wohnzimmer ließen sie so eingerichtet wie sie waren. Die ersten zwei Wochen waren mit Renovierung und Umzug ausgefüllt. Erst als alles soweit erledigt war und sie zur Ruhe kamen, spürte Charlotte, wie müde sie war. Eine Woche lang schien sie nichts anderes zu wollen, als zu schlafen, zu essen, einen kleinen Spaziergang zu machen und wieder zu schlafen. Und mit der Ruhe stieg vieles in ihr hoch. Die Verletzung und die Verunsicherung der plötzlichen Kündigung bei Synergia saßen tiefer, als sie gedacht hatte. Obwohl sie inzwischen alle davon überzeugt waren, dass SynAtlantis hinter ihrer Kündigung von Synergia steckte, um sie unter Kontrolle zu kriegen, wusste sie das natürlich nicht mit Sicherheit. Und so fragte sie sich immer wieder: Was hatte sie falsch gemacht, war sie nicht gut genug gewesen? Das letzte Gespräch mit ihrem Chef bei Synergia ging ihr wieder und wieder durch den Kopf. Immer wieder nahm sie sich Auszeiten, ging einfach für ein Stündchen in den Wald und lehnte sich gegen die große alte Eiche. Oder sie ging zu der großen alten Buche, unter der sie meditierte. Nun, da sie den direkten Arbeitsstress los war, kamen viele alte Ängste hoch. So ohne die üblichen Adrenalinstöße, die sie im Arbeitsalltag regelmäßig hat, schienen diese Ängste noch mehr Kraft zu haben. Oft hatten jetzt ihre Ängste keinen konkreten Anhaltspunkt, um die sie sich ranken konnten. Charlotte fühlte dann morgens im Aufwachen einfach grundloses, dumpfes Angstgefühl im Bauch. Versuchte sie näher hinzuspüren, entstand daraus meist ein Gefühl der allgemeinen Inkompetenz, des Versagens, des nicht Gut-Genug-Seins. Sie versuchte, darüber in der Natur zu kontemplieren, fand aber keine Antworten. Eine vage Ahnung stieg in ihr auf, dass diese Angst vielleicht ganz allgemeine Todesangst sein könnte, die wohl jedes lebende Wesen mit sich herumtrug und die sie jetzt, wo sie etwas zur Ruhe kam, spüren konnte. Diese Angst war wohl schon immer, zumindest so lange sie sich erinnern konnte, mal stärker mal schwächer in ihr vorhanden. Aber im Alltagsstress, wenn sie von einer Herausforderung zur nächsten eilte, wenn sie gar nicht wirklich zum Nachdenken und vor allem nicht zum Nachspüren kam, besetzte diese Angst ganz einfach andere Themen: Wie sollte sie die nächste Rechnung zahlen? Wie würde sie es schaffen, sich auf das nächste Seminar vorzubereiten? Und der Termin nächste Woche, wie sollte sie da jemals einen guten Eindruck hinterlassen und sich nicht völlig blamieren? Jetzt spürte sie, dass diese ganzen kleinen Ängste eigentlich durch eine große, zugrunde liegende Angst gespeist wurden. Sie versuchte über diese

Todesangst zu meditieren, was ihr aber nicht wirklich gelang. Ihre Konzentration entglitt ihr immer wieder und sie fand sich träumend, Sorgen machend oder Pläne schmiedend wieder. Wenn sie es schaffte, all das los zu lassen, kam die große Müdigkeit und sie schlief einfach auf ihrem Meditationskissen ein.

Während eines morgendlichen Spaziergangs im Wald fand sie auf einem sonnigen Wegabschnitt eine Blindschleiche. Obwohl die Blindschleiche noch lebte, waren die Augen von Ameisen herausgefressen und die Ameisen fraßen am noch lebenden Tier. Charlotte spürte ein tiefes Entsetzen in sich aufsteigen. Sie nahm das halbtote Tier behutsam auf, entfernte die Ameisen und hielt die Blindschleiche in den Händen, während sie ihr Mitgefühl und Befreiung von allen Leiden wünschte. Wenige Minuten lang zuckte das Tier noch, dann starb es. Charlotte legte den kleinen Körper vorsichtig an eine etwas geschützte Stelle unter einen Heidelbeerstrauch. Während sie nachdenklich ihren Weg weiter ging, fühlte sie noch das kalte Entsetzen und wieder die dumpfe Angst in ihrem Bauch. Wenn es in der Natur schon so grausam zuging, was konnte man dann von den Menschen erwarten? Dass manche Menschen skrupellos bis pervers grausam waren, das hatte sie verinnerlicht. Aber dieses Töten und Getötet - werden, und vor allem eben auch dieses ganz langsame, grausame Töten in der Natur, das war für sie schwer zu ertragen. Seit ihrer Kindheit hatte sie sich immer in die Natur geflüchtet, wenn sie Angst hatte, traurig war oder Verzweiflung in ihr hoch stieg. Aber wenn sie nicht beschönigte, wenn sie ehrlich hinschaute, war auch hier und gerade hier in der Natur Tod, Krankheit und Angst gegenwärtig. Vielleicht war der Unterschied, dass in der Natur absichtslos getötet wurde. Die Ameisen beschlossen nicht, diese Blindschleiche auf die möglichst grausamste Art umzubringen. Die Blindschleiche war einfach da und aus irgendeinem Grund wehrlos, als die

Ameisen etwas zu essen suchten. Also wurde sie verspeist. Da waren kein Plan und kein Denken dahinter. Trotzdem waren der Schmerz, das Leid und der Tod der Blindschleiche Fakt. So waren auch der Schmerz, das Leid, Krankheit, Alter und Tod Fakten im menschlichen Leben. Auch sie, Charlotte, würde das nicht umgehen können. Sie konnte zwar versuchen bei sich und anderen Leid zu vermeiden, Krankheit zu lindern. Aber letztendlich würden sie und alle anderen Menschen irgendwann Leid erfahren und irgendwann sterben. Das galt es zu akzeptieren.

Charlotte seufzte. Während sie sich gegen eine hochgewachsene Ulme im Wald lehnte, fragte sie die Göttin:

„Wie soll ich das jemals akzeptieren können? Wie soll ich akzeptieren können, dass auch mir Leid, Krankheit und Tod bevorstehen?"

Die Antwort kam sofort: „In dem du lernst zu sehen, dass Krankheit nichts anderes als Krankheit ist, Schmerz nichts als Schmerz, Tod nichts anderes als Sterben. Es gibt keinen Grund, Angst zu haben. Es ist nicht das Ende, es ist nicht die Katastrophe. Es ist ein einfacher Vorgang. Eine Umwandlung von Energie in eine andere Energieform."

Charlotte seufzte erneut und holte tief Atem. Nein, wirklich verstehen konnte sie das nicht. Noch nicht? Sie fühlte, wenn sie das verstanden hätte, dann wäre sie wirklich frei. Aber bis dahin würde sie wohl weiterhin mal mehr mal weniger mit dieser Angst konfrontiert sein. Und doch - als sie jetzt mit dem Rücken an diese wundersame Ulme gelehnt Atemzug um Atemzug tief durch sich strömen ließ, spürte sie ein wenig Befreiung in ihrem Herzen.

Auch Robert hatte mit der plötzlichen Arbeitslosigkeit und der dadurch bedingten Ruhe zu kämpfen. Er verlor sich oft tagelang in tiefer Frustration. In diesem Zustand machte er dann gar nichts mehr, lag nur noch im Bett oder vor dem Kamin. Und während Charlotte die Haus- und Gartenarbeit machte, obwohl sie sich müde und ausgelaugt fühlte, spürte sie, dass sie sich ausgenutzt fühlte. Eines Nachts träumte sie dann, sie richtete sich ein eigenes Zimmer unter dem Dach ein. Sie räumte all ihre Sachen nach oben, aber Robert stellte sich ihr immer wieder in den Weg. Schließlich ließ er sie gar nicht mehr vorbei. Charlotte spürte wie tiefste Panik in ihr aufstieg. Sie rang nach Luft und sagte zu ihm: „Ich schreie. Ich schreie so laut, dass Gerhard es hört." Sie holte tief Luft, um mit aller Kraft zu schreien, aber aus ihrer Kehle kam nur ein dürftiges Krächzen, das ihre Panik erhöhte. In Wirklichkeit allerdings hatte sie laut geschrien. Robert wurde neben ihr wach und nahm sie beruhigend in die Arme:

„Schschh…. nur ein Traum, was hast du den geträumt?"

Sie wimmerte nur. Wie konnte sie ihm das erzählen? Aber sie fühlte wie beruhigend und warm und wohltuend es sich anfühlte, dass Robert sie in den Arm nahm und sie schmiegte sich eng an ihn. Einen Moment fühlte sie Verwirrung zwischen der Panik, die sie im Traum vor ihm gehabt hatte, und dem warmen, sicheren Gefühl, das sie jetzt fühlte. Dann schlief sie beruhigt wieder ein. Am Morgen erwachte sie sehr früh und ging bei Sonnenaufgang zu der alten Eiche. Sie meditierte, das Gesicht der Sonne entgegen haltend und nach Abschluss der Meditation wusste sie, sie musste mit Robert reden. Als sie nach Hause kam, erzählte sie ihren Traum. Robert war betroffen, ging aber mit einem Scherz darüber hinweg. Sie stockte, und konnte nicht weiter reden. Aber im Laufe des Tages wurde klar, dass Robert verstanden hatte. Er übernahm ohne ein weiteres Wort wieder seine alten Arbeiten. Charlotte war einmal mehr wieder erstaunt, über diese wortlose Verständigung zwischen ihnen. Vielleicht musste wirklich nicht alles gesagt werden. Vielleicht war es manchmal besser, nicht alles auszusprechen, um Verletzungen zu vermeiden. Aber wie schmal war doch dieser Grat zwischen unausgesprochen Belastendem und wortloser Verständigung.

Nach einigen Wochen dann schien es, als seien sie beide durch einen tiefes Tal gegangen und es ging wieder aufwärts. Auch fühlten sie sich weniger müde. Robert begann, Gerhard auf die Hände zu schauen, der im Herbst emsig Kräuter geerntet und verarbeitet hatte. Robert versuchte mit wachsendem Interesse, alles über Heilkräuter von Gerhard zu lernen, was dieser ihm beibringen konnte. Und schon bald saßen die beiden während der Winterabende vor dem Kamin und planten einen Ausbau des Kräutergartens. Im Dorf hatte sich schnell herumgesprochen, dass Gerhard wieder behandelte und dass er Unterstützung bekommen hatte. Und so kamen mehr und mehr Menschen aus immer weiterer Entfernung zuerst zu Gerhard und dann immer öfter auch zu Charlotte zur Behandlung. Mitte Dezember bekam Robert einen Anruf von Pat aus San Francisco: Ken und sie hatten sich überlegt, dass sie regelmäßige Auszeiten von der Dolphin School bräuchten, sonst würde ihre Beziehung zu sehr leiden. Sie hatten jetzt zwei Jahre lang ohne Urlaub und ohne Wochenende durchgearbeitet und merkten, so ging es nicht weiter. Ob Robert wohl zweimal im Jahr für vier Wochen die Dolphin School übernehmen könne? Und je nachdem, wenn mal einer von ihnen krank sei, aushelfen könne? Robert war sehr glücklich über dieses Angebot. Es lockte ihn sehr, wieder mit Delphinen zu arbeiten. Und die Aussicht, wieder eine Zeitlang in San Francisco zu leben, ließ eine prickelnde Vorfreude durch seinen Körper rieseln. Nachdem auch Gerhard und Charlotte ihm zugeredet hatte, nahm er das Angebot an. So würde er voraussichtlich im März und im Oktober nächsten Jahres in San Francisco sein. In seiner Freude über das Angebot hatte er aber seine und Gerhards

Pläne bezüglich des Kräutergartens nicht vergessen und gegenüber Pat und Ken klar gemacht, dass er im Frühjahr und Sommer auf dem Mönchshof sein müsse. Als Charlotte ihn in den folgenden Tagen von den Delphinen schwärmen hörte, wurde sie sich wieder schmerzlich bewusst, wie sehr sie die Pferde und die Arbeit auf SynEquus vermisste. Gerhard spürte ihre Sehnsucht und versuchte sie zu ermutigen, sich in der Nähe eine Reitmöglichkeit zu suchen. Charlotte begann auch tatsächlich sich in den Reitställen der Umgebung umzuschauen, doch etwas so richtig überzeugte sie kein Stall.

An einem Wochenende im Januar kamen Charlottes Eltern zu Besuch. Sie bewunderten den Hof, verstanden sich gut mit Gerhard und genossen die schöne Gegend und die langen Spaziergänge. Aber Charlotte spürte, dass irgendetwas ihre Mutter bedrückte. Und richtig, kaum waren sie einen Moment alleine, begann sie zu erzählen.

„Charlotte", begann sie zögernd. „…."

„Ja?" fragte Charlotte.

„Wir waren neulich beim Arzt."

Ihre Mutter verstummte wieder. Charlotte schaute sie fragend an.

„Bei Günther ist eine beginnende Demenz festgestellt worden. Oder Alzheimer. Ganz klar ist das nicht."

Charlotte schwieg betroffen. Wirklich überrascht war sie nicht. So oft schon hatte sie gedacht, wie ungewöhnlich es sei, dass ihr Vater sich an alles Mögliche nicht erinnern könne. Aber irgendwie hatte sie immer geglaubt, das sei zum einen Desinteresse, zum anderen Verdrängung, vor allem wenn es um Unangenehme oder sogar schmerzhafte Themen ging.

„Das seltsame ist…." Ihre Mutter stoppte sich mitten im Satz.

„Was ist seltsam?"

„Nun, vielleicht bilde ich mir das im Nachhinein ein. Und Günther war schon sehr lange sehr vergesslich. Aber ich hatte das Gefühl, dass die Krankheit erst so richtig nach deinem Anruf damals, als du uns von SynAtlantis erzähltest, ausgebrochen ist. Günther hat noch am gleichen Tag seinen Kollegen bei SynAtlantis angerufen. Er wollte einfach nicht glauben, was du erzählt hast. Er sprach immer wieder von Missverständnissen. An dem Abend nach dem Telefongespräch mit seinem Kollegen war er dann sehr schweigsam und deprimiert. Als ich ihn fragte, was sein Kollege denn gesagt habe, hat er mich einfach nur unwirsch abgewiesen: er habe jetzt keine Zeit und müsse noch den Aufsatz für morgen fertig machen. Am nächsten Abend habe ich ihn nach dem Abendbrot noch einmal darauf angesprochen. Und da konnte sich Günther an absolut nichts mehr erinnern. Zuerst war er einfach nur ungeduldig, war wieder unwirsch, was für ein Telefonat ich denn meinte. Er hätte gestern mit überhaupt niemandem telefoniert. Als ich dann eindringlicher wurde, wurde er plötzlich sehr nachdenklich. Es war so, als würde ganz entfernt eine Erinnerung auftauchen. Er ging dann zum Telefon, hat im Speicher nachgeschaut und die Telefonnummer seines Kollegen unter den angerufenen Nummern des gestrigen Tages gefunden. Aber an den Inhalt des Gespräches konnte er sich überhaupt nicht mehr erinnern. Auch nicht, warum er angerufen habe. Und dann war er wirklich zutiefst erschrocken. Wir hatten ein sehr langes Gespräch. Und da haben wir auch gemeinsam beschlossen, dass er sich untersuchen lässt."

Charlotte spürte eine tiefe Traurigkeit in sich aufsteigen. Und auch ihrer Mutter standen die Tränen in den Augen. Später am Abend bat Charlotte Gerhard, ihren Vater zu behandeln. Doch Günther machte nur einen kleinen Scherz und entzog sich, als Gerhard es ihm anbot. Als ihre Eltern am nächsten Tag wieder abfuhren, fühlte sich Charlotte völlig hilflos, als hätte sie eine Chance verpasst, ihrem Vater zu helfen. Hätte sie selbst ihn behandeln sollen? Sie stand und schaute dem Auto nach, das schon längst im Wald unten am Ende der Wiese verschwunden war. Tränen liefen ihr die Wangen herunter. Sie fühlte den Impuls, dem Auto hinterher zu rennen. Da trat Gerhard zu ihr und legte ihr den Arm um die Schultern, als wolle er sie zurück halten:

„Charlotte, komm. Du kannst nicht helfen. Er will es nicht. Vielleicht kann er nicht."

Auch Robert kam, nahm sie in den Arm, hielt sie schweigend, bis ihre Tränen stoppten.

„Aber", flüsterte Charlotte, „ich hätte es wenigstens versuchen sollen."

Gerhard schüttelte traurig den Kopf. „Weißt du, nach allem was du mir erzählt hast, verdrängt dein Vater schon so lange und so viele seiner Gefühle, dass ein Erinnern jetzt sehr schmerzhaft wäre. Man kann ein Gedächtnis nicht selektiv heilen. Wenn Erinnerungen wieder kommen, dann kommen sie ungesteuert, unsortiert und meist kommen die schmerzhaften Erinnerungen zuerst. Dein Vater hat meine Hilfe abgelehnt. Du als seine Tochter kannst da mit großer Wahrscheinlichkeit gar nichts bewirken. Du bist viel zu sehr verwickelt. Alzheimer und Demenz sind mächtige Krankheiten. Und wenn sie bei älteren Menschen auftreten, dann liegt schon so lange und so viel vergraben, dass es sehr schwierig ist, noch etwas zu bewirken."

Eine Weile standen sie alle schweigend und blickten dem verschwundenen Auto nach. Dann gingen sie zurück ins Haus.

Ende Februar fuhr Charlotte nochmals nach Hamburg, um ihre Eltern zu besuchen. Sie hatte die letzten Wochen regelmäßig mit ihrer Mutter telefoniert. Mehrmals war es nun vorgekommen, dass ihr Vater sie nicht erkannte, wenn er das Telefon abnahm. Charlotte war über diese schnelle

Verschlechterung seines Gedächtnisses erschrocken. Als sie ihm nun in Hamburg gegenüber stand, war klar, dass sie ihrem Vater zwar vertraut war, aber er nicht genau wusste, wer sie war. Sie ging auf ihn zu, lächelte ihn an und sagte: „Ich bin deine Tochter Charlotte."

Er erwiderte ihre Umarmung herzlich und lächelte dankbar. Charlotte fiel auf, dass seine Umarmung mehr Nähe zu ließ als früher. Sie versuchte noch einmal ihren Vater nach dem Großvater zu fragen. Aber er schaute sie nur verwirrt an, schien sich kaum noch an seinen Vater zu erinnern. Zweimal versuchte sie es, aber jedes Mal wurde er sehr unruhig und wanderte dann stundenlang durch das Haus. Er vergaß dann, wo sie oder ihre Mutter sich gerade aufhielten und sobald er sie nicht sah, fühlte er sich schon nach kurzer Zeit völlig verlassen, als wäre er stundenlang allein gewesen. Charlotte musste akzeptieren, dass sie von ihrem Vater nichts mehr erfahren würde. Nichts über seine Vergangenheit, nichts über seinen Vater, nichts über ihre eigene Vergangenheit. Sie versuchte, bewusst loszulassen. Dabei bemerkte sie, dass sie ihm verziehen hatte. Was er ihr angetan hatte, war aus dem eigenen Leid seiner Vergangenheit entstanden. Ein Leid, dass offensichtlich so groß war, dass er es Zeit seines Lebens verdrängen musste, um damit zu leben. Und nun hatte ihn diese fürchterliche Krankheit befallen, alle Erinnerungen verschwanden, auch die schönen, vor allem auch die notwendigen, die, die man zum Leben brauchte.

Charlotte bewunderte ihre Mutter, die sehr pragmatisch und tapfer mit der Krankheit ihres Mannes umging. Sie organisierte sich Hilfe im Haus und zunehmend auch in der Betreuung. Als Charlotte mit dem Nachtzug nach Basel zurückfuhr, fühlte sie eine tiefe Erschöpfung. Sie legte sich in ihrer Kabine sofort in das Bett. Eine Weile hörte sie den beruhigenden Fahrgeräuschen des Zuges zu, dann schlief sie tief und traumlos. Gerhard holte sie wie verabredet am

Bahnhof ab. Robert war inzwischen in San Francisco und hütete die Dolphin School. Er würde erst Anfang April zurückkommen. Charlotte war dankbar, dass Gerhard da war. Bei einem ausführlichen Frühstück konnte sie ihm alles erzählen, ihre Trauer, ihre Sorgen, ihre Ängste. Sie spürte, wie wohl ihr das tat. Und auch Gerhard war froh, dass sie wieder da war. Er war es nicht mehr gewöhnt, alleine auf dem Hof zu sein und hatte sich einsam gefühlt.

Kurz nach Frühlingsanfang stand Mühlhausen plötzlich im Hof. Charlotte kam gerade von einer Behandlung aus dem Nebengebäude, da sah sie ihn an sein Auto gelehnt im Hof stehen, gerade so, als sei er nur hier um die ersten wärmenden Strahlen der Märzsonne zu genießen. Sie ging freudig überrascht auf ihn zu. Er war seinerseits froh, dass sie ihn so herzlich begrüßte. Er blickte staunend in die Runde:

„Schön habt ihr es hier. Gehört denn auch Land dazu?"

Charlotte nickte: „14 ha Grünland direkt um den Hof. Aber das ist alles verpachtet."

Mühlhausen pfiff durch die Zähne. „Weißt du, ich bräuchte dringend Aufzuchtkoppeln für die Jährlinge, meinst du nicht, ihr könntet hier welche aufnehmen?"

Gerhard war zu ihnen getreten und hatte die letzten Worte gehört: „Aber ja doch, das ist eine gute Idee. Charlotte findest du nicht? Du könntest dich um die Jährlinge kümmern. Die jetzigen Pachtverträge laufen in diesem Frühjahr aus und ich habe mich schon gefragt, was wir mit dem Land machen wollen. Der jetzige Pächter geht in Pension."

Mühlhausen schaute Gerhard mit großen Augen an.

Gerhard lachte fröhlich: „Ach, Entschuldigung. Ich bin übrigens Gerhard Hohenmühl."

Mühlhausen nickte: „Freut mich sehr. Mühlhausen. Manfred Mühlhausen."

Charlotte bat Mühlhausen ins Haus und kochte für ihn einen Kaffee. Nach anfänglichem Zögern schienen sich Mühlhausen und Gerhard bestens zu verstehen und tauschten sich über sogenannte alte Zeiten aus. Charlotte war es zwar ein Rätsel, was die beiden verband, aber vielleicht musste sie das gar nicht verstehen. Sie setzte sich einfach dazu und hörte zu.

Irgendwann schaute Mühlhausen auf: „Aber eigentlich bin ich natürlich nicht gekommen, um über die alten Zeiten zu schwatzen oder von euch Land zu pachten oder Charlotte die Jährlinge aufzuschwatzen."

„Sondern?" frage Gerhard neugierig.

„Nun, ich wollte Charlotte fragen… ich meine ich bräuchte dringend Hilfe im Gestüt. Ich habe wieder mit Managertraining angefangen und es läuft hervorragend. Jetzt natürlich nicht nur für SynAtlantis, sondern ich biete das Training auf dem freien Markt an. Und es ist der Renner. Anfangs dachte ich, sicher würde nach dem Unfall im letzten Jahr kein Mensch kommen. Aber davon ist irgendwie überhaupt nicht die Rede. Und die Trainingseinheiten sind ein voller Erfolg."

Charlotte war so überrascht, dass sie einen Moment sprachlos war. Dafür antwortete Gerhard sofort: „Ja aber super! Das wäre toll für Charlotte!"

Mühlhausen lachte: „Nun, das sollte Charlotte vielleicht doch selber entscheiden?"

Gerhard wurde verlegen und brummelte: „Ja aber die Arbeit mit den Pferden…." Doch dann verstummte er.

Charlotte lächelte nun: „Ja, Manfred, das würde ich wahnsinnig gerne tun. An was für ein Arbeitspensum hattest du denn gedacht?"

Mühlhausen zuckte die Schultern. „Wenn du kannst eine volle Stelle. Ich kann dich gut bezahlen, die

Managertrainings bringen gutes Geld ein. Wenn du nicht so viel Zeit hast, dann alle Zeit, die du erübrigen kannst."

Charlotte überlegte eine Weile. „Nun, ich glaube, wenn ich mit einer halben Stelle anfange, wäre das mehr als genug. Denn hier auf dem Hof gibt es viel Arbeit und ich habe ja auch wieder angefangen zu behandeln."

Mühlhausen nickte nachdenklich. „Ja, davon habe ich gehört."

Charlotte war überrascht.

„Ja, eure Heilerfolge sprechen sich herum, bis nach Freiburg rauf. Und wenn ich nicht gesehen hätte, welchen Effekt du nur durch das Handauflegen bei den Pferden hattest, würde ich das natürlich für Hokuspokus halten. Aber...."

Er beendete den Satz nicht, er wusste offensichtlich nicht, was er davon halten sollte.

Charlotte lächelte wieder: „Ja, eine halbe Stelle, dass wäre toll. Wie heißt das Gestüt denn jetzt?"

„Ich habe es EquiMont genannt, es liegt doch auf einem Hügel."

Sie sprachen noch eine Weile und irgendwann fragte Charlotte, ob SynAtlantis noch versuche, Einfluss zu nehmen.

Mühlhausen schüttelte den Kopf: „Sie sind froh, wenn sie mit dem Gestüt nichts mehr zu tun haben. Die ganze Geschichte war so Ruf schädigend für sie, dass sie wohl die Finger erst mal ganz von der Pferdezucht lassen. Ich weiß eigentlich gar nicht, was mit den Delphinen passiert ist? Allerdings weiß ich, was mit den Kartoffeln passiert ist: SynAtlantis musste seine gesamte Kartoffelproduktion vom Markt nehmen. Niemand wollte mehr Kartoffeln von ihnen kaufen, ganz egal ob die Kartoffeln gentechnisch verändert waren oder nicht. Schon verrückt. Aber ich glaube, nur so funktioniert es. Wenn die Bürger sich einfach weigern, das

Zeugs zu kaufen. Zuerst versuchte SynAtlantis, diesen Teil der Firma auszugliedern, aber das gab eine so negative Presse, dass sie den Versuch schnell aufgaben. Der Spiegel schrieb: „Glaubt diese Firma doch, dass sie uns ihr Gift unter einem andern Namen einfach weiter verkaufen könne. Offensichtlich hält SynAtlantis die Masse der Bevölkerung für so dumm, dass sie es nicht merkt, wenn bei einem Produkt, dass sich als schädlich erwiesen hat, einfach der Name geändert wird." Selbst die sonst doch so konservative Frankfurter Allgemeine schrieb: „So skrupellos zu sein, grenzt schon an Kriminalität." Und die Bildzeitung riet sogar davon ab, überhaupt noch irgendwelche Kartoffeln zu essen: „Tödliche Kartoffelprodukte unter neuem Namen". Da mit dem Kartoffelverbrauch auch der Konsum an Pommes Frites drastisch zurück ging, schalteten sich Großverbraucher wie MacDonalds, Kentucky Fried Chicken und ich weiß nicht wer alles ein. Sie alle warben nun mit garantiert gentechnisch freien Produkten. SynAtlantis machte ein paar aufwendige Werbekampagnen, indem sie namhafte Wissenschaftler durch kräftige Finanzspritzen für Vortragstourneen gewannen. Aufgabe der Wissenschaftler war es, der Bevölkerung zu verdeutlichen, dass SynAtlantis ja überhaupt nie gentechnisch veränderte Kartoffeln auf dem Markt gehabt habe, sondern aufgrund des hohen sozialen Verantwortungsgefühls der Firma dieses Produkt gründlich auf sein Verhalten in der Nahrungskette geprüft habe, bevor irgendeines dieser Produkte auf den Markt gebracht wurde. Die Versuche mit den Delphinen und den Pferden würden gerade das hohe soziale Verantwortungsbewusstsein der Firma beweisen. Aber es half alles nichts. Die Bevölkerung wollte weder von gentechnisch veränderten Nahrungsmitteln noch von der Vertrauenswürdigkeit der Agrarfirmen etwas hören.

Schließlich ging MacDonald sogar dazu über, biologisch produzierte Pommes Frites anzubieten!"

Mühlhausen hatte sich richtig in Rage geredet. Offensichtlich bereitete es ihm tiefe Genugtuung, dass SynAtlantis so viel hatte wegstecken müssen. Als er gegangen war und Charlotte noch einen Spaziergang zu ihrer Eiche machte, dachte sie: „Ja, Mühlhausen hat wirklich recht. Diesen globalen Giganten kann man nicht mit Gesetzen oder Regierungen kommen. Sie kaufen einfach alles auf. Nur die Bevölkerung kann sie stoppen, indem wir alle uns weigern, die Produkte zu kaufen."

Glücklich lehnte sie sich gegen die Eiche. Sie würde nun doch noch Awrina und die Stutenherde wieder sehen. Und sie würde Tasso und Urbino reiten. Sie fühlte tiefes Glück in sich aufsteigen, dass sie hier auf dem Mönchshof leben und heilen konnte. Und dass sie dieses Leben mit Robert und Gerhard teilte.

Dank

Die Idee zu diesem Buch entstand auf La Montagne
(Vogesen). Dank an Gerhilt und Roswitha, die diesen
wunderschönen Platz geschaffen haben.
Dorothe und meiner Mutter danke ich für das
Korrekturlesen einer früheren Fassung.
Dank an Tintin, dass sie nicht aufgegeben hat.

Fortsetzung folgt

Dies ist der zweite Band der Trilogie „Fiktive Wahrheit".
Der erste Band „Jahreskreise" ist im Sommer 2012
erschienen. Ein dritter Band „Mondfrau und Bärin" ist im
Entstehen.

News and More

Unter www.crisalis.de
Dort auch meine aktuelle Email-Adresse

Buchbestellungen

Bitte möglichst dieses Buch unter www.epubli.de
bestellen, da Amazon und Buchhandel.de kein
Autorinnenhonorar zahlen.

ISBN 978-3-8442-5086-2

9 783844 250862

00001

www.epubli.de